光文社文庫

文庫書下ろし／長編ミステリー

殺意の黄金比
渋沢瑛一の東《とう》京《けい》事件簿

六《りく》道《どう》　慧《けい》

光 文 社

この作品は光文社文庫のために書下ろされました。

目次

殺意の黄金比

渋沢瑛一の東《とう》京《けい》事件簿

序章

美しい鋏《はさみ》だった。

鋭利《えいり》な刃先は男、まあるい持ち手の部分は女を表しているように思えた。陽と陰が融合して生まれる万物《ばんぶつ》の事象《じしょう》を、きわめて端的《たんてき》に示しているようにも感じられた。

鋏で切る、なにかが生まれる。

「これを……わたしに？」

女は訊《き》いた。

「はい」

四歳年下の男が答える。中学卒業後、父のもとに弟子入りして何年になるだろう。あたりまえのことだが、何年経っても年の差に変化はない。そのことにずっと不満をいだいている自分がいた。

「なんて綺麗《きれい》な鋏なのかしら。鋏の刃を閉じたときには、ナイフにもなるの？」

問いかけた後、思わずどきりとする。ナイフという言葉のひびきがもたらした衝撃の大きさに自分自身で驚いた。

「ナイフのように見えるかもしれませんが、ペーパーナイフです」

男は言った。女には、

「ペーパーナイフのように見えるかもしれませんが、ナイフです」

と聞こえた。

「いつでも貴女《あなた》を守ってくれます」

ふたたび男が言った。女には、

「いつでもあいつを殺せます」

と聞こえた。

(まさか)

女は、はっとして目をあげる。

知っている、のだろうか？　気づいているのだろうか？

確かめたかったが、恐くてできない。なにか言おうとしたのをとらえたに違いない。

「貴女《あなた》が好きです」

不意に男は告白した。

「ぼくと結婚してください」

駄目だ、受けられない。わたしはこんな身体《からだ》にされてしまった。申し訳なくて結婚なんかできない。

断らなければと思ったのに……。

「はい」

女は頷《うなず》いていた。

「わたしも貴方が好き」

握りしめた鋏が、思いのほか強い力を与えてくれた。これがあれば大丈夫、これがあれば戦える、そう、これがあれば……いつでも殺せる。

父が作る鋏とは、どこか違う手ざわりを持つ鋏。

その冷たさが、ざわつく心を落ち着かせてくれた。

第一章　身分違いの恋

1

女性が美しいときは平和だと言ったのは、だれだったか。

第二次世界大戦が終わって十七年。つまり、今、町を歩く女性たちは美しいとなるわけだが……。

(まあ、中にはあてはまらない女もいるけどな)

渋沢瑛一《しぶさわえいいち》は、隣《となり》で洗い物をしている母――芙美《ふみ》をつい見つめていた。年は四十六、顔はお盆のように丸く、腹部や手足も肉付きがいい。小学三年生のとき、母の日に似顔絵を描いたのだが、瑛一は顔や身体を丸で描いた母に、割烹着《かっぽうぎ》を着せた姿を描いている。母は怒ってしばらく口をきいてくれなかったものの、ふだんは声をあげて笑わない父――敏之《としゆき》が大声をあげて笑ったのが記憶にやきついていた。

瑛一の視線に気づいたのだろう、

「なによ」

芙美が軽く睨《にら》みつけた。母子は台所に立ち、瑛一は昨夜の残り物で弁当を作っていた。母は朝食の後片付けに追われている。

台所の東側に風呂場とトイレ、西側に両親の寝室兼茶の間があって、その先が〈渋沢鉄工所〉の事務所という造りになっている。母屋の南側にパイプ置き場を兼ねた工場が設けられていた。また斜《なな》め向かいにも、資材置き場代わりの工場がある。

二階には二部屋あるのだが、茶の間から階段であがるようになっている。かつては兄の嵩《たか》史《し》とひと部屋ずつ使っていたのだが、その兄は都市銀行の頭取を務める資産家の家に婿《むこ》入りして、父親とは微妙な関係になっていた。

「いや、別に。今日もはちきれんばかりに元気そうだと思ってさ。むっちりと肉が付いた二の腕の美味《うま》そうなことといったら、もう、涎《よだれ》が出そうだよ」

軽口に母は冷ややかな目を返した。

「子供を産めば、だれでもこうなるわよ。それに残り物を捨てるのは、もったいないでしょ。だから仕方なく片付けているうちに、栄養が骨になり、肉になっただけの話よ。いいからさっさと着替えなさいな。早朝会議があると言っていたじゃない。遅刻するわよ」

「わかってます」

弁当箱に蓋《ふた》をして、瑛一は階段を駆けあがる。ほとんど同時に渋沢鉄工所のシャッターを開ける音が聞こえてきた。まだ六時半をまわったばかりだが、近隣の町工場はすでに目覚めている。関西や東北から着いたトラックのエンジン音、そして、彼等を誘導する大声が亀沢《かめざわ》町《ちょう》四丁目の朝を知らせていた。

昭和三十七年（一九六二）九月。

三年前に父が親戚の連帯保証人になった結果、渋沢鉄工所は三千万もの借金を負うはめに陥《おちい》っていた。大学入試を控えていた瑛一は、それを諦めて二年の間、このあたりの町工場を渡り職人のように転々としたのだが、今年の四月から曙《あけぼの》信用金庫に勤め始めている。シルバーカラーのサラリーマン勤めも、なかなか厳しいものがあった。

「先月は本当にきつかったぜ。二億のノルマを半月ほどの間に、達成しなければならなかったからな。お困り課を潰《つぶ》すための策だろうけど、嫌味《いやみ》コンビがこのまま引きさがるとは思えない。次はどんな手に出るか」

ワイシャツを着てズボンを穿《は》き、髪の毛を整えている。猫っ毛の瑛一は、寝癖《ねぐせ》を取るのにひと苦労するのが常。水で濡《ぬ》らしただけでは、思うように決まらない。それだけでも出勤拒否になりそうだったが、支店長と副支店長の嫌味コンビを思い出すだけで、安物のベッドに倒れこみそうになる。

信金の営業部に配属されたのも束の間、先月からは中小企業特別支援課、別名お困り課と呼ばれる部署に異動させられていた。ヤクザがらみの会社への融資を、断った挙《あ》げ句《く》の島流しだった。

お困り課の職員は、瑛一を含めて三人。得意先は借金だらけ、あるいはなんらかの問題を抱えたお困り会社ばかりである。営業部では洟《はな》も引っかけられない顧客の、ときには深刻な問題を含めた一切合切《いっさいがっさい》を解決するのが信金マンの務めとばかりに、日夜、駆けまわっている。

「来週の週末は牛嶋《うしじま》様の秋祭りか。あーあ、祭りぐらい、のんびり楽しみたいよ。千春《ちはる》と縁日《えんにち》をぶらぶら眺《なが》めつつ、タコ焼きの美味《うま》さに舌鼓《したつづみ》をうつ。はい、瑛ちゃん、アーンして。よせよ、人が見てるじゃないか。そんなこと気にしちゃだめ、あたしたちの仲をみんなに教えてやるのよ、なぁんて」

ひとり芝居の虚《むな》しさに、思わずため息をついていた。

「せめて千春の両親に、交際宣言をしたいもんだね」

中里千春《なかざとちはる》は瑛一の幼なじみで、今は婦人警官になっている。勤務している交番が近くであるため、しょっちゅう渋沢家を訪れていた。が、キスさえしていない付き合いに、いささか苛立《いらだ》ちを覚え始めている。

「けっこう嫉妬《しっと》深いくせに、男心はわからないんだよなあ。おれは二十一の健康な若者なの。倅《せがれ》の疼《うず》きをどうやって鎮《しず》めろというのか」

小さな鏡をしみじみ見つめていた。顔は普通、背丈や体格もほぼ標準、頭は悪くないと自分では思っている。さらに町工場のさまざまな技を、この若さにして、ある程度会得《えとく》していた。

「でもなあ。千春の親父さんは製紙会社の社長。そのうえ市議会議員でもある。下町の名家だよ。対する渋沢家の自慢は、三千万あった借金が、ようやく二千万まで減りましたってことぐらいだ。三年間で一千万返したわけだけど」

「瑛一っ」

突然、階下から父の叫び声がひびいた。

「来いっ、中村《なかむら》さんのとこが大変だ！」

ただならぬ気配に、瑛一は階段を駆けおりる。茶の間を通りぬけて、事務所にあったサンダルを履《は》いた。〈中村研磨《けんま》工業〉は二軒置いたところにある工場だ。

「誠《まこと》さん」

外に出たとき、まず見えたのは兄弟のように思っている津川《つがわ》誠の姿だった。工場の前にうずくまっている。敏之や近くの工場の親父《おやじ》さんが、そのまわりに集まっていた。

「腕を切った」

敏之が言った。誠の左腕からは、夥《おびただ》しい量の血が流れ出している。瑛一は父が首に掛けていた手拭《てぬぐ》いを握りしめた。

「左腕を高くあげて」

告げながら、誠の肩の付け根の部分を手拭いできつく縛《しば》る。傷の程度はわからないが、まずは止血をするのが先だ。

「誠ちゃん、大丈夫？　ああ、どうしよう。お父さんは昨夜から戻って来ていないのよ」

中村家の娘——麻美《あさみ》は、おろおろするばかり。怪我《けが》をした当人よりも青い顔をしていた。

「斉藤《さいとう》先生のところに連れて行こう。親父、車の鍵を」

瑛一は自宅の軽トラックに乗せて運ぼうとしたが、いち早く近くの工場主がオート三輪を転《ころ》がして来た。まだ救急車などは配備されていない。消防団の車か自分の車、あるいは借りた車で病人や怪我人を運ぶのが、あたりまえだった。

「早く乗れ」

運転手役にせっつかれて、瑛一は誠を運転席の隣に座らせる。自分も乗りこみ、扉を閉めた。

「おふくろ。信金には少し遅れるって電話しといて」

心配そうに見守っていた芙美に頼んだ。

「わかった」

「わたしは斉藤先生に電話を入れてから行く」

麻美の応《こた》えを聞きながら、車は大通りに向かって発進した。誠は瑛一に言われたとおり、左手を高くあげている。作業服はあふれ出る血で真っ赤に染まっていた。それでも誠は呻き声ひとつあげなかった。ぐっと歯をくいしばっている。

「作業服を脱いでおけばよかったな。それから止血した方が、効果的だったかもしれない。おれも慌《あわ》てちまって」

瑛一は誠の左腕に自分の手を添えた。中学を卒業後、東京に出て来た津川誠は、中村研磨工業だけにしか勤めたことはない。工場を転々とする工員が多い中にあっては異例といえるかもしれなかった。

「ちゃんと寝てるのか」

四歳年上だが、しょっちゅう飲みに行く仲だ。タメ口になっていた。

「ちょっとぼんやりしちゃって」

誠はぼそっと答えた。

「『あっ』と思ったときには」

あとは口の中で消える。お盆休みの後は、毎晩のように遅くまで仕事していたのを、瑛一は知っていた。

「中村さん、また悪い病気が出たんだな」

独り言のような呟《つぶや》きが出た。中村研磨工業の主《あるじ》、中村友明《ともあき》は優れた研磨技術の持ち主なのだが、いかんせん、酒を飲む・博奕《ばくち》を打つ・女を買うの悪癖が治らない。妻を悪性の胃癌《いがん》で亡くしてからは、特に顕著《けんちょ》になっているのではないだろうか。

「ここ二月《ふたつき》ほどは、真面目《まじめ》にやってたんだが」

誠もまた独り言のような呟きを返した。運転手役を務めている近所の親父は、口を挟《はさ》むこともなくハンドルを握りしめている。オート三輪は三つ目《みつめ》通りを渡って一本目の細い通りを左に曲がった。

「先生だ」

停《と》まるやいなや、瑛一は車から出る。斉藤医院の老医師が、看護婦である老妻と医院の前で待っていた。

2

斉藤医院の看板には内科と書かれているが、実際には小児科《しょうにか》、外科《げか》、耳鼻科《じびか》などなど、なんでもござれの万《よろず》医院だ。大きな手術までは行わないものの、簡単な縫合《ほうごう》ぐらいはできないと、とうてい務まらない。

「凄《すご》い血だな」

斉藤の目は、瑛一の白いワイシャツに向けられていた。白だけにいやでも鮮血が目立っている。

「とにかく中へ」

老妻の案内に従い、誠を抱えるようにして、医院の中に入った。まだ七時前だったのが幸いしたのではないだろうか。いつもは身動きができないほど混み合っている待合室に人影はない。瑛一は誠と一緒に診察室に入る。

「鋏を貸してください、先生。作業服を切ります」

自《みずか》ら助手役を買って出た。町工場において怪我は日常茶飯《さはんじ》事、手順は心得ているつもりだったが、やはり、いざとなると動揺《どうよう》を禁じえなかった。老医師が差し出した鋏を使い、誠の作業服と下着を切り始める。

「切れない鋏ですねえ」

思わず出た文句を、

「うちで研《と》ぎますよ」

誠が冗談まじりに継いだ。その言葉で張り詰めていた診察室の空気がゆるむ。だれからともなく笑みがもれた。

「それじゃ、あとで頼むとしようか」

斉藤は言い、瑛一に目顔《めがお》で外へ出るよう示した。素人がやれるのはここまでという意味だろう。むろん縫う様子を見物するような趣味はない。瑛一が診察室から出ると、ちょうど麻美が入って来た。

「誠ちゃんは？」

不安げに訊いた。着替えの下着や作業服、手拭いなどを持っている。上半身裸のような状態ではまずいと思ったに違いない。斉藤の手に負えない場合は、大きな病院に移る可能性もあった。

「落ち着いているよ。何針か縫うんじゃないかな」

瑛一は答えて、座り心地のよくない長椅子《ながいす》に腰をおろした。麻美も落ち着かない素振《そぶ》りで隣に座る。

「徹夜続きだったから、疲れていたんだと思うの。月が変わったとたんに、お父さんが帰って来なくなっちゃったでしょ。その分、頑張《がんば》ってくれてたから」

化粧っ気のない顔に、二十三とは思えない悲哀《ひあい》が滲んでいた。

母を喪《うしな》った後、麻美は幼なじみと結婚したのだが、わずか半年で破局を迎えていた。今は工場で事務や電話番をしながら、父の身のまわりの世話を引き受けている。短い結婚生活は、ひとり娘であることへの反撥《はんぱつ》だったのだろうか。

「憶《おぼ》えてる？」

不意に麻美が訊いた。

「廃墟《はいきょ》になった小学校でよく遊んだじゃない。東京大空襲でも焼け残った校舎だとかで、子供たちのいい遊び場だったわよね」

「うん、これが出るって噂《うわさ》だった」

瑛一は仕草《しぐさ》で幽霊を表した。

「そうそう。夏の夕暮れだったかしら。わたし、視《み》たのよ、若い男女の幽霊を」

とりとめのない話をすることで、襲いくる不安を追いやっているのかもしれない。瑛一は話を合わせた。

「聞いたことあるよ。子供や兵隊さんの幽霊も、よく現れるって話だった。崩《くず》れた廃墟は、こう、なんて言うのかな。足下《あしもと》からそくそくとした霊気が、立ちのぼっているように感じられてさ。おれは霊の類《たぐい》が苦手だからね。『わっ』とか脅《おど》かされて、思いきり転んだことがあった」

「メンコ売りや紙芝居のおじさんたちにとっても、あの廃墟はありがたい場所だったかもしれないわね。ポン煎餅《せんべい》も来たっけ。ほら、お米を持って行くと、爆発するような感じで霰《あられ》みたいな軽いお煎餅が作れるやつ」

「あれは今もあるよ。金も取るけど、お米もいくらか抜くんだよな。わかっちゃいるけどやめられないってやつさ。売る方も買う方もね」

「わかっちゃいるけど、か」

麻美の唇《くちびる》に苦笑いが滲《にじ》む。

「うちのお父さんも、そのクチね。今度こそはと思っていたのに、またこれだもの。曙さんに借りたお金、利子だけはきちんと払っていたのにさ。今月はどうなることか」

急に仕事の話になった。中村研磨工業は、残念なことにお困り課の顧客リストに載《の》っている。約八百万の借金は、利子を払うだけで精一杯。それも滞《とどこお》りがちとあっては、いっこうに元金《がんきん》が減らなかった。

「中村さん、腕はいいのになあ」

瑛一の言葉に、麻美が目を向ける。

「あら、誠ちゃんだって、今じゃ相当なもんよ。うちに来て、かれこれ十年になるもの。お父さんにはまだかなわないけど、ほとんどの仕事は誠ちゃんがやってるわ」

むきになっているように思えた。

「ふぅん」

瑛一は、にやにやしている。誠が麻美を好きなのは、結婚したときの落胆ぶりを見ていたので知っていた。しかし、麻美の方は、あくまでも従業員のひとりという認識なのではないか、と、思っていたのだが……おおいに脈ありではないだろうか。

「なによ、その意味ありげな笑いは」

「いや、秋だけど春だなと思ってさ。同じ工場に十年も勤めるなんて、なかなかないことだからね。誠さんは中村家に、よほど強い思い入れがあるんじゃないかな」

意味に気づかないほど鈍《にぶ》くはないだろう、

「………」

麻美はついと視線を逸《そ》らした。頬《ほお》がうっすら紅《あか》く染まっている。照れくさかったのかもしれない。

「人のことより、自分はどうなのよ」

麻美は反論した。

「千春ちゃんが頻繁《ひんぱん》に渋沢家に出入りしているのは、周知の事実。すでにそういう仲になっているとか？」

下町っ子は早熟なのが多い。傍目《はため》から見れば、瑛一と千春はとうの昔に男女の仲に思えるのではないだろうか。

「相手は〈中里製紙会社〉のお嬢様だぜ。古いと言われるかもしれないけどさ、身分違いの恋だからな。そう簡単にはいかないよ」

「身分違いの恋」

麻美は含み笑った。

「自分でもわかっているようだけど、江戸時代じゃあるまいし。若い瑛一君から、そんな言葉が出るとは思わなかったわ」

「誠さんだって、同じように考えているかもしれないぜ。田舎《いなか》から出て来た者にとって、雇い先の社長は神様みたいなものじゃないか。神様のお嬢様は高嶺《たかね》の花、打ち明けたくても、それができない可能性はあるよな」

我が身をあてはめるがゆえの言葉だったが、麻美にとっては意外だったのかもしれない。

「………」

黙りこんで瑛一を見つめた。

「仕事のことだけどさ」

咳払いして、話を変えた。

「少し営業をした方が、いいんじゃないかな。中村さんはあまり営業をしないだろ。同じ工場の仕事ばかりじゃ先細りになると思うんだ。こういうご時世だからね。潰れる工場もある。あらたな得意先を常に開拓するのが、生き残るための必須《ひっす》条件だよ」

「わかっているけど営業は自信がない。お父さんはまったく駄目だし、もちろん誠ちゃんも駄目でしょ。やるのは、わたししかいないじゃない」

「手伝うよ」

すかさず申し出た。

「信金マンは、金を貸すのだけが仕事じゃないからね。町の御用《ごよう》聞きだからさ。一緒に営業するよ」

「まあ、頼もしいこと。そういえば、前から思っていたんだけどさ。銀行と信用金庫って、どこが、どう違うの」

問いかけに、背筋を伸ばして応じる。

「業務はほとんど変わらないね。為替《かわせ》や現金を扱い、手形の交換にも応じる。不動産担保の調査や評価、個人ローンの関係業務、融資の実行に関わる調査などなど、信金と銀行は同じような仕事をしている」

「違うのは？」

「簡単に言うと、銀行は株式会社なのさ。極端な考え方になっちゃうかもしれないけど、生き残るため、利益を追求するためには、銀行本位に考えてなんでもやる。対する我々信金の視点は、絶えず地域にあるんだ」

簡潔に続けた。銀行は株式会社であるため、経営者と株主はややもすれば『お金だけの関係』になりかねない。お金の暴走を抑え、人を大切にする企業をめざす理念に立って生まれたのが、信用金庫や信用組合だ。

「へえぇ、知らなかったわ。信金って株式会社じゃないんだ。なぜ、うちは銀行と取引しないんだろうって、いつも疑問に思ってたけど」

「地元の企業、特に中小企業にとって信金は、なくてはならない存在だと思うよ。もちろん我々にとっても同じだけどね。中小企業を支えることこそが、信金マンの使命。おれはそう考えてる」

言い終えた後、麻美の視線に気づいた。先程の瑛一のように、意味ありげな笑みは浮かべていないが、妙に真面目な顔をしているように思えた。

「いや、おとなになったなあ、と思ってさ。高校を卒業したての頃は、あちこちの工場を渡り歩いていたじゃない。いちおう働いてはいたけど、まだやることが見えていないような感じだった。それが今では」

瑛一の肩にふれて、泣き真似をする。

「まっとうになってくれたのが嬉《うれ》しくて」

「やめてくれよ、麻美ちゃん。おれはいつでもまっとうだよ。工場を渡り歩いていただけで、ヤクザな暮らしをしてたわけじゃないんだからさ」

ヤクザで思い出すのは、先月の厳しいノルマ達成時、大口の預金をしてくれた〈渡辺《わたなべ》精機〉だ。ヤクザが営む街金《まちきん》に目をつけられたのが運の尽き、二進《にっち》も三進《さっち》もいかなくなっていた工場を、見事、お困り課は助けている。

定期的に渡辺精機を見廻っているが、ヤクザはあれ以降、現れていないとのことだった。

「確かにね。瑛一君は、ヤクザがだいっきらいだったっけ」

笑った麻美の表情が急に変わる。診察室の扉が開いて、斉藤が姿を見せた。二人同時に立ちあがっている。

「なに?」

「怪我の具合はどうですか」

麻美の頬が少し強張《こわば》っていた。父親が頼りにならない今、中村研磨工業を支えるのは、誠と言っても過言ではない。真剣にならざるをえなかった。

「十一針、縫ったが、まあ、大丈夫だろう。左腕だったのが幸いしたね。筋は切っていないと思うが、念のために大きな病院で診《み》てもらった方がいいかもしれないな。必要ならば紹介状を書くよ」

「はい。診てもらいます。紹介状をお願いします」

中を覗きこむ麻美に、老医師は小さく頭を振る。

「まだ麻酔が効いてるんだ。少し休ませてあげた方がいい。かなり出血したからね。麻酔から覚めても、ふらついて歩けないと思うよ」

「わかりました」

「それじゃ、おれはこれで失礼します」

瑛一は暇《いとま》を告げた。

「ありがとうね、瑛一君。助かったわ」

麻美の言葉に、片手を挙げて、外に出る。

夏の残照《ざんしょう》のような強い陽射《ひざ》しが、目に痛いほどだった。

3

石原町《いしわらちょう》四丁目の曙信用金庫へ出社したとき、瑛一は、気になる男を見かけた。

通用口から客用の正面玄関にまわる。中小企業特別支援課の職員は、正面玄関の使用を禁止されているのだが、見咎《みとが》められないのをこれ幸いと、客にまぎれて中に入った。髪をオールバックにした男は、副支店長の藤山藤男《ふじやまふじお》に案内されて、支店長室へと足を向けた。

（あれは、もしや）

「あいつだ」

間違いないと思った。先月、渡辺精機を挟んだ戦いの最中に、ヤクザが営む街金〈明和商会《めいわ》〉の三下《さんした》と一緒に、時々姿を見せた男である。

明和商会は渡辺精機に法定金利を上回る金を貸し付け、がんじがらめにしたうえで、乗っ取りを企《たくら》んでいたふしがなきにしもあらず。その後ろにちらつく影が、オールバックの男だった。

「黒木《くろき》、だろうか」

他にも特別支援課のお困り顧客に、融資を持ちかけたという話も出ていた。そのとき電話をしてきた男が、黒木と名乗っていたらしい。

瑛一は支店長室に目を向けながら、給湯所に向かった。お茶の用意をするついでに女性職員の話が聞けないだろうか。淡《あわ》い期待をいだきつつ、給湯室に入る。

「あ」

三人いた女性職員が急に黙りこんだ。昼休みのひとときを、醜聞《しゅうぶん》まじりの噂話で楽しんでいたに違いない。瑛一が会釈《えしゃく》するのと同時に、三人とも出て行った。

取り付く島もないとはまさにこのこと。それゆえお茶が飲みたくても、給湯室に行くのがいやで我慢するか、おまえが行け、いや今日はおまえの番だ、というように、盟友の光平《こうへい》と醜《みにく》い譲り合いをするはめになるのだった。

「冷たい、冷たすぎる」

ぶるっと大仰《おおぎょう》に身震《みぶる》いして、女性職員の態度を笑いに変えようとする。流し台の片隅《かたすみ》に追いやられたお困り課の茶道具は、まるで自分たちの姿のよう。しかし、いちいち気にしていたらきりがない。

「それにしても」

あらためて、オールバック男の顔を思い出している。年は三十前後、身長は百七十五、六センチほどだろうか。先月、見かけたときは、白いワイシャツ姿だったが、今日は上着を着ていた。

生地《きじ》のやわらかな風合いや、深い色味などからして、舶来品《はくらいひん》ではないだろうか。町工場を渡り歩くついでに、百貨店《デパート》にも足繁《あししげ》く通い、常に一流品を見るように心がけてきた。そここそ見る目は持っているつもりだった。

「なぜ、うちの支店長を訪ねて来たのか」

お茶で喉《のど》を潤《うるお》しながら自問する。できれば男が帰るときに、もう一度顔を確かめたいと思っていた。

「そもそもあの男がいる〈Z《ゼット》連合会〉は、どんな会社なのか。明和商会の三下を手足に使うようなところだからな。ろくな会社じゃないだろうが」

独り言がいやでも止まる。姿を見せた女性を見た瞬間、瑛一は無意識のうちに直立不動の姿勢を取っていた。

「どうも、戸川《とがわ》さん」

深々と一礼する。

「しばらくね、渋沢君。顔はよく見かけるけど、こうやって話をするのはいつ以来かしら。いつも忙しそうにしているじゃない。通用口から入るや、二階に駆けあがるでしょう。話しかける暇《ひま》もないわ」

戸川佳恵《よしえ》は、眼鏡《めがね》越しに瑛一をちらりと見て、小物入れから煙草《たばこ》とライターを取り出した。『あけぼのの局《つぼね》』という、おそらく本人にとってはありがたくもないであろう異名《いみょう》の持ち主は、正式な役職こそ与えられていないものの、女性職員の取り纏《まと》め役を担《にな》っている。彼女に睨まれたが最後、女性職員はむろんのこと、男性職員の明日も閉ざされかねないと噂されていた。事実上の副支店長と言えるかもしれない。だれの目から見ても、藤山副支店長より力を持っている。

「すみません。入社していくらも経たないうちに、特別支援課へ島流し。そして、すぐさま二億のノルマですから。もう必死でした」

瑛一は灰皿を差し出して、佳恵の分のお茶も淹《い》れた。自《みず》ら会いたいとは思わないが、ここで会えたのは幸いと考えることにした。

「貴方は常に直球勝負だものね」

くすりと佳恵が笑った。皮肉《ひにく》なのか、褒《ほ》めているのか。かすかに唇の端を吊りあげた表情からは読み取れない。が、島流しになった理由を隠す気持ちはなかった。

「ヤクザはだいっきらいなんで」

「それは、みんな同じよ。でも、普通はうまく隠して仕事をするじゃない。明和商会の後ろにいるのは、泣く子も黙る日吉《ひよし》連合会傘下《さんか》の板東《ばんどう》組。喧嘩《けんか》は売らないわね、普通は」

二度も普通を繰り返されては、苦笑いするしかなかった。

「普通じゃないから、お困り課に配属されたんでしょう」

「開き直ったわね。ま、いいでしょう。それで？」

促《うなが》されて、瑛一は怪訝《けげん》な目を返した。

「え？」

「とぼけなくてもいいわよ。世間話をするために、お茶を淹れてくれたわけじゃないでしょ。なにか訊きたいことがあるんじゃないの」

流石《さすが》と言うべきか。伊達《だて》に年は取っていないとばかりに、佳恵は胸を反《そ》らした。優秀すぎるがゆえに煙《けむ》たがられる一面もある。

「つい今し方、支店長室に入って行った男」

瑛一は顎《あご》で支店長室の方を指した。

「どこの、だれなんですかね」

「ああ、あのいやらしいオールバックの男ね。わたしも初めて見たわ。調べてあげてもいいわよ」

眼鏡の奥の瞳《ひとみ》が、見返りを要求していた。当然、瑛一もわかっている。女性職員にも相応のノルマがあるのだ。

「新規の預金客を二名でいかがですか」

まずは不満を覚えるかもしれない数字を提示する。一度でオーケーしないのが、お局さまの駆け引き。案《あん》の定《じょう》、煙草の煙を吹きつけられた。

「では、三名。今はこれが限界です。ご存じのとおり、先月は二億でしたからね。小口のお客様を総動員して、やっと達成したんですよ。今月は無理がききません」

最悪、四名までと考えていたのだが、

「いいわ」

意外にも佳恵は頷いた。

「三名で手を打つわ。その代わりと言ってはなんだけど」

言葉を切って、目をあげる。次はどんな条件を突きつけられるのか、瑛一は内心気が気ではない。が、いつまでたっても、佳恵から言葉が出なかった。

「そんなにむずかしいことなんですか」

不安になって問いかける。

「いえ、むずかしいというか」

佳恵は灰皿で煙草を揉《も》み消して、ふたたび瑛一に目をあてた。

「三浦《みうら》課長のことなんだけどね。独身だというのは、調べたからわかっているの。今、恋人はいるのかしらね？」

お局さまの頬が、かすかに朱《しゅ》に染まっている。恥じらいではないだろうか。いずれにしても、初めて見る表情だった。瑛一は心の中で「えええ～っ」と大声をあげている。

（もしかして、課長に興味を持ったとか？）

驚きが沈黙となり、注視《ちゅうし》となっていた。お局さまにこんな一面があるとは、だれが想像できただろう。頬を染めた顔は、可愛らしくさえ見えた。二人はだれも来ない給湯室で、しばし見つめ合っている。

「どうなのよ。貴方といつまでもニラメッコしていたくないんだけど」

怒ったような佳恵の声で我《われ》に返った。

「あ、いや、すみません。課長の私生活については、よく知らないんです。独身だというのも初めて知りました。さりげなく訊いてみましょうか」

三浦を人身御供《ひとみごくう》に差し出すような心境だったが、眼前の女性は鬼ではない。それにあの課長であれば、喰われることはないだろうと思った。

「ええ、さりげなくね、訊き出してちょうだい。本部の名簿を調べてみたんだけど、三浦健《けん》介《すけ》の名前はないのよ。それが、いきなりお困り課の課長でしょ。なんだか謎《なぞ》めいているじゃない。女性職員の間で話題になっているのよ」

だからなのだという含《ふく》みが感じられた。陰の副支店長としては、些細《ささい》な事柄も把握しておかなければならない。決して個人的な興味があるわけではないのだ、と、言い訳がましい雰《ふん》囲気《いき》があったが、気づかぬふりをした。

「承知いたしました。わかり次第、お知らせします。お礼については、新規の預金客三名で宜《よろ》しいですか」

わざと事務的に告げる。瑛一なりに慮《おもんぱか》っていた。

「いいわよ。交渉成立ね」

佳恵は肩越しに後ろを見て、煙草とライターを小物入れに仕舞《しま》った。

「お帰りのようだわ。わたしの方もわかり次第、知らせるということで」

小さく会釈して給湯室を出て行く。瑛一は支店長室から出て来たオールバック男を、目で追いかけていた。副支店長がまさに揉《も》み手《て》しながら男の隣《となり》を歩いている。正面玄関の戸を開けて外に出た。

(間違いない。明和商会の三下といた男だ)

瑛一は通用口の方に行き、いったん外に出る。藤山副支店長が男のためにタクシーを捉《つか》まえた。恭《うやうや》しく一礼して見送るのを確かめた後、通用口からまた中へ戻る。お困り課の部屋に続く階段をあがり始めた。

4

曙信金お困り課は、物置に使われていた二階の一隅《いちぐう》にある。

広さは八畳《はちじょう》ほどだろうか。横に広い高窓《たかまど》があるだけの部屋は、通風が悪いため、いつも埃《ほこり》っぽい感じがする。町では涼風を感じたりもするが、お困り課の部屋だけは相変わらず蒸し暑くて、入るのを躊躇《ためら》うほどだった。

「ん？」

と瑛一は鼻をひくつかせる。二階の階段をあがりきったところで我知らず足を止めていた。濃厚なこの薫《かお》りは、外国製のオーデコロンではあるまいか。オールバック男の登場によって、なんとなく殺伐としたものを感じていたが、それを吹き飛ばすような薫りだった。

（女性の顧客が来ているのかな）

そろそろと部屋の戸口に忍び寄る。中のソファに盟友の山田《やまだ》光平と、錦糸町《きんしちょう》のクラブ〈マドンナ〉のホステス、小百合《さゆり》が座っていた。三浦がいないのを瑛一は素早く確かめている。

「はい、光平ちゃん。あーんして」

小百合が小皿に取った〈船橋屋《ふなばしや》〉のくず餅《もち》を、光平に食べさせようとしている。でれっと鼻の下を伸ばした友は、間抜け面で大口を開けていた。

「うーん、おいちい。小百合ちゃんが買って来てくれたくず餅は、いつにも増して、おいちいよ」

「そおぉ？」

小百合は媚《こ》びを含んだ目を投げる。二人の姿はついさっき、瑛一が夢見た千春との姿に他ならない。河馬《カバ》のような顔をしている光平だけが、なぜ、もてる。と、怒りに火が点《つ》きかけた。課長がいないのをいいことに、光平は調子に乗っているようだった。

「おいちいくず餅を御馳走《ごちそう》してもらったお礼に、『早射《はやう》ち野郎』のガンさばきをご披露す

る よ」

立ちあがって、昨年、宍戸《ししど》錠《じょう》主演の映画で有名になったシーンを再現する。三角定規《さんかくじょうぎ》を銃に見立ててホルダーから抜き、射った後、ふたたびホルダーに銃を納める真似をした。映画のポスターではこのシーンを連続写真として用い、話題になったのである。

「0・65秒、抜く手を見せぬガンさばき！　颯爽《さっそう》、荒野《こうや》を行くエースのジョー！」

光平はふっと銃口を吹く真似《まね》をする。

「お見事」

瑛一は書類鞄《かばん》を足もとに置いて、ぱちぱちと拍手した。

「もっとも光平の場合は、別の意味でも早射ちだけどな。小百合ちゃんはもう知ってるかもしれないね。それはともかく、遅くなりまして、申し訳ありませんでした」

深々と一礼して、自分の机に書類鞄を置いた。他人行儀《たにんぎょうぎ》な物言いに、あらん限りの嫌味《いやみ》と皮肉をこめている。

「え、瑛一」

光平は狼狽《うろた》え気味だったが、

「あら、こんにちは」

小百合は平然と応じた。

「別の意味でも早射ちって、どういう意味なの。あたし、よくわからないわ」

カマトトぶっているのか、本当にわからないのか。瑛一は前者と判断したが、相手にするつもりはない。

「詳しい話は本人に訊いてください」

相変わらず冷《ひ》ややかに応じたものの、目は小百合の白い胸に向いている。本日の装いは、秋らしい辛子《からし》色の短い丈《たけ》のワンピースだったが、いつものように胸もとがぐっと大きく開いていた。身体の線を強調するようなデザインにもまた男心をそそられる。

（やっぱ、胸、でかいよなあ）

気もそぞろだったが、あらん限りの力を振り絞って、目を逸らした。鞄から出した資料や文房具を、ひとつひとつ丁寧《ていねい》に机の上に並べる。つまらないことを敢《あ》えてやるのは、豊かなふくらみを少しでも遠くへ追いやるためだ。

「怪我をした人、どうだった？　大丈夫だったのか？」

光平が書類の束を片手に訊いた。小百合はソファに座ったまま、煙草を吸い始めている。真っ赤な口紅が煙草のフィルターに付いたのが、目にも鮮《あざ》やかだった。

「斉藤先生に縫ってもらったよ。大事ないと思うが、念のために大きな病院へ行くようにと勧められた」

このあたりの住人で斉藤医院を知らない者はいない。

「そうか」

光平は頷いて、書類の束を瑛一の机に置いた。

「課長からの申し送りだ。おまえが担当するあらたなお困り客のリストだよ」

「課長はどこに出かけたんだ？」

「わからない。あの人は謎だらけだからな。渋沢君ならともかくも、おれごときに行く先などは教えてくれないよ」

他人行儀な渋沢君は、先刻の反撃だろうか。

「なにを仰《おお》せになるやら。錦糸町で夜の帝王と呼ばれる山田君には脱帽《だつぼう》ですよ。クラブやキャバレーのホステスばかりか、ママさんからも逆指名がかかるじゃありませんか。早射ちの帝王は、モテモテですからね」

「早射ち、早射ちって言うなよ」

光平が小声で囁《ささや》いた。

「おれは、その、確かにあまり長もちしないけどさ。それは若いからであって、今に相手が『あぁ、もう許して』と悲鳴をあげるほど……」

「あ、副支店長さん」

小百合の声で、二人同時に開け放したままの戸口を見る。副支店長の藤山藤男が、中を覗《のぞ》きこんでいた。本人はそっと覗いたつもりだったのかもしれない。

「い、いや、別に様子を見に来たわけじゃありませんよ。用事があったから来たんです」

言い訳がましい言葉を口にした。支店長の加藤英也《かとうひでや》よりも年上であることを、密かに気にしていると言われていた。鼻の下のチョビ髭《ひげ》が、トレードマークになっている。浅草《あさくさ》のお笑い芸人みたいだと、陰で笑われているのを知っているだろうか。

「副支店長さん。先日はわざわざお越しいただきまして、ありがとうございました」

小百合は例によって例のごとく、相手の話を聞いていなかった。煙草を揉み消すと、バッグを持って立ちあがる。

「また是非《ぜひ》、おひとりでいらしてくださいね。たっぷりサービスしますから」

小首を傾《かし》げ、腰《こし》を屈《かが》めながら、バチンッという音がするほどの感じでウィンクした。腰を屈めた拍子《ひょうし》に下着が丸見えになる。

「…………」

瑛一は、思わず生唾《なまつば》を呑みこんでいた。目が釘付けになっている。もちろん光平も同じだった。

若者たちの悩ましい思いを知ってか知らずか。

「それじゃ、失礼します」

小百合は頭をさげ、出て行った。三人の男たちは少しの間、きつい残り香《が》の余韻《よいん》に浸《ひた》るかのように黙りこんでいた。

「副支店長。マドンナに行かれたんですか」

瑛一が口火を切る。豊かな胸やあらわになった白いパンティに目を奪われつつも、小百合が放った言葉は聞きのがしていなかった。

「あ、い、いや、支店長から接待場所として、何店かあたるようにと言われてね。仕方なく足を運んだんですよ。仕事のひとつです。そう、マドンナは悪くない店でしたね。美人で若い娘が揃《そろ》っていました」

汗を拭《ふ》きふきでは、いささか説得力に欠ける。が、深く追及するつもりはない。

「確かにマドンナは、美人揃いですね。ああ、そうだ。もし、接待場所に困っておいでならば、山田に訊くといいですよ。錦糸町や浅草界隈《かいわい》の店に詳《くわ》しいですから」

その言葉を、光平が受ける。

「おまかせください」

「それはそれとして、だ」

藤山は狭い部屋を見まわしてから、瑛一に顔を近づけた。三浦がいないのを確かめたに違いない。光平も屈みこんで顔を寄せる。

「三浦課長のことだが、知っているかね」

チョビ髭を撫でながら訊いた。

「は？」

わざとらしく、瑛一はとぼけた。気にならないではなかったが、副支店長と支店長の嫌味コンビは、お困り課のお取り潰《つぶ》しを狙っている。ゆさぶりをかけ、まとまりかけている三人の絆《きずな》を断ち切る可能性も考えられた。

「そうか、知らないのか」

藤山はにやりと笑った。

「はい、知りません。どんな話でしょうか」

低い位置からひびいた声に、ぎくりとする。三浦が瑛一の傍《かたわ》らに膝《ひざ》をついて、三人を見あげていた。

「み、三浦課長?」

藤山の驚きが、そのまま瑛一たちの驚きでもあった。

「かちょ、かちょー、い、いつ、いつからそこに?」

光平が頬を引き攣《つ》らせている。腰をぬかさんばかりだった。むろん瑛一も驚きのあまり、口をぽかんと開けている。三浦は備品を隠すために使っている衝立《ついたて》の裏側で、昼寝していたのではないだろうか。

いつもは必ずいないかどうか確かめるのだが、光平と小百合がいたせいで確認を怠《おこた》ったのが仇《あだ》になった。

(これがゴーストと呼ばれる所以《ゆえん》か)

瑛一は三浦の異名を、あらためて思い出している。だからこそ、いつも気をつけているものを、今日に限ってと歯がみする思いだった。

「いつって」

三浦は立ちあがって、光平の机を顎で指した。

「君がうたた寝していたときに戻って来たんですよ。あまりにも気持ちよさそうだったんで、もらい泣きならぬ、もらい寝とでもいいますか。わたしも眠くなったものですから寝ていました」

今度は後ろの衝立を示した。

「……それじゃ、ずっと」

光平はあとの言葉が続かない。青ざめていた。

「はい。知っていますか。エースのジョーこと宍戸錠は、あの映画の企画を自分で持ちこんだそうです。日本人は絶対に西部劇が好きだから、とね、考えたようですが、先見の明があったということでしょう。大当たりしました」

対する三浦は、にこにこしている。不気味な笑いに見えた。

「戦争ものでは生々しすぎて受け入れられません。それを時代劇ではなく、西部劇にしたのが新鮮だった。商売も同じですね。猫の目のように変わる時勢を読みつつ、あらたな挑戦を続ける。老舗《しにせ》は革新の積み重ねという言葉もあります。老舗ほどあらたな挑戦をしているのかもしれません」

「素晴らしい演説です」

藤山がしらじらしく手を叩いた。

「昼寝の話は、もっと仕事をくれという要望だと感じました。支店長はお困り課の熱い気持ちを、よーくわかっておられるのでしょう。今月のノルマはこれです」

背広の懐《ふところ》に手を入れて、一枚の紙切れを取り出した。

「では、宜しくお願いしますよ」

課長の机に置くや、そそくさと部屋をあとにする。三浦のどんな話をするつもりだったのか。瑛一は多少口惜《くや》しく思う反面、ほっとしてもいた。だれしも大なり小なり秘密を持っている。

それを暴《あば》くのは、あまり愉快な話ではなかった。

5

藤山が出て行くのを見送った後、

「月初めに持って来たのは評価できます。先月よりもましですね」

三浦が紙切れを手に取る。先月、二億のノルマを命じられたのは、八月十三日だった。それを思えばましといえるかもしれない。

「今月のノルマは、なんですか」

瑛一は訊いた。さして知りたくもなかったが、訊かないわけにはいかなかった。

「お困り課のリストの中でも、特に問題の多い十社をワーストテンにあげています。我々のリストに載っていない会社もあるようですね。この十社に改善が見られないときには、融資を打ち切るという話です」

三浦に目顔で告げられて、瑛一と光平は片隅に置かれていた移動式の黒板を持って来る。そこに三浦が十社の会社名を書き始めた。

「うわ、課長に渡されたリストと重なる会社が、二社もあるよ」

瑛一はさっき光平に渡された書類の束を素早く繰《く》る。一社は言うまでもない、中村研磨工業で、もう一社は竪川町《たてかわちょう》の〈早見《はやみ》スプリング〉だった。

「そういえば」

と三浦が瑛一を見る。

「話が前後しましたが、怪我をした人は大丈夫でしたか」

「十一針縫いました。でも、血が出た割には、小さな怪我だったように思います。念のために大きな病院で検査を受けるよう、斉藤先生、あ、これは治療した老医師ですが、そう仰《おつしや》っていました」

答えながら、どうやって三浦の私生活に話を持っていこうかと考えている。仕事の流れでは、あまりにも不自然すぎるのではないだろうか。やはり、飲みに行ったときにしようと思った。

「中村研磨工業には、あらたな顧客を獲得するべく、経営者の娘さんに営業を勧めました。及ばずながら、お手伝いしようと思っています」

黒板の会社名を目で読み取ったとき、

「あれ？」

瑛一は素《す》っ頓狂《とんきょう》な声をあげた。

「どうかしましたか」

「〈国光《くにみつ》刃物工芸所〉があるので、少し吃驚《びっくり》しました。場所は太平町《たいへいちょう》ですよね」

念のために確認する。三浦が藤山に渡された紙片に目を戻した。

「ええ、そうです」

「やっぱり、間違いないか。それはそれは美しい鋏を作る工房なんですよ。今はどうかわかりませんが、昔は医療用のメスや大工さんの鑿《のみ》なんかも作っていました。高くてとても手が出ませんが、ひそかに国光の鋏を狙っているんです。いつか手に入れたいと思いまして」

「瑛一は凝《こ》り性だからな。鋏なんか、どれだって同じだよ。切れなくなったら買い換えればいいのさ」

光平が自分の席に座って、一般人らしい意見を述べる。向かい合わせになった机がそれぞれの机であり、三浦の机は二人の片側に置かれていた。

「本物の価値がわからないってのは、哀しいね。国光の品物を見れば、おまえも考えが変わるよ。ぜんぜん違うからな」

「そこまで思い入れがあるのなら、国光の担当は渋沢君にお願いしましょうか」

三浦の申し出に、瑛一は躊躇《ためら》いを返した。

「いや、ちょっと、それは」

「珍しいですね、君が弱気になるとは」

上役の少し挑発的な物言いに、持ち前の闘争心を刺激されたが、国光の担当を即応するには至らなかった。

「なんて言うのかな。格負けしちゃうんですよ。あそこは職商人《しょくあきんど》なんで、工房がすなわち店舗でもあるんです。今も言いましたが、鋏を狙っているので、時々覗いているんですけどね」

「職商人ってなんだよ」

すかさず光平から疑問が投げられた。時間差男《タイムラグ》の異名もあるのだが、近頃ではワンテンポずれることなく、話についてこられるようになっていた。

「自分で作って、自分で売る職人のことだよ。だから工房に店舗が併設されているんだ。職人気質《かたぎ》そのものという感じの親方なんですよね。おれみたいな下《した》っ端《ぱ》が行ったら、気を悪くするかもしれません」

仲間うちと上役への言葉づかいが、ないまぜになっている。三浦は常に紳士的な態度をくずさないが、二人に対してうるさく注意することはなかった。

「では、わたしと一緒に行きますか」

二度目の申し出には、大きく頷き返した。

「はい」

「それにしてもだ。瑛一が惚れこむほどの腕を持つ工房が、なにゆえ、ワーストテンに名を連ねるのか。職人気質が災いしたのかな」

「光平にしては、まともな自問自答だな。おれもそう思うよ。手間をかけすぎるのが、いいのか悪いのか。国光のような優れた工房は、国が援助して保護するべきだと思うね。そうしないと腕のいい職人は生き残れないよ。ただでさえ商売が下手《へた》なんだから」

話しながら三浦のリストをもう一度、確認している。あまり目にしない会社名というか、医院の名が記されていた。

「課長。この〈水嶋《みずしま》医院〉というのは、なんですか。工場でもなければ、職人の工房でもないですよね」

「ああ、そこは今朝、電話があったんですよ。君をご指名でしてね。開業したばかりだとか。医院の運営について、是非とも相談に乗ってほしいとのことでした。だれかに君の話を聞いたのではないでしょうか」

「そうですか。場所は、石原町三丁目か。あのあたりに水嶋医院なんて、あったかな」

記憶を探るが思い出せない。蔵前橋《くらまえばし》通りを挟んで石原町の小さな商店街が、左右に連なっている区域だ。生鮮食品や洋服類を置いたスーパーがあるため、渋沢家もよく買い物に行っている。

「スーパーの裏手あたりじゃないか。見た憶《おぼ》えがあるような、ないような」

光平の頼りない記憶を、あてにするつもりはなかった。

「わかりました。ご指名とあらば、水嶋医院の担当になります。少し医療関係のことを調べないといけないな。図書館に行って調べるか。怪我人や病人を招《よ》び寄せる妙案が、そう簡単に浮かぶとは思えないからな」

「山田君には、すでに書類をお渡しして説明しましたが、経営に行き詰まっている洋服関係の問屋を担当してもらいます。クラブやキャバレーではありませんが、主に女性の洋服を扱っている問屋のようですので、山田君に向いているのではないかと」

「ぼくは、夜の帝王ですから、どちらかと言えばクラブやキャバレーの方が、いいなと思いますが」

いい按配《あんばい》に飲み屋の話が出た。

「課長。また飲みに行きませんか。ワーストテンの相談がてら、飲み屋に行くというのはどうでしょう」

瑛一の提案を、光平が受ける。

「乗った。一緒に考えてください」

「いいでしょう。お祭りが終わったら慰労会《いろうかい》でも開きますか。今週と来週は休み返上で、お祭りの用意をしなければなりませんからね」

三浦はふたたび瑛一に視線を向けた。

「鈴虫《すずむし》の屋台は出せそうですか」

「大丈夫です。朝晩、必死に世話をした甲斐《かい》あって、増えまくってくれました。虫籠《むしかご》も同級生たちに声をかけて集めました。やっと鈴虫の世話から解放されますよ」

それから、と、続けた。

「先程、気になる男が支店長室に入って行きました。明和商会の三下と一緒にいたオールバックの男です。名前はおそらく黒木だと思うのですが、まだはっきりしません」

「そう、ですか」

珍しく上役の表情がくもった。瑛一だけに目をあてている。言おうか言うまいか、逡巡《しゅんじゅん》しているような雰囲気を感じたが、

「そのときがきたら話します」

三浦は告げなかった。

「わかりました」

二人の会話が理解できなかったのだろう、

「え？」

光平が眉《まゆ》をひそめた。

「今の流れ、わからないよ。おれだけ置いてきぼりにしないでくれ。置いてきぼりは本所《ほんじょ》七不思議だけで充分だ。釣った魚を置いてけ、置いてけと妖怪《ようかい》が、あぁ、わけがわからん。おれひとりだけ蚊帳《かや》の外だ、おれは孤独だ」

意味不明の叫びは無視する。

「光平、おまえさ。中村研磨工業の親父さんの顔、知ってたっけ？」

「せっかく孤独に浸りかけたのに、いきなり現実に引き戻すなよ。たぶん会えばわかると思うけど」

「それじゃ、錦糸町界隈の飲み屋に行ったとき、探してくれないか。もちろん、ついででかまわない。早く仕事に戻ってくれないと困るんだ。本当に今月は危ないからさ」

「わかった。心がけておくよ」

「頼む」

答えて、瑛一はふたたび上役を見る。

「二つ、気になることがあります」

「なんですか」

「光平が担当する問屋は違うようですが、他の会社は技を持つ工場や工房ばかりです。先月と同じように狙われているような気がしなくもありません」

「ありえることだと、わたしも思います。もうひとつはなんですか」

「はい。ワーストテンのノルマは確かに大変ですが、先月に比べると、ゆるいような気がしなくもありません。支店長たちは、なにか企んでいるんでしょうか。こめかみのあたりが妙に疼くんですよ」

「厄災《やくさい》の兆《きざ》しなんです」

光平が継いだ。

「頭が、こう、『もやもや』するらしいんです。当たることが多いんですよ。まあ、当たったところで嬉しくもなんともないんですけどね。結局、災いが訪れちゃうわけですから。未然に防げてこそのお知らせだと、いてっ」

軽く頭を叩いて、黙らせる。

「たまには防げることもあるじゃないか」

「まあ、そうだけどさ」

「とにかく今月のノルマを果たしましょう。渋沢君は四か所、山田君は二か所、残りの四か所はわたしが担当します。もちろん手助けしていただきますが」

「わかりました」

二人同時に答えて、立ちあがった。ひとつノルマを果たせば、すぐにあらたなノルマが課せられる。お困り課は休む暇がない。

（まずは図書館に行って病院関係の事柄を調べる。その後は、そうだな。誠さんが心配だから、とりあえず中村研磨工業に様子を見に行くか）

瑛一は、鞄を持って部屋を飛び出した。

6

中村研磨工業は、その社名どおり、刃物の研削《けんさく》をする工場だ。

建設、食品、繊維《せんい》関係と、使う機械がさまざまであれば、刃物にもさまざまな種類がある。規格化された刃物もあるが、職人たちが火造《ひづく》りし、焼入れをして手研《てと》ぎしたものは、規格化された刃物とは雲泥《うんでい》の差があるのは言うまでもない。

そして、研ぐ職人の技にも残念ながら差が出るのだった。

「お邪魔します、曙信用金庫の渋沢です」

他人行儀な挨拶に、事務所から麻美が顔を覗かせた。

「なによ。よそゆきの顔しちゃって」

「曙の職員として来たからだよ。親父さんは？」

開けられた扉から事務所に入る。隣にかなり広めの工場が設けられていた。陽が落ちて暗くなった工場では、裸電球の明かりを受けて、グラインダーを中心とした何台かの機械が、鈍色《にびいろ》の輝きを放っている。油の臭いと、鉄やステンレスを削るときに出る独特の臭いが漂《ただよ》っていた。

事務所に入る間際、瑛一は腕に包帯を巻いた誠が、一台のグラインダーの前にいるのを目の端《はし》にとらえていた。

「帰って来ないわ。電話もかけてきやしない。出て行ったが最後、戻るのはいつになることやら。教えてもらいながら、わたしも簡単な研削の仕事はやっているのよ」

麻美がお茶を淹れてくれた。

「中村研磨工業の従業員は、親父さんを含めて四人だったけど、今は麻美ちゃんを加えて五人か」

瑛一は会釈して、お茶を飲んだ。日に日に暑さがやわらぎ、麦茶よりも温かい煎茶《せんちゃ》が美味しい季節になっている。幼なじみと他愛のない話をしたいところだが、仕事の話をしなければならない。

「中村さんは、非常に厳しい状況です」

鞄を開けて書類を取り出した。

「承《うけたまわ》りましょう」

麻美は笑いながら椅子に座る。

「言われるまでもないことだと思いますが、中村さんの売り上げには大きな波があります。社長が真面目に仕事をしたときは、当然、売り上げがあがる。それが二、三か月続いたと思うと、がくっとさがる。これの繰り返しなんですが、納期に間に合わない仕事もあったりするんでしょう。ここにきて、売り上げが激減しました」

瑛一の指摘に、麻美は頷き返した。

「瑛一君の言うとおりよ。得意先に見切りをつけられちゃったの。無理ないわよねえ。何度も納期を破られれば、長年の付き合い云々なんて言ってられないわよ。わたしだって同じことをすると思うもの」

深い吐息《といき》が出る。

「悪いのは、うちなの。お父さんが悪いのよ」

「もう中村さんはあてにしないで、比較的、簡単な研削の仕事を増やしていったらどうかな。それこそ、麻美ちゃんにもできそうな仕事を増やして、売り上げを確保する。中村さんがいるときの売り上げは、臨時収入ぐらいに考えてさ。基本的な運営は、社長を除外して考えた方がいいかもしれない」

「ええ、わたしも同じことを考えていたわ。朝、瑛一君に営業を勧められたでしょ。どうせ営業をするのなら、むずかしい仕事よりは簡単な仕事だな、と思って」

「よし、決まりだな。明日から動こう。ちょうど竪川町に行かなけりゃならないんだ。ついでになっちゃうけど、営業に付き合えるよ。十一時頃に待ち合わせて、一緒にまわろうか」

「悪いわね。甘えちゃってもいいのかしら」

「遠慮する柄じゃないだろ。曙《うち》の顧客の喜びは、曙《うち》の喜び。今月が大きな山場になるのは間違いないからさ。なんとか実利をあげないとね。特別支援課、通称、お困り課の明日もない話だよ」

「え、そんなに切羽詰まってるの？」

問いかけには、二つの意味がこめられているように思えた。ひとつはお困り課に対する質問、もうひとつは中村研磨工業の明日に対する質問。瑛一は苦笑いする。

「危ないのは、お困り課の方だね。まあ、ここも安穏《あんのん》とはしていられないけどさ。上に睨まれちゃってるせいで、いつも崖《がけ》っぷちに追い詰められているよ。新しく加わった異名が『崖っぷち倶楽部《クラブ》』、悪くないだろ」

「笑えないわね」

「確かに」

「こんばんは」

不意に後ろで憶えのある声がひびいた。

「誠さんは大丈夫なんですか」

中里千春が、工場の方を見ながら入って来る。幼なじみであるとともに、恋人だと瑛一が思っている相手は、警察官の制服姿だった。まだ渋沢家には立ち寄っていないのだろう。私服に着替えていなかった。

「おう、千春」

「朝も斉藤医院に来てくれたのよ。瑛一君と入れ違いになっちゃったけどね」

そう言って麻美は、瑛一の横にパイプの折りたたみ椅子を広げた。

「どうぞ。見てわかるように、誠ちゃんは仕事してるわ。まだ痛いと思うけど、ほら、そういうのは表情に出さない人だから」

「誠さん。今日はもうあがった方がいいですよ」

千春が呼びかけるのを見て、麻美は慌《あわ》て気味に工場へ移る。何度か誠に呼びかけたが、なかなか仕事を切り上げようとしない。最後は叱りつけるような語調になっていた。

「まったく身体を大事にしないんだから」

麻美は事務所に戻って来たものの、工場に続く扉から顔を突き出している。

「もう今日は駄目、ゆっくり休んでよ。誠ちゃんに倒れられたら、うちは本当にお終《しま》いだからね。今、曙さんと色々相談しているところなのよ。楽じゃないのは、わかっているでしょ。無理しないで、ね？」

最後の懇願《こんがん》するような言葉が効いたのか、ようやく誠は機械を止めた。社長が工場長の地位と給料を与《あた》えないだけの話で、誠は事実上の工場長といえた。他の従業員も、これでやっとあがれるとばかりに、機械を止めていた。

「ちょっとごめんね」

言い置いて、麻美はもう一度工場に戻る。

「後片付けはいいから、早く顔や手を洗って。あとはわたしがやるから」

片隅に設けられた洗い場に誠を追いやっていた。今日はズボン姿だが、明日から麻美は作業服を着るのではないだろうか。

「麻美ちゃんも苦労するな」

「瑛ちゃんもね」

継いだ千春に、笑みを返した。

「おれは男だからさ。責任があるじゃないか。次男とはいえ、兄貴は婿《むこ》入りしちまったからな。渋沢家の跡継ぎとしては、仕方ない部分もあるよ。でも、麻美ちゃんは女だからなあ。下に弟が生まれていれば、そいつに面倒な親父や工場を押しつけて、家を出られたかもしれないのに」

「一度嫁いでみて、わかったんじゃないかな。やっぱり、自分は町工場が合ってる、この町の娘なんだって」

千春が言った。やけにしみじみとした口調だった。

「なにかあったのか」

瑛一は不安になる。製紙会社を営みつつ、市議会議員を務める千春の父親は、むろん娘が婦人警官として働くことに反対していた。優秀な三人の兄姉は、父親が望むとおりの暮らしを送っている。瑛一の家に出入りしているのがわかれば、どんな態度に出ることか。

いくつもの不安要素が、千春の後ろにちらついていた。

「さっき交番に、気になる男が来たのよ」

声をひそめて告げる。瑛一と同い年の二十一。人目を引くほどの美人ではないが、外廻りで陽に焼けた肌は、小さい頃からの健康美をいっそう輝かせていた。

「どんな男だ?」

瑛一は千春に顔を近づける。日向《ひなた》の匂いを感じて、少しどきりとした。もっとも瑛一は千春に近づくだけで下半身が疼くのが常。これを危険距離と勝手に呼んでいた。

「巡査長に渡した名刺には、Z連合会の黒木雄作《ゆうさく》と書かれていたわ。髪をオールバックにしてね。ポマードでテカテカだった」

「Z連合会の黒木」

「知ってるの?」

「知ってるというほどじゃないが……おれの身辺調査でもしてるのか」

と目をあげた。

「うん。瑛ちゃんのことや、渋沢家の話を色々と訊いていたわね。また巡査長がお喋《しゃべ》りなのよ。住人の情報をたやすく洩《も》らしてはならん、と、あたしたちには言うくせにさ。訊かれるまま答えていた感じよ。Z連合会って、いったい、なんなの？」

「中小金融機関の親玉みたいな会社だよ。貸すよりも預かる金の方が多いって話だ。預かった金を都市銀行や企業に貸し付けたり、証券や債券で運用するらしいな。おまえは気がつかなかったかもしれないけど、明和商会の三下、木下三郎《きのしたさぶろう》だったか。小火《ぼや》騒ぎのとき、木下が黒木と一緒にいたよ」

「ヤクザと仲良しなの」

口調はいかにもお子さま向けだが、その目には嫌悪と侮蔑《ぶべつ》が浮かびあがっていた。瑛一に負けず劣らず、千春はヤクザをきらっている。

「おそらくな」

「それじゃ、よけいまずかったじゃない。うちの巡査長は、権威や肩書きに弱いからなあ。黒木って男、妙な迫力があるのよ。最初から押され気味だったから、もう、あとは訊かれるままよ」

「前に課長は、Z連合会は下っ端だと言ってたけどね。三下みたいなものだとか。では、後ろで糸を引くのは、だれなのか」

自問が出る。三浦からはまだ明確な答えを得られていない。背後にいるのが、相当な大物であるのはおそらく間違いないだろう。関東一円の信用金庫を、銀行としてまとめる話とも関わりがあるのだろうか。

「千春が言うとおり、おれも苦労が多いよ」

独り言のように呟いていた。

第二章　新旧の戦い

1

翌日、瑛一は一度出社した後、竪川町に向かった。

竪川町の別名はポンコツ街、政府から受けている鑑札《かんさつ》は『古物売買商』である。廃車になった車を解体して、活《い》かせるパーツを取り、どうにもならない部分はスクラップ業者に払いさげるのが仕事だ。

解体業者は約百軒ほどあるが、それぞれ得手不得手があるのは言うまでもない。外車専門の店もあれば、国産車専門の店もある。また国産車専門店も、トラック、バス、乗用車といった具合に、店によって分かれていた。

「ありがとうございました。なにか御用がおありのときは、電話してください。すぐに駆けつけます」

瑛一は、一軒の解体業者で集金を終えて外に出た。少し離れた工場に目が向いている。そこから出て来た若者に見覚えがあった。

木下三郎ではないか？

間違いない、日吉連合・板東組傘下の街金〈明和商会〉の三下だった。瑛一に気づいたふうもなく、反対の方に歩いて行った。

（この工場から出て来たな）

横目で見ながら通り過ぎる。車の整備工場だが、問題は斜《なな》め向かいに、これから瑛一が行く〈早見スプリング〉があることだった。見張るには適した場所に思えなくもない。

（まさかとは思うが）

瑛一は早見スプリングも通り過ぎて、木下を追いかけた。明和商会の後ろにちらつく不吉な影、Z連合会の黒木という男の名が三浦と話したときに出た。行く先々に現れるのは偶然なのだろうか。

木下に追いつくと、

「落としましたよ」

瑛一は大きな声で呼びかけた。自分のハンカチを拾う真似をして、差し出している。

「え？」

木下が振り向いた。とたんに相手は唇をゆがめたが、木下三郎に間違いないことを確かめられた。次はここに来た目的を知りたい。

「なんだ、木下さんじゃないですか」

しらじらしいと思いつつ挨拶する。

「奇遇ですね。こんなところで、お目にかかるとは思いませんでしたよ。また取り立てですか」

と瑛一は後ろを顎で指した。また取り立ての部分に、ことのほか力が入っていた。気づかないほど鈍くないだろう、

「あんたは、いつもとんがってるな」

木下がうんざりしたように言った。

「喧嘩を売りたいのかもしれないけどよ。あいにく、おれはそんなに暇じゃねえのさ。親分の、じゃねえや、社長の車の修理を頼んだんだよ。外車だからな。いつも同じ工場に頼むのさ」

張り合ったのだろうか。外車の部分に、ことのほか力が入っているように思えた。

「なるほど、外車の修理ですか。おおかた敵対する組の若い衆に、鉄パイプかなにかで壊されたんでしょう。明和商会に関しては、ろくな話を聞きませんから」

わざと挑発する。怒らせて話を引き出そうとしていた。決して穏やかな気質ではない。かっとなるだろうと思ったのだが、意外にも木下は笑顔を押しあげた。

「またまた悪い冗談を。ぶつけられたのさ。単なる事故だよ」

昼では懸命に笑みを形作っている。が、目は笑っていなかった。

「話は変わりますが、前に木下さんといたオールバックの男。Z連合会の黒木雄作さんらしいですね。狙いをつけた町工場を落とせなかった落とし前をつけろと、親分、じゃなかった、社長は締めあげられているんじゃないですか」

一歩踏みこんでみる。木下の顔色がさっと変わった。

「きさま、な、なんで黒木さんのことを」

言った後で口を押さえる。しまったというような表情をしていた。これで木下と一緒にいた男が、黒木雄作だったことがはっきりした。

「うちも色々つてがあるんですよ。〈日野《ひの》金属加工〉の放火も、黒木さんの命令だとか。内々の話ですが、捕まった少年の一人が自白したらしいです」

平然と大嘘を口にした。下っ端の木下でも、婦人警官の中里千春と瑛一の親しさは知っている。それらの事柄が頭の中で繋《つな》がったに違いない。

「そうか。あの婦人警官から」

木下が呟いた。即座に否定しなかったのは、やはり放火は黒木の命令ということなのだろうか。そんな手荒な真似をするZ連合会とは、いったい、どんな会社なのか。中小金融機関の親玉と言われているが、親玉の後ろに控えているのは……。

「木下さんは、確か名古屋《なごや》のご出身でしたよね」

思いついたことを言ってみた。話が変わってほっとしたのだろう、

「ああ、そうだ。名古屋だよ。それがどうかしたのか」

木下の肩から力がぬけた。

それを見た刹那《せつな》、

「いえ、別になんでもありません。そうそう、Z連合会の後ろにいるのは、お上《かみ》らしいじゃないですか」

瑛一は大胆なカマをかけた。三浦から聞いたわけではない。ヤクザを下っ端として使えるような組織と考えたとき、ふと浮かんだのが政府だったのである。

「…………」

木下は不意に黙りこんだ。その沈黙こそが答えではないのか。政府のなんという組織なのかまではわからない。が、政府の機関であるのは、ほぼ決定のように感じた。反論しなければと焦《あせ》ったのか、

「そ、そうだ、あんたの上司も」

木下が青い顔をして切り出した。

「今話に出たお上の手下という話じゃねえか。どうせ、なにも知らされてねえんだろ。なんのこたぁねえや。いいように使われてるってことだな」

「…………」

課長が政府の役人？

狼狽《うろた》えかけたが、平静を装った。

「おまえたちにはわからない理由があるんだよ。課長は高い志《こころざし》を持って、曙に来たんだ。上《うわ》っ面《つら》だけ見て、あれこれ言うんじゃない」

つい私的な口調になったものの、相手に隙は見せていない。木下はあきらかに気落ちしたような顔を見せる。

「ふん。お困り課はどうなることやら。潰されるのも時間の問題さ。首を洗って、待っているがいいや」

捨て台詞《ぜりふ》を吐いて、木下は踵《きびす》を返した。瑛一は動けない。しばしその場に立ちつくしていた。

（三浦課長がお上の手下）

その言葉が、ぐるぐるとまわっている。信じていた、いや、今も信じている、いや、信じたいと思っている。しかし、三浦が謎多き上司であるのは確かだ。戸川佳恵も言っていたが、瑛一も本部や支店の名簿を確かめている。が、上司の名はどこにもなかった。

三浦はどこから来たのか。だれかに命じられたうえの潜入だとしたら、だれに命じられたのか。

「政府の機関」

すとんと胸落ちしたように思った。そう考えると、おさまりがつくのではないだろうか。

つまり、と、瑛一は考える。

「黒木雄作とは、同じ穴の狢《むじな》ってことか?」

自問が虚《むな》しくひびいた。元同僚なのか、今もそうなのか。お困り課に来たのは、中小企業を救うためではないのか。あるいは……瑛一たちを騙《だま》して、事をうまく運ぶつもりなのだろうか。

「ちがう、課長に限って」

信じると誓《ちか》った。

わたしを信じられないというのであれば、すぐさま君の前から姿を消す、と三浦は言った。あのときの顔は恐いほど真剣だった。嘘をついていたとは思えない。

信じるか、信じないか。

「なにか理由があるんだ」

口をついて出た呟きに苦笑いする。ついさっき木下に投げた言葉ではないか。それに三浦は仕事に情熱を持っている。先月は自転車に乗って得意先をまわり、二億達成した後は、飲み会でおおいに盛りあがった。

「そうだよ。おれが揺さぶられてどうする」

ぱんっと両手で頬を叩いた。振り向いたとき、早見スプリングの前に若社長の早見良彦《よしひこ》が立っているのが見えた。不安げな様子を見て、瑛一は笑顔を浮かべる。

「若社長」

駆け寄って行くと、早見の口もともほころんだ。

2

「すみません。遅くなりました」

瑛一の謝罪に、早見は小さく頭を振る。

「時間は遅れていないよ。うちの前を通り過ぎて行っただろ。どこに行くのかと思ってさ。ちょっと気になってね」

年は三十一。二年前、父親を脳溢血《のういっけつ》で喪《うしな》った後、工場を継いだ。母親もまた昨年の末に病で喪っている。結婚して五年ほど経っているだろうか。若夫婦を含めて総勢四人の工場を、苦しいながらもなんとか続けてきた。

「知り合いだったものですから声をかけたんです。調子が悪くなった車を預けに来たようでして」

瑛一は、斜め向かいの整備工場を目で示した。曙とは取り引きしていないが、斜め向かいであれば、いやでも目に入るだろう。

「高級車が多いよ。扱っているのは、ほとんど外車じゃないかな。あまり付き合いがないんで、よくわからないけどね」

曖昧に言葉を濁《にご》して、早見は工場の隣の事務所に足を向けた。工場にいるのは若い工員と、社長亡《な》き今、事実上の親方と言える熟練工の工藤勝久《くどうかつひさ》だ。年は五十前後ではないだろうか。工藤がいなければ早見スプリングは成り立たないといえた。

(相変わらず切り屑《キリコ》さえも美しいな)

キリコとは、工場でものづくりをする際に出る金属の切り屑《くず》のことだ。だいたい工場の出入り口近くに、それ専用の小さなドラム缶が置かれている。優れた工場の切り屑は、例外なく美しかった。

瑛一は工藤と若い工員に会釈して、早見のあとに続いた。若社長は手際よく茶の支度をしている。瑛一は事務所の入り口で足を止め、工場の奥にある家への出入り口をちらりと見た。

「奥さんはお留守《るす》ですか」

「これだからさ」

と両手で大きな腹を描いてみせた。

「もう九か月になったからね。検診だよ」

「ああ、そうでしたね。いつ産まれても、おかしくない時期に入りましたか。それじゃ社長も頑張《がんば》らないと」

答えつつ、椅子に座って通帳の預かり証を鞄から出した。早見スプリングも月々幾《いく》ばくかの金を掛けている。若社長だった呼び方から『若』を外したことに気づいただろうか。

子供が生まれるんだからしっかりしてください。

そんな願いをこめたのだが、

「頑張ってはいるんだけどねえ」

早見はひとつ、重い吐息をついた。茶を瑛一の近くの机に置き、自分は社長の椅子に腰をおろした。

「いや、渋沢さんも知ってのとおり、うちのバネは評判がいいんだ。『早見さんのバネを使うと組み立てやすい』なんて、現場の女工さんからお褒《ほ》めの言葉を賜《たまわ》ることも珍しくない。でも、なんだよね」

苦笑いを通り越して、泣き笑いのような顔を見せる。

「大量生産できないから儲けが出ないんだよ。親父の時代には、それでやっていけたかもしれないけど……」

「使ったときの感覚や、美しさが違うでしょう」

突然、背後で声がひびいた。事実上の親方、工藤が入って来る。早見はすぐに立ちあがって席を譲った。片付けてあった灰皿を机に置き、工藤の茶を淹れ始める。元々早見も煙草を吸っていたようだが、子供のことを考えて吸うのをやめたのだと聞いた憶えがある。

「工藤さん、座って」

早見に勧められて、工藤は譲られた席に座った。

「どうも」

その姿がこの工場の真実を告げている。

(前の社長も頭があがらなかったらしいからな)

何度かここに来たときに、早見から工藤の話は聞いていた。典型的な職人で妥協しないのを信条にしている。うちのバネの良さがわからない客は、こっちからお断りだ、というタイプだった。

売り上げを伸ばしたい早見、あくまでも品質にこだわる工藤。

新旧の戦いとも言える状況になっていた。相反する気持ちを汲《く》みつつ、売り上げをあげるにはどうしたらいいのか。

「規格に外れていないんだからこれでいいや、という人のバネと、規格にはずれてはいないけれど、こんなものを出したら工場の恥だ、と考える人のバネでは、箱にたまったバネの山をひとめ見たらわかります。美しさが違いますよ」

工藤が口火を切った。作業服のポケットから取り出したハイライトに、瑛一はマッチで火を点けてやる。味わうようにまずは一服吸いこんだ。

「わかります」

瑛一は受けて、続ける。

「キリコを見ればわかりますよ。早見さんのところのキリコは、とても美しいと思います。捨てるのがもったいないと思うぐらいですから」

ん？

というように、工藤の目つきが変わった。切り屑を見る信金マンは、今までいなかったのかもしれない。

「あんた、ええと、名前は」

工藤の問いを、早見が受けた。

「渋沢さんですよ。工藤さん、知ってるかなあ。ほら、亀沢町四丁目の〈渋沢鉄工所〉の息子さん」

「へえぇ、それはそれは……工場に詳しいのも当然か」

渋沢家の借金地獄は知らないようだったが、瑛一には熟練工が破顔《はがん》したように見えた。厳しさや険しさが心なしやわらぎ、自分の息子を見るような目になっている。

「先程の話に戻りますが、工藤さんの仰るとおりだと思います。たとえバネ一本でも、『美しいもの』は美意識を満足させるだけではなく、使いやすさを生み、品質を高めるのではないか。と、ぼくは考えています。だれの言葉か忘れましたが」

お茶で喉を潤して、さらに言った。

「美しいデザインが必要な理由は二つある。ひとつは人間が本能的に美しいものを欲しがるから。もうひとつは売れるから」

「確かに」

早見が相槌《あいづち》を打つ。

「ぼくは小さい頃から、工藤さんのバネを見てきたからね。他のバネを見ると不安を覚えることがあるんだ。こんなバネで製品を作って大丈夫なのかってさ。よく思うよ」

自分の机にあった数枚の絵を眺めていた。仕上がったバネを鉛筆で描いた絵だが、瑛一は目を引かれた。

「社長が描いたんですか」

「あ、これ？　そうだよ。人や風景は描く気にならないんだけどね。なぜか工藤さんのバネだけは描きたいと思うんだ」

渡された何枚かを、瑛一はじっと見る。ちりちりとこめかみのあたりが疼いていた。閃《ひらめ》きが訪れる前の疼きだが、これといった考えは浮かばない。

「今は取引先に言われた仕様のバネを作って納品しているんですよね」

確認するように訊いた。

「そう、それが主体だね。だから納品には時間がかかるんだ。一個、二個のバネが欲しいと言われても採算が取れないでしょう。対応できないんだよね。それに」

　早見は社長席に座っている熟練工を見やる。

「うちには、こだわりのある親方がいるから、よけい納期が遅くなる」

「妥協仕事のバネを使った機械は、駄目になるのが早い。もちろん直せば使えるが、そこにまた不良品のバネを使えば、またまた壊れやすくなる。たとえば田植えの季節、まさにここ数日で田植えを終えなければならないときに、バネが壊れて機械が使えなくなったら、とんでもないことでしょう。お客様にとっては死活問題だ」

　工藤が反論する。

「でも、工藤さん。うちのバネだって永遠に保《も》つわけじゃない。壊れるときがくるよ。そういうとき、規格品のバネがあれば、とりあえずは応急処置ができるじゃないか」

　早見も負けじと反論した。

「規格品のバネとは、なんですか」

　瑛一は疑問を口にする。まだ規格品のバネは売られていなかった。バネは必要に応じた時点で注文し、それを受けて早見スプリングのような町工場が作って納める。そのやり方しかなかったのである。

「用途の多いバネを、あらかじめ作り置きしておけば、急な注文にも対応できるでしょう。一個、二個の注文だって受けられる」

「なるほど」

頷きながら前の仕事を思い出していた。

（そういえば日野金属加工も、似たようなことをやっていたな。ただあそこの場合は、バネではなくて機械の生産だ。次も同じような機械を作るだろうと考えて、部品の在庫を作っておいた）

応用できそうに思えたが、どういうバネを作り置きしておけばいいのか。これまた閃きは訪れなかった。こめかみの疼きだけは強くなっている。

「規格品のバネなんぞ、問題外ですよ。バネはひとつずつ手作りするしかない。そうしなければ、お客の依頼に応えられませんよ」

煙草を揉み消して、工藤は立ちあがった。瑛一と一度話してみたいと思っていたのではないだろうか。規格品推奨派の早見の後押しをされては困ると思い、小休止がてら来たような感じだった。

「あれだからねえ」

早見が社長の椅子に座り直して、囁いた。

「腕がいいのはわかっている。親父亡き後、本当によく助けてくれているんだ。感謝してるよ。ただ」

そこでまた重い吐息が出た。

今のままでは立ちゆかなくなる。

言葉にされなかった声が、瑛一の頭の中でひびいていた。

「社長の考えは、とても面白いと思います」

励ますように言った。

「バネの規格品は、まだどの工場でもやっていません。まあ、相当数の規格品を作らないと対応できないでしょうが、考えとしては悪くないと思います。問題は規格品の種類ですよね。どんなバネを作り置きしておくか、それが問題です。在庫を抱えなければならないわけですから」

「そうなんだ。ただでさえ、借金だらけで身動きが取れないだろ。お祭りの寄付金も、やっとの思いで納めたよ。出産費用がかかるじゃないか。正直、寄付金は辞退させてもらいたかったぐらいさ」

正直に吐露していた。たかが寄付金と言うなかれ、一口五万、あるいは十万単位となれば、簡単には納められない。

「この絵とこちらのバネ、少しの間、お借りしても宜しいですか」

瑛一はバネの絵と、机に置かれていたバネを手にして訊いた。

「ああ、いいよ。なにかの役に立てばいいけど……そうそう、今月のはじめ頃だったかな。特別支援課の三浦課長が来たんだよ」

「課長が？」

つい今し方、木下との話に出たばかりだ。いやでも緊張してくる。が、早見は気づかなかったようだ。

「うん。自転車で来たから驚いたよ。うちの状況を細かく訊いてくれてね。渋沢を担当者にするから安心してくれ、と言ってくれたんだ。いい人だよ」

軽い口調で告げた。

「はい。ぼくもそう思います」

おそらく三浦は事前に支店長たちの動きを察知したに違いない。先んじて動き、ワーストテンの会社を調べた。

(部下に割り振る前に自分で動く。できる上司だよ)

ちらつく不信を追いやって、問いかける。

「つかぬことを伺いますが、Z連合会という会社から融資の話などは来ていませんか」

「いや、来ていないよ。そこがなにか？」

「まだはっきりしたことは言えないんですが、好条件を提示されても、乗らない方がいいのではないかと思います。もちろんそのご判断は、早見社長におまかせしますが」

「うちのメインバンクは、曙さんだからな。浮気はしないよ」

「こんにちは。中村と申しますが、こちらに曙信用金庫の渋沢さんはおいでてでしょうか」

中村麻美の呼びかけで、瑛一は腰をあげる。

「うちの近くの〈中村研磨工業〉の跡取り娘さんです。営業のお手伝いをする約束をしていまして」

「知っているよ。うちでも刃の研磨をお願いしてるから。なんだ、よそいきの声を出すからだれかと思ったけど、亀沢町の中村さんか」

早見は先に事務所を出て、麻美に挨拶した。納品や集金には、工場の若い衆が来ていたに違いない。挨拶の様子からして、麻美とは初対面のようだった。

瑛一は鞄にバネの絵とバネを入れて、麻美のもとへ行く。

3

「この工場は良い町工場のお手本のようなところだよ。これを見れば、訪問する工場の良《よ》し悪《あ》しがわかる」

まず瑛一は、早見スプリングの切り屑が入った小さなドラム缶を指した。鉄やステンレスの言うなればゴミを見ても、ぴんとこなかったのだろう。

小さなドラム缶を覗きこんだ後、

「ゴミで良し悪しがわかるの？」

振り向きざま問いかけた。

「わかる」

瑛一は大きく頷き返した。

「待ち合わせ場所を、ここにした理由がそれなんだよ。切り屑が美しいだろ」

「うーん、よくわからない。金属の切り屑だなと思うぐらいね。下手にさわると手を切りそうだわ」

麻美の返事に、がくっと膝を折る。

「それじゃ、この工場を見てよ。機械も手入れされているじゃないか。ゴミだってほとんど落ちていない。今日は借りていないけど、トイレだっていつも綺麗に掃除されているんだ。いい工場を知るには、切り屑とトイレを見よ」

「というのが、瑛一君の持論ね。なんだっけ。五箇条《ごかじょう》がどうのこうのってやつ」

立ちあがって目を合わせる。早見は仕事に戻って、ちらちらと二人の様子を見ていた。工藤と若い工員もそれとなく気にしているのがわかる。

「『商い五箇条』だよ」

瑛一は懐から手帳を出して、『商い五箇条』が書いてある頁《ページ》を開いた。

（一）無私《むし》の心

（一）金がなければ智恵を出せ、智恵がなければ汗を出せ
（一）自分よし、相手よし、世間よしの三方よし。万《ばん》やむなきときは、私《わたくし》を捨てよ（相手よし、世間よしの二方よしとする）
（一）厠《かわや》が穢《きたな》き家には貧乏神が宿る
（一）民富めば国富む民知れば国栄える

「ほんとだ。厠が穢き家って出てるわ」

麻美はくすくす笑っていた。どこまで理解しているのか。瑛一と違い、麻美は電話番ぐらいしかしたことがない。家事はある程度こなせるだろうが、工場の仕事となると、はなはだ心許《こころもと》なかった。

「笑いごとじゃないと思うけどね」

瑛一は奪い返すようにして、手帳を取る。

「中村社長は仕事にこだわるあまり、納期を守れないじゃないか。そのせいで売り上げが、どんどん落ちている。かなりまずい状況ですよ。支店長命令として、十社の立て直しが出されました。その中に中村研磨工業と早見スプリングも入っています」

はじめは私的な口調だったものが、途中から仕事の口調になっていた。心のどこかで工藤にも伝えたいと思っていたのかもしれない。それもあって、待ち合わせ場所をここにしたの

かもしれないと、遅ればせながら思っている。

「中村さんに再研削《リグラインド》してもらうと、切れ味が長もちする」

ぼそっと工藤が言った。

「つまり、研ぐ回数が少なくなるってわけだ。結果的に経費を節約できる。それが職人技ってもんさ」

瑛一を真似たわけではないだろうが、中村研磨工業を褒めつつ、自分の腕自慢をしていた。だからなにかを変える必要はないのさ、おまえの考えどおりにしたら工場の評判を落としかねないよ。

声なき声が聴こえている。

「ありがとうございます。今の言葉、父が聞けば喜ぶと思います。まあ、ますます図に乗るかもしれませんけど」

麻美もまたいちおう礼を返しつつ、婉曲に工藤を批判していた。だからあたしたちは大変なのよ。その苦労がわかってるの。

(やばい)

瑛一は、工藤の頬が引き攣るのを見た。

「ぼくたちは、そろそろ失礼……」

「お嬢ちゃんには、本物がわからないんだな。中村社長も気の毒に、お嬢ちゃんのような娘が出張《でば》ってきたら、やりにくくてかなわないだろうよ」

工藤が挑戦的な言葉を叩きつける。お嬢ちゃんの「ちゃん」の部分に、ことさら力が入っていた。

「なんですって?」

麻美の目が軽く吊りあがる。窘《たしな》めようとした瑛一の腕を、邪険《じゃけん》に振り払った。

「お言葉を返すようですが、父は自分がやりたいときにしか仕事をしません。おまけに酒を飲む、博奕を打つ、女を買うの悪行三拍子。母はどれだけ苦労したことか。癌になって早死にしたのは父のせいですから」

「麻美ちゃん」

二度目の制止も腕を振り払われた。

「職人としての腕は認めます。でも、それってそんなに偉いことなんですか。社長としては失格じゃないんですか。だって、そうでしょ、社員を食べさせられないんですから。いえ、社員どころじゃありません。家族さえ食べさせられない。職人としての生き方をつらぬくために、犠牲《ぎせい》にされちゃうんですよ、わたしたち家族が。だから、だから、わたし、家を出たくて」

涙目になっていた。拳《こぶし》でぐいと頰を伝った涙を拭う。三度目の制止にも軽く腕を振り払ったが、

「ごめんなさい。なんか頭がごちゃごちゃになっちゃって」

ぺこりと頭をさげ、大通りの方に歩き出した。

「すみませんでした。またお邪魔します。なにか閃いたときには、すぐお知らせしますので」

そう言った瑛一に、早見が軽く手を振る。

「気にしなくていいよ」

ぼくも同じことを言いたかったからさ。

とは言わなかったが、表情で告げていた。目で工藤を指している。当の熟練工は、いささか不満げな様子ではあったものの、黙々と仕事を続けていた。

一礼して、瑛一は麻美を追いかける。

（新旧の戦いは、どこにでもあるんだな）

中村社長と麻美、早見社長と工藤。どちらにも言い分がある。片方が間違いで片方が正しいとは言い切れない。理想は職人技を活かしつつ、量産、あるいは多くの仕事をこなせるようにできないかということだった。

（それがむずかしいんだよ）

瑛一が隣に並んだとたん、

「ごめん」

麻美が謝った。

「なんだか、こう、急に母のこととか思い出しちゃって。言い返した職人さんに、お父さんが重なっちゃったみたい」

「いいよ。似たような感じだなと思って、早見さんの工場で待ち合わせたんだけどさ。それが裏目に出た」

「せっかくの心遣いを無にしちゃったわね。さっきはあんなこと言ったけど、父が悪いわけじゃないのよ、わかってるの。それなりに働いてくれているわけだしさ。ただ……やっぱり、サラリーマンの家に憧《あこが》れるわよねえ」

憧れて、そういう相手に嫁いだはずなのに、麻美は実家に戻って来た。外に出たいきおいでどこかに勤めることもできただろう。さらにホワイトカラーの別の相手を見つけられたかもしれない。

しかし、戻って来た。

町工場が連なる場所に。

「あら、自転車はどうしたの？」

ふと麻美が目を向けた。

「今日は営業をする予定だったじゃないか。だから自転車は置いて来たんだよ。いちいち移動させるのが面倒だろ。目を離した隙《すき》に盗まれちゃうかもしれないしね。最近、多いらしいんだ、自転車の盗難。千春に気をつけるようにって言われたんだよ」

「自転車の登録番号を調べれば、盗難車だってわかるんじゃないの」

「削り取って色を塗り替えればわからないさ。それが危ないと思うやつは、ばらばらに分解して売り捌《さば》く。車と同じだよ。そうだ、ひとつ確認しておきたいんだけどさ。中村研磨工業の取引相手は、うちの他に信用金庫が一軒と信用組合が一軒だよね」

「そうよ。今月に入ってから、どっちも融資額を減らすと言って来たわ」

「融資残のメイン寄せか」

「なに、それ」

「下位行が融資を減らし、その分をメイン、中村研磨工業の場合は、つまり、うちだね。曙信金が減らした分を被《かぶ》るってことだよ。うちの負担が大きくなる」

答えが終わらないうちに、麻美の足が止まった。

「やっぱ、営業していこっか」

苦笑いを浮かべる。

「曙さんに融資を打ち切られたら、うちはお終《しま》いだもの。なんとかして立て直さないとね。怪我をした従業員もいることだし」

ふたたび歩き出した麻美の隣に並んだ。

「誠さんの具合はどう？」

歩きながら油断なく、営業できそうな工場を探していた。竪川町あたりまでの工場は、おおよそ把握《はあく》しているものの、いざ営業となれば記憶だけに頼れない。目で見たうえで決めようと思っていた。

「痛むでしょうけど、言わないわよ。弱音を吐かないのが男だと思っているんじゃないかしら。斉藤先生が紹介状を書いてくれた都立病院にも行くように言ったんだけどね。完全に無視されたわ」

「大丈夫って意味だよ。本当に痛ければ行くさ。新規営業を始める前に、これだけは頭に入れておいてほしいんだ。研磨技術においては、中村社長の腕はピカ一。でも、それだけじゃ新しい顧客を獲得するのはむずかしい。とにかく相手の会社がなにを望んでいるか、それを摑《つか》むのが大切なんだよ」

瑛一は言った。

「相手のニーズを摑むこと。このお客様は価格重視、このお客様は品質が第一、このお客様は短期間でやってほしいんだな、などなど、話しているうちにわかってくる。それを摑んで対応すれば、新規開拓できるよ」

金型の会社が目に止まる。

「よし。行ってみようか」

「はい！」

元気よく応えた麻美の背中を、瑛一は軽く押した。

4

六時過ぎまで麻美に付き合い、一度曙に戻って三浦に報告してから、家に戻った。

「ただいまぁ」

今日の晩飯《ばんめし》はなに？

と訊く前に匂いで察した。

「またカレーか」

「いやなら食うな」

これまたいつもどおりの声が、事務所の隣の作業場からひびいた。父親の敏之に仏頂面《ぶっちょうづら》で出迎えられる。

「食べますよ、ありがたく頂戴《ちょうだい》いたします」

「なに言ってんのよ。今日はただのカレーじゃないわよ。チキンカツのカレーだからね」

事務所からあがる茶の間兼両親の寝室に、母親の芙美が現れた。夜は涼しく感じるときもあるが、今日は蒸し暑い一日だった。秋から冬にかけては着物で通す母も、まだアッパッパ姿。太い二の腕があらわになっていた。

「へえ、チキンカツカレーか。カツとカレーを組み合わせたのが斬新《ざんしん》だね。やりそうでやらなかったよ。おふくろにしては、洒落《しゃれ》たことを考えたじゃん」

「でしょ？」

ふふんと得意げに二重顎をあげた。二の腕はもちろんのこと、顎や腹にも脂肪がたっぷり付いている。戦後の食糧難の影響だろうか。近所の母ちゃんたちは、みな似たような体型をしていた。

「着替えてくる」

座敷にあがって、階段をあがる。家に戻る途中で中村研磨工業の様子を見ようとしたのだが、今日は残業をやめたのか、シャッターがおりていた。麻美が戻った時点で閉めたのかもしれない。

「光平は錦糸町を彷徨《さまよ》い歩いているのか」

着替えながら、三浦との会話を思い浮かべた。瑛一は木下三郎に会ったと告げ、三浦が政府の機関にいた話を聞いたと話したのである。

〝はい。そのとおりです〟

三浦は、あっさり答えた。

〝今すぐ知りたいかもしれませんが、その話は山田君がいるときにしましょう。二度も同じ話をするのは無意味ですから〟

それが上司の現在の考えだった。うまくはぐらかされたように思えなくもない。が、三浦は終始落ち着いていた。

「また『わたしを信じられませんか』っていう目をしていたよな。わかっているんだよ、わかっているんだけど、なんかすっきりしないんだよ」

三下の木下に勝ち誇ったような顔をさせまいと、すでに知っていたような言動を返している。それが棘《とげ》のように引っかかっていた。

「ま、話してくれるまで待つしかないけどさ」

工場のシャッターを閉める音に気づいた。

「なんだ、今日はうちも早仕舞《はやじま》いか」

ズボンとTシャツに着替えて階下におりる。二階は二部屋しかないのだが、兄の部屋だった場所は、千春の荷物などが置かれており、物置代わりに使われていた。茶の間におりて行くと、日中はほとんどつけっぱなしのテレビから、ウィスキーのコマーシャルソングが流れていた。

「人間」らしくやりたいナ

トリスを飲んで「人間」らしくやりたいナ

「人間」なんだからナ

「親父、今日はテレビの宣伝に乗って、ウィスキーなのか」

茶の間の卓袱台《ちゃぶだい》には、ウィスキーのボトルとグラス、氷などが用意されていた。芙美が青菜の煮浸しや糠漬《ぬかづ》けを運んで来る。

「あんたも飲む？」

「やめとくよ。夏バテかな。だるくてさ」

それに、と、心の中で続けた。

（借金を返すまでは、と、おふくろはビールを控えているじゃないか。飲むのは日曜だけと決めているんだろ。酒代も切り詰めないとね）

給料の大半は、芙美に渡している。少ない小遣いを貯め、欲しいものを買うのが楽しみになっていた。

「そういえば、牛嶋大祭のとき、曙信金ではどんな催《もよお》しをやるの？　もう決まったの？」

芙美が訊いた。祭りのときには町の各会館の前や、牛嶋神社の周囲に露天商が店を出すのが常。曙信金もまた協力するのが習《なら》わしとなっていた。町のあちこちに屋台や集まれる場所があれば、それだけ祭りも賑《にぎ》やかになる。

「いや、まだ決まらないんだよ。色々考えているんだけどね」

「少し前にどこかで、なんとかショーをやらなかったかしら。ほら、外国の洋服業者が、モデルさんを連れて来て、派手なことをやったじゃない」

「なんとかショー？」

ちりりとこめかみのあたりが疼いた。思い出そうとしたが、女性の洋服に関しては明るい方ではない。記憶の箱は記憶されてこそ開く箱。記憶にないことを引っ張り出すのは、流石に無理がある。

「ふー、いい湯だった」

早くもひと風呂浴びた敏之が茶の間に来る。いつもそうだが、鴉《からす》の行水というやつだ。ランニングにステテコ姿、首には手拭いという、親父のくつろぎファッションである。

「今日は早仕舞いだね」

瑛一は、グラスに氷を入れて、ウィスキーの水割りを作ってやった。

「ああ。中村さんのとこだけじゃなくて、他の工場でも作業員が怪我をしてな。足を傷《いた》めたらしいが、幸いにもたいした怪我じゃなかった。ただ一日のうちに二度となれば、あまりいい気はしないさ。験《げん》が悪いから早仕舞いすることにしたんだ」

敏之も夏バテ気味なのか、少し顔色がよくないように見えた。

「徹夜続きで疲れているんじゃないの。もう年なんだからさ。ほどほどにしといた方がいいよ」

「瑛一。偉そうにごたく並べる前に、手と顔ぐらい洗って来なさいよ」

芙美に言われて仕方なく腰をあげる。

「ちぇっ、面倒くせえの」

家に戻れば年相応の言動になる。それでも台所の奥の洗面所に行き、顔と手を洗い、うがいをした。トイレと風呂場は、この奥の一角に設けられている。近隣ではそろそろ水洗トイレに変わり出していたが、渋沢家はまだ汲《く》み取《と》り式だった。真夏よりはましだが、今の時期もまだかなり臭いが強くなる。

「うちも早く水洗トイレに変わってほしいよ」

茶の間に戻ると、またウィスキーのコマーシャルが流れていた。芙美が運んで来たピーナッツや畳鰯《たたみいわし》を受け取って、卓袱台に並べた。

「知ってる？　トリスウィスキー誕生のきっかけは〈寿屋《ことぶきや》〉、これはサントリーの前身だね。寿屋で葡萄酒《ぶどうしゅ》の樽《たる》に詰めたまま放置しておいたリキュール用のアルコールが、たまたま琥珀《こはく》色の液体に変化しているのに気づいたんだってさ。飲んでみたら、深い味わいの酒になっていたってわけ」

「あんたって、変なことを知ってるわよね。それもご先祖様が遺《のこ》した古文書《こもんじょ》のお陰なのかしら」

芙美は座って麦茶を飲み始める。『商《あきな》い五箇条《ごかじょう》』は、芙美の実家の蔵に眠っていた古文書に載《の》っていたのだった。

「まあ、そんなところだよ。商いのルーツに関しては、詳しく載ってるね。お客と話しているとき、話題に詰まることがあるじゃないか。そういうとき、役に立つよ」

「こんばんは」

光平が事務所に入って来た。

「お邪魔します。今日はみんな早いですね。渋沢鉄工所のシャッターも閉まっているんで、ちょっと吃驚しました」

勝手知ったる他人の我が家、あがれと言われなくても、ネクタイをゆるめながら茶の間にあがって来る。

「光ちゃん」

芙美に目顔で手を洗って来るよう促された。

「わかってます」

光平は鞄と上着を置いて洗面所に歩きかけたが、

「あ、そうだ。錦糸町のクラブで中村さんに会ったよ」

立ち止まって肩越しに告げた。

「え？」

瑛一も立ちあがる。

「それで、中村さんはどうした」

「泥酔《でいすい》してたからさ。まだ飲むって言ったけど、タクシーで連れ帰って来た。麻美ちゃんに引き渡したよ」

「それは重畳《ちょうじょう》」

江戸言葉で応じたが、光平はいつものようには乗ってこない。

「譫言《うわごと》みたいに言ってたんだけど」

急に真面目な顔になる。瑛一は顔を寄せた。

「日本開発銀行の融資を受けられることになったと、繰り返していたんだよ。おれは聞いたことないいんだけどさ。おまえ、日本開発銀行って知ってるか」

「どこかで聞いた憶えがあるような」

「夜分に失礼します。曙信用金庫の三浦と申します」

不意によくとおる声がひびいた。

「あら、やだ」

慌て気味に芙美が立ちあがる。

「課長さんじゃないの？　どうしたのかしら」

手櫛《てぐし》で乱れた髪を直すあたりに、かろうじて女らしさが漂った。もっともアッパッパ姿では、色気もなにもあったものではなかったが……。

「おふくろは座ってろよ」

瑛一は芙美の肩を押すようにして、事務所におりる。敏之は我関せずといった感じで、淡々とウィスキーを飲み続けていた。瑛一が事務所の扉を開けると、三浦がにこやかに会釈した。

「すみませんね、こんな時間に」

「どうしたんですか、なにかあったんですか」

「これからなにかあるかもしれません。その説明をしようと思い、参りました。信金で話すと聞かれる懸念《けねん》がなきにしもあらず。渋沢君の家の方が、よいのではないかと思った次第です」

「どうぞ、おあがりください」

芙美が後ろに来た。

「もし、お食事がまだでしたら、いかがですか？　カレーですけどね。今夜はチキンカツカレーなんです」

女は愛嬌《あいきょう》の喩《たと》えどおり、満面の笑みで出迎えた。急な珍客にも動じないのが下町流かもしれない。三浦もそんな空気を感じ取ったのか、

「ありがたい。腹ペコなんです」

率直《そっちょく》な言葉が出た。

「どうぞ、課長」

瑛一は身体をずらして中に入るよう示した。

明和商会の背後にちらつく影。

その正体を話しに来たのではないだろうか。三浦健介が曙に来る前にいたのは、本当に政府の機関だったのか。

訊きたいことが山ほどあった。

5

「明和商会の後ろにいるのは、通商産業省（現経済産業省）です」

三浦は言った。夕食の後、光平と三人で、二階の瑛一の部屋にあがっていた。芙美はビールでもと言ったが、三浦は丁重《ていちょう》にこれを辞している。お茶を飲みながらの密談になっていた。

「通商産業省、ここからは通産省と呼びますが、今も我が国で続いている高度経済成長は、通産省抜きには語れないでしょう」

昭和三十年（一九五五）頃から、日本は物価の変動を除いた実質で年率約十パーセントの成長を続けている。敗戦後の急成長を見て、外国からはジャパン・ミラクルと呼ばれていた。

通産省は、企業への補助金、優遇税制、低利融資など、さまざまな手段を用いて、重化学工業を誘導している。中でも五年前に設置された電子工業課は、生まれたばかりの日本の電子産業を、将来の基幹《きかん》産業として育成していくことを目的としていた。

「通産省、電子工業課、基幹産業」

光平が三浦の話の一部分を呟いている。

「なんかすごい話になってきちゃったな」

光平は、甲羅《こうら》に首を引っ込めた亀のように首を縮めている。苦手な話であるため、渋面《じゅうめん》になっていた。

「先程もちらりと言いましたが、通産省は、日本の会社に国際競争力がつくまでの揺籃期《ようらんき》、これは現在のことですが、国内産業を守り育てる産業政策を展開しました」

三浦の説明に、友は唇をとがらせた。

「なんだ。それじゃ、なにも敵対することないじゃないか。おれたちがやっていること、やろうとしていることと同じなんだから」

「順番に話していきます」

やんわりと制した。

「通産省は、海外からはひどく嫌われています。『ノートリアスMITI』、悪名高き通産省と呼ばれていますね。理由がわかりますか」

向けられた視線に、瑛一は応えた。

「日本はアメリカのIBMに、日本法人の『日本IBM』が得た利益をアメリカに送金することや、日本国内でIBMのコンピュータを製造する権利を与えました。ところが、通産省は、ＩＢＭのコンピュータを導入しようとする企業が、輸入申請書を提出してもなかなか処理しないと聞いています」

「そのとおりです。それはなぜか？」

二度目の問いかけにも応えた。

「外国企業の日本進出にブレーキをかけて時間を稼ぎ、その間に国内メーカーに競争力をつけさせる。おれはそう考えましたが」

「はい。よくできました」

三浦にしては、いささか軽すぎる口調だったかもしれない。

「すみませんね。渋沢君が優秀なので、つい嬉しくなりました」

会釈して、続けた。

「通産省の庁舎には、許可を求めて商社やメーカーが門前市をなし、『通産銀座《ぎんざ》』とも呼ばれています」

「通産省にも銀座があるのか」

光平の軽口に、上司は窘《たしな》めるような視線を返して、告げる。

「機械工業振興臨時措置《そち》法。これは繰り返しになるかもしれませんが、機械工業の競争力をつけるため、指定された特定機械について、設備の近代化、合理化のための資金確保や、通産省が品種や製造数量などに関する合理化カルテルを、業界に指示できることなどを定めた法律です」

「確か昭和三十一年（一九五六）に、五年間の時限立法《じげんりっぽう》として成立したんでしたよね」

瑛一は言葉を継いだ。

「そうです。ですが昨年、五年間の延長が認められました」

「で、具体的に、なにを、どうする法律なんですか」

光平が唇をとがらせたまま訊いた。理解の度合いが淡い証《あかし》だが、瑛一はできるだけわかりやすく説明しようと心がける。

「自動車部品や金型、工作機械などの業種に対して、さまざまなお手伝いをいたしましょうってことさ。今のお困り課と同じだよ。ただ通産省の金利は、あ、そうだ。思い出したよ、光平がさっき言った日本開発銀行。この銀行は通産省の管轄《かんかつ》なんだ。審査を通れば、日本開発銀行の低利融資、年六・五パーセントを受けられる」

「ということはだ」

光平は首をひねりながら言葉を絞り出した。

「中村さんは、その銀行の融資が受けられることになったと喜んでいたわけか。それで祝い酒を飲み、べろべろになっていたと」

「そうなんですか」

三浦が二人を交互に見やる。

「はい」

代表して瑛一が言った。

「光平が錦糸町のクラブで見つけたそうです。タクシーで一緒に帰って来たとか」

と友に問いかけの目を向けた。

「ひとりで飲んでいたわけじゃないだろ。他にだれかいなかったのか」

「いや、おれが見つけたときは、中村さんだけだった。呂律《ろれつ》がまわらないほど酔ってたよ。上機嫌だったな」

「それで、課長」

瑛一はひと呼吸置いて、本題に入る。

「課長も通商産業省にいたって話は本当ですか」

「え」

光平はぽかんと口を開けた。小さな目をぱちぱちとしばたたかせている。事実を受け入れるのに時間が必要だったのだろう。

少しの間上司を見つめていたが、

「今の話、本当なんですか」

確認の問いを発した。

「事実です。わたしは通産省に勤務していました」

「話が戻るかもしれませんけど、通産省は、今のおれたちと似たようなことをやっているわけじゃないですか。なぜ、わざわざ辞めて曙信金に来たんですか」

時間差男にしては真っ当な質問といえる。政府の機関から、なにを好きこのんでと言いたそうな顔をしていた。心底不思議そうだった。

「曙もそうですが、通産省も一枚岩ではありません。意見の異なる人もいる。わたしは会社、特に中小企業を支援することに関しては賛成です。しかし、支援を表向きの理由にして、大企業の傘下《さんか》に組み込んでしまうのは許せません」

「つまり、明和商会の後ろにいるのは、中小企業を傘下に組み込む、あるいは呑みこんでしまおうという大企業なんですか」

瑛一の質問に、三浦は大きく頷き返した。

「はい。正しく言えば、明和商会、オールバック男の黒木雄作が事務長のZ連合会、大企業、通産省という図式になります。大企業と通産省の関わりについては、もう少し調べてからお伝えしますが、とにかく技や職人だけ盗んだら、あとは要《い》りませんと放り出してしまうんですよ」

珍しく強い口調になっていた。

「筋が立たないでしょう。会社を潰してしまうんですよ。頼りにしていた職人を奪われた工場主が夜逃げ、あるいは自死するといったケースが相次いでいます」

麦茶で喉を潤したのは、重い話だったからかもしれない。

「すでに大田区《おおたく》の町工場では、通産省を後ろ盾にした大企業のせいで、二十五軒もの工場や工房が潰れました。川崎《かわさき》の工場も十八軒が、消えてなくなりました。わずか二年の間の出来事です」

「腕のいい職人を集めれば、なんとかなると思っているのかな」

光平が自問するように呟き、首を傾げる。

「選《え》りすぐりの匠軍団《たくみぐんだん》を作るつもりなんでしょう。匠を制する者こそが、日本を制する。かれらはそう考えたのでしょうが、わたしも同じ考えです」

「合計で四十三軒か。確認したいんですが、通産省関係だけで四十三軒ですか」

瑛一は、訊かずにいられなかった。中には自ら招いたトラブルによって潰れた会社もあるのではないだろうか。

「そうです」

三浦はきっぱり言い切った。

「どこも優れた技を持ち、気概《きがい》のある職人さんがいた会社です。融資するのは理《り》に適《かな》っている。でも、それはその会社を続けさせるための融資でなければなりません。連中は会社への融資を乗っ取るための餌に使っています。わたしはそれが……許せません」

ついと目を逸らし、下唇を嚙みしめる。整った横顔に苦渋と悲哀が滲《にじ》んだように思えた。

ここまで肩入れするのはなぜだろうか。訊きたかったが、なんとなく口にできなくて、やめた。

「中小企業をなめやがって」

思わず大きな声が出る。我知らず、拳を握りしめていた。

「うるさいわよ、瑛一。何時だと思ってるの」

すかさず階下の芙美から叱責がひびいた。

「ちぇっ、都合の悪いときは、耳の遠いふりをするくせに」

声になった文句を、上司が「まあまあ」と仕草で宥《なだ》める。そろそろ午前零時になろうとしていた。確かに大声は慎《つつし》む時間帯だろう。

「おれは今までどおり、お困り課にできることをやります」

瑛一は友に目顔で問いかけた。

「おれも右に同じです。課長が通産省の役人だったという話は、非常に衝撃的でしたが、言われてみれば『なるほど』と思えなくもありません。ただものじゃないな、という感じがしましたから」

光平の言葉に、三浦は唇をゆがめる。

「褒め言葉なのか、皮肉なのかという感じですが、ついでに、あらたな話をしましょう。実は今日、自転車でこのチラシを配りました」

懐からチラシを出して、渡した。

〝困ったときには、曙信用金庫の特別支援課にどうぞ。どんなご相談にも乗ります。気軽にお電話ください。お電話が苦手な方は、通用口に置いた目安箱に相談事を書いた紙を入れてください。折り返しご連絡いたします〟

「目安箱《めやすばこ》、ですか」

瑛一の呟きを、光平が受ける。

「大変そうだなあ。ただでさえ、今月も忙しいのに。ワーストテンの改善策を講じないことには、お困り課の明日はなしですよ」

切実な訴えは完全に無視された。

「渋沢君がよく言いますが、信金マンは町の御用聞き。お困り事があれば、即、解決するのが務めです。中には相談したくても、できない方がいるでしょう。それを慮《おもんぱか》って、目安箱は夜も通用口の外に置いておこうと思います」

なんとなく三浦は楽しげだった。仕事が増えるばかりでなく、厄介事《やっかいごと》に巻きこまれる可能性も増えるのではないだろうか。

（この人って、けっこう下町の世話好きなおっさん気質《きしつ》なのかも）

どちらからともなく友と顔を見合わせている。

これまたどちらからともなく小さな吐息をついたとき、

「瑛一っ」

階下から芙美の叫び声が聞こえた。

「なんだよ、人にはうるさいとか言ってたくせに」

「早く来てっ、斉藤先生に連絡してちょうだい。お父さんが大変なの！」

ただならぬ絶叫に素早く応じる。

光平と先を争うようにして、階段を駆けおりた。

第三章　目安箱

1

真夜中に往診してくれた斉藤医師の診断は……急性の虫垂炎《ちゅうすいえん》、盲腸《もうちょう》だった。斉藤では手に負えないとなって、会社の軽トラックに敏之を乗せ、錦糸町の東都《とうと》大学病院に運びこんだ。

「虫垂炎ですね。明日の朝一番で手術します」

当直の女医は、ほとんど表情を変えずに申し渡した。年は三十前後、化粧っ気《け》のない顔は、敏之同様、少し疲れているように見えた。きちんと化粧をすれば美人の部類に入るのではないだろうか。くっきりした眉の下の目は、患者の容態を冷静に見極めようとするかのごとく、鋭かった。

「痛み止めを打ちましたので、激しい痛みはおさまると思いますが、早く手術をしないと腫《は》れた盲腸が破れてしまうかもしれません。準備が整い次第、執《と》り行《おこな》いますので」

女医は首に聴診器を掛け直して、右手を白衣の右ポケットに入れる。鋏《はさみ》らしきものの持ち手——指輪《しりん》の一部がポケットに引っかけられるようになっていた。落とさないための細工だろうか。

(変わった鋏だな)

瑛一は好奇心をそそられている。

「では、朝になったら手術ですか」

芙美が確認するように訊いた。

「はい」

「わかりました。よろしくお願いします」

芙美は何度も頭をさげて、女医を廊下まで見送った。光平はまだそのへんにいるはずだが、三浦には引き取ってもらっている。

「親父。早仕舞いしたのは、具合が悪かったからじゃないの」

瑛一は小声で父の耳もとに囁いた。

「おい。まさか、あの女が、おれの手術をするわけじゃないだろうな」

敏之は問いかけとは違う答えを返した。痛みはおさまってきたのだろう、仰向けに寝たまま、天井を睨みつけていた。大部屋として使われている部屋は、壁ではなくカーテンで廊下と仕切っている。まるで野戦病院のようだと、瑛一は来た瞬間に思っていた。

「当直医だから朝になれば交代するよ。それに外科医じゃないさ。女だから、内科医とか精神科医とか、そういう方面だと思うな」

まだ夜明け前であるため、会話は小声で行っている。芙美が戻って来た。

「瑛一。あんた、悪いけどお父さんに付いててね。急いで必要な荷物を取って来るから」

「わかった」

「なにか持って来てほしいものとかありますか」

芙美の問いかけに、敏之はもごもごと口ごもっている。

「え？　なんですか？」

「……今年は本祭りだろうが」

ぼそっと答えた。さらに言葉が続くかと待っていたが、なにも言わない。どうやら医者が反対しようとも祭りにはいつもどおり参加するぞ、という決意表明のようだった。昔気質《かたぎ》であるため、こちらが察するしかないのが困りもの。

しかし、芙美は阿吽《あうん》の呼吸なのだろう、

「お酒は当分駄目ですからね」

早々と釘をさしたが、敏之は仏頂面で天井を睨みつけていた。

「芙美」

「なんですか」

「連絡しなくていいからな」

名を出さないそれこそが、長男の嵩史に対する消えない怒りを表している。都市銀行の頭取を務める小沢《おざわ》家に婿入りした兄。見舞いに来られるのは迷惑以外のなにものでもないという感じだった。

「はい、はい」

「返事は一回でいい」

「はい」

なかば呆れ顔で、芙美は廊下に出た。瑛一もあとに続いた。

「ここの売店に浴衣《ゆかた》とか売ってるかしら。ほら、お父さん、寝るときはランニングとステテコでしょう。うちには綺麗な浴衣もないし、縫ってる暇もないから、売店にあれば買っておいてちょうだい」

渡された金を受け取る。

「変な見栄《みえ》をはらないで、うちにある浴衣を持ってくればいいじゃないか」

「あたしがよくても」

見栄っ張りのお父さんが承知しないでしょ。

そんな様子で背後を指した。

「なるほど」

「あんたたちが二階に行くまで、どうも我慢していたみたいなのよね。うんうん唸《うな》り出したもんだから、つい『うるさいわよ』とか怒鳴《どな》っちゃったけど……課長さん、気を悪くしていなかった？」

いかにも芙美らしい気遣いを見せる。今にして思えばだが、少し大きな声を出したぐらいで叱責すること自体、芙美らしからぬことだった。

「ぜんぜん気にしていなかったよ。そういう細かいことを言う人じゃないからね」

「よかった。あ、そうそう、浴衣を買うときには領収書をもらうの、忘れるんじゃないわよ」

「了解」

冗談まじりに最敬礼して、階段の方に向かう芙美を見送った。くびれのない母の後ろ姿は、まるでドラム缶のよう。

「動くドラム缶か」

小声で呟き、敏之の様子を確かめる。痛み止めが効いてきたに違いない。うとうとし始めていた。

「売店が開くまでは、まだ時間があるし、と、そういえば光平はどうしたんだろうな」

光平の顔を思い浮かべれば、足は自然にナース室へと向いている。河馬のような顔であるにもかかわらず、友はなぜか女にもてる。錦糸町界隈のクラブやバーはもとより、病院の看護婦の係も彼が受け持っていた。

案《あん》の定《じょう》というべきか。

(いた)

ナース室で光平は、おそらく宿直であろう若い看護婦と話していた。二人の他に医師や看護婦はいない。年は二十二、三、光平好みのグラマラスな体型が、ぴっちりとした白衣の上からでも見て取れる。悩ましい曲線を描いていた。

(トランジスタグラマーか。そういや、〈マドンナ〉の小百合ちゃんもそうだよな)

瑛一はそっとナース室の中に入る。

「ねえ、次はいつ会えるの」

若い看護婦が訊いた。二人は向かい合って、お互いの手を固く握りしめている。抱き合ってキスでもしたいところだろうが、ナース室ではまずいと思っているのはあきらか。その欲望を必死に抑える姿が、妙にエロチックに感じられた。

「今度の土曜日はどうかな。もちろん瞳《ひとみ》ちゃんの都合がよければだけどさ」

「待って、勤務表を確認するから」

勤務表が張られた場所に移動する間も、二人は手を握り続けている。光平の間抜け面を見ているだけで腹が立ってきた。

（ったく、曙の部署の風景と、なんら変わりがないじゃないか。相手が小百合ちゃんから、瞳ちゃんに変わっただけの話だよ。そういえば、小百合ちゃんとすでにそういう仲なのかな。いったい、光平のどこがいいんだろ）

そりゃ決まってるさ。あれが巧《うま》いからだよ。

応えたのは、己だったのか、はたまた光平が言いそうだと考えたからなのか。ますます怒りが増してきた。

「土曜日って……九月八日ね。ちょうど夜勤明けだわ」

「それじゃ、疲れた身体を休めないといけないね」

「ええ、よくわかるわね」

「ぼくはなんでも知っているのさ。昼の割引料金を利用して、ラブホでお昼寝するってのはどう？」

光平の囁きは、海外ドラマの色男の台詞に聞こえた。顔や内容は似ても似つかないが、河馬面で吐いた気障《きざ》な台詞は、アメリカの人気ホームドラマ『パパはなんでも知っている』を引用したものであろう。あのドラマが始まると、光平はテレビにかぶりつくようにして見ていた。

「素敵。いいアイデアだわ」

「だろ？　繰り返すようだけど、ぼくはなんでも知っているのさ。瞳ちゃんがなにを望んでいるか、まさに君の瞳を見るだけでわかる」

「今は？　なにを考えているか、わかる？」

問いかける瞳の目は、濡《ぬ》れたようにうるんでいる。訊くまでもない、望みはラブホへの直行だろう。

「もちろんさ」

光平が瞳に顔を寄せたとき、

「えーと、四〇五号室の渋沢ですが」

瑛一はわざとらしく咳払《せきばら》いをして、告げた。

「え、瑛一」

「あら、やだ」

瞳は頰を染め、慌てて離れる。してやったりとほくそえんでしまうのは、もてない男のひがみだろうか。

「あ、い、いや、こちらは北村《きたむら》瞳さん」

光平はしらじらしく瞳を紹介した。

「ほら、課長に言われたじゃないか、目安箱の話。医者や看護婦さんたちに、話を広めておいてほしいと頼んでいたんだ。困ったときには目安箱ってね。なんでもご相談くださいと話していたんだよ。ついでに預金のお願いもしたけどね」

「ええ、そうなの。山田さんが来るのは集金のときだけなのよ。今も掛け金を渡していたところで……そうだわ」

瞳は胸の前で両手を合わせ、瑛一を見た。仕草がどうも女優じみていると思ったが、看護婦姿が可愛いのでよけいなことは言わなかった。

「その目安箱って、幽霊に関する相談なんかも、受け付けてくれるのかしら」

「幽霊、ですか」

瑛一は答えつつ、友の股間《こかん》をわざとらしく見やっている。熱い抱擁《ほうよう》の影響だろう、光平の股間はやけにもっこりしていた。

視線に気づいたのか、

「あ」

光平は遅ればせながら苦笑いを浮かべた。瞳も二人のやりとりに気づき、作り笑いを押しあげている。なんとなく気まずさが漂《ただよ》う中、

「幽霊様に関しましては、我が信金では対応いたしかねます」

瑛一はまた咳払いした。

「当方は拝《おが》み屋《や》ではありませんので。と申しましても、お得意様のご相談事。もし、どうしてもと仰るのであれば、拝み屋をご紹介いたしますが」

畏《かしこ》まった物言いを、

「ここ、幽霊が出るの？」

光平がぶち壊した。

「ええ。だから宿直のときは、恐くて、恐くて。みんないやがってるのよ。辞めた人もいるぐらいなの。ただ表立ってお祓《はら》いをするわけにはいかないでしょう。仮にも医療に従事する者が、幽霊の祟《たた》りを恐れて祈禱師《きとうし》を呼んだとあっては、信用問題にかかわるものね」

「やっぱり、病院って出るんだなあ。瞳ちゃんは見たことあるの？」

モテ男はいつでもマイペース、言動を変えなかった。

「幸いにも、まだお目にかかっていないわ。出会う前に消えてほしいと思っているのよ。なんとかならないものかしら」

向けられた眼差《まなざ》しに、瑛一は生真面目な表情を返した。

2

「その件に関しましては、頭に留めておきます。うまい解決法が閃きましたら、お知らせいたしますので」

またもや他人行儀に応じたが、光平は満面の笑みで応える。

「瑛一はすごいんだぜ。異名は智恵一《ちえいち》、相談事はおれにまかせろって感じなんだよ。おまけに記憶力抜群でさ。一度聞いたり、見たりしたことは絶対に忘れないんだ、な？」お世辞《せじ》とわかっているのに気分がよくなる。

「まあ、たまには忘れたりすることもあるけどね。だいたい憶えているよ。なんというのか、いやになるほど記憶に刻みこまれて……」

「瑛一」

「うるさいな。とにかく忘れないんだ。時々自分の記憶力の良さが、疎《うと》ましく思えるときもあって……」

「瑛一」

「うるさいって言ってるだろ。人の話は最後まで……」

振り向いたとき、すでに瞳がいないのを知った。光平が懸命に笑いをこらえている。腹立ちまぎれに軽く蹴《け》りつけた。

「さっさと言えばいいだろうが」

「名前を呼んだじゃないか。何度も止めているのに、こっちを見ないんだから」

唇をゆがめて、続けた。

「情報収集はすでに終えたぜ。おじさんの手術を担当するのは、脇坂聖子《わきさかせいこ》、三十二歳。さっきおじさんに話をしていた女医だよ」

「え。じゃ、あの女医が親父の手術をするのか？」

「うん。女ながらも、さらに若いながらも、外科医としての腕前は確からしい。はじめは馬鹿にする患者もいるみたいだけどね。手術した後は、態度を変えるとか。非常に手際がよくて、手術の時間が短いらしいんだよ。手術時間が短くなるのはすなわち、患者への負担が減る。そうだろ?」

「確かにな。それにしても」

つい病室の方を見やっている。

「自分を手術するのが女医だと知ったときには、親父のやつ病院から逃げ出すかもしれないぞ」

「麻酔をかけられたら、わからないさ」

光平が指し示した階ごとの待合室に足を向ける。小さなテレビが据えつけられていたが、むろんまだ点けられていない。

「瞳ちゃんに色々訊いたんだけどさ。医者への礼金、必要みたいだぜ。勤めたばかりだからわからないけど、と、前置きしてたけどね。都立病院であろうと、私立病院であろうと、そういう習慣に変わりはないと思うわ、なんて言ってたよ」

勤めたばかり、の部分で、瑛一はしげしげと友の顔を見る。

「なんだよ」

「いや、手が早いと思ってさ。小百合ちゃんにわかったら大変だろうな。けっこう、嫉妬深そうだから」

「小百合ちゃんかあ」

光平は長椅子の背もたれに寄りかかる。

「意外にも身持《みも》ちが堅くてさ。『夜の帝王』もお手上げだよ。贈り物攻勢をしようにも、肝心のマネーはなし。心と身体で奉仕するしかない帝王としては、打つ手なしって状態なんだよ」

「へぇぇ、そうか。まだ小百合ちゃんとはドッキングしてないのか」

ついにやにやしていた。

「なんだよ、やけに嬉しそうじゃないか。さては、おまえも狙っているんだな」

ボインッ、ボインッと両手で豊かな胸を表している。いまや小百合の名を出さなくても、この仕草だけで伝わった。

「馬鹿言え。おれには、千春しかいない。それよりも『あけぼのの局』だよ。どうも三浦課長にホの字らしくてさ。合同飲み会でも開いてくれないかと頼まれたんだ。断ったら後が恐いからな」

「戸川さんが？　へえ、課長みたいなタイプが好きなんだ。それはそうと、本祭りの催し物についてはどうするんだよ。なにか考えついたか」

光平が話を変えた。祭りのとき、曙信用金庫は駐車場に、タコ焼き屋や金魚すくい、焼きトウモロコシ屋といった屋台を設ける。瑛一と光平は新入社員ではあるものの、毎年、曙信金の模擬店《もぎてん》にも顔を覗かせていた。

特に五年毎《ごと》に訪れる本祭りの年は、気合いの入った催しが開かれていたのを憶えていた。

「おれの記憶に間違いがなければ」

瑛一は、五年前の記憶を探った。

「前の牛嶋大祭のときは、のど自慢大会を開いたはずだ。今年は、そうだな。お化け屋敷なんかどうだ?」

「お局さまが主役のお岩《いわ》さんとか」

「決まり。おまえが戸川さんに頼む役だな」

「ご冗談を。智恵一の閃きはどうしたんだよ。なにも浮かばないのか」

「うーん、おふくろが言っていた『外国の洋服業者が行ったなんとかショー』が、ちりちりと疼いているんだけどね。どうも記憶されていないみたいなんだ」

「それって、ファッションショーのことじゃないの。中学生ぐらいのときだったかな。クリスチャン・ディオールが、入場料を取ってファッションショーをやっただろ。この入場料がえらく高くてさ。米を十キロ買うのと変わらない、なぁんて、おふくろが嘆《なげ》いていたのを憶えてるよ」

「それだ!」

瑛一は腰を浮かせた。流石は夜の帝王と言うべきか。

「おまえもたまには役に立つな。女性に関することは、よく憶えてるじゃないか」

「たまには、はよけいだよ。ぼくはなんでも知っているのさ」

鼻の穴をふくらませて得意げだったが、無視した。

「そうだ、曙の駐車場に臨時舞台を設けて、ファッションショーをやればいいんだよ。女性はまだお洒落《しゃれ》に装うことを知らないじゃないか。こういうスカートにはこんなブラウスとか、色やデザインの組み合わせなんかを、ショーでお披露目すればいいんじゃないかな」

自分のアイデアに大きく頷いた。

「よし、いける」

「言っておくけど、今回の智恵一はおれだからね」

「わかってるよ。さっきも言ったじゃないか、たまには役に立つって。ああ、そうだ。おまえが担当する洋服問屋の在庫品を、祭りのときに売るのもいいな。さてと。親父の様子を見に……」

立ちあがろうとしたが、光平にズボンを摑《つか》まれた。

「なんだよ」

「あと少し待ちたまえ、下町探偵君。おそらく今、おじさんは、たとえ倅であろうとも見せたくない姿をしていると思うよ」

「え？」

「盲腸の手術前にはさ。あそこの毛を剃《そ》るんだよ。瞳ちゃんが、やってるとこ」

「………………」

あんぐりと口を開けてしまった。渋沢一家は金こそないが、丈夫な身体の持ち主揃いであるため、怪我や病気で入院したことがほとんどない。芙美がお産で入院したぐらいではないだろうか。

「あそこの毛を剃ってもらうときってさ」

瑛一は囁《ささや》き声で言った。

「看護婦さんにさわられるわけだろ。『倅』が勃《た》っちゃったりしないのかな」

「率直なご質問だねえ。実はおれも訊いたんだよ、ついさっき。瞳ちゃんによるとだ。中にはそういう方もおられますって返事だったな」

「あ、そう」

つつーっと鼻血が、あふれ出した。先刻のいちゃつき場面や、グラマラス看護婦の悩ましい曲線が、若い男にとっては強力な刺激となる。

「気のせいかもしれないけど、この病院って美人の看護婦さんが多いな。それとも外科病棟に美人が集まっているのか」

「鼻血を出しながら、その目はなおも女子《おなご》を追い求める。男ってのは厄介だねえ。今の話だけどさ。下町探偵の推理はあたってるよ。他の病棟もチェックしたけど、確かに美人が多かった」

いくらこの病院に美人が多かろうとも、彼女たちと付き合えるわけではない。

「日曜日、川崎に行くか」

独り言のような言葉を、

「おれも付き合うよ」

光平が即座に継いだ。

「だけど、おまえは土曜日に瞳ちゃんと」

「土曜日も日曜日もどんと来い、オーケーだよ。おれはおれの身体を、だれよりも知っているからね」

「なるほど」

瑛一は、首に掛けたままだった手拭いで鼻血を拭っている。

(絶対、盲腸にはならないぞ)

看護婦にあそこの毛を剃られたうえ、手術をするのが美人の女医ときた日には……手術の間中鼻血が出てしまい、貧血状態になりそうだと思った。

3

敏之の手術は無事終わって、瑛一は昼頃から信金の仕事に戻った。三浦に牛嶋大祭の折、曙信金の駐車場で行う催しもののアイデアを告げた後、石原町三丁目に新しく開院した〈水嶋医院〉を訪ねた。

裏通りに面した真新しい建物は、一階が診察所で二階が住まいになっている。事前に電話を入れておいたので、水嶋は昼休みを空《あ》けておいてくれた。木の薫りが漂う診察室に、瑛一は足を踏み入れる。

手短《てみじか》に挨拶した後、

「渋沢さんの話は、斉藤先生から聞いたんですよ」

水嶋が口火を切った。年は四十二、三。話し方や雰囲気から見て、穏和《おんわ》な印象を受ける医師は、馬面《うまづら》とまではいかないものの、のっぺりとしたやや長い顔をしている。金儲けにはおよそ縁がなさそうな男に思えた。

「そうでしたか。うちは昔から斉藤先生が主治医なんです。風邪《かぜ》でも捻挫《ねんざ》でも、斉藤先生ですよ」

正直に下町の開業医の役目を告げた。水嶋医院は内科と小児科の看板を出しているが、外科や産科、ときには歯科といった役割までこなさなければならない。つまらないことにとらわれていると失敗する。短い言葉に、瑛一なりの返事をこめたつもりだった。

「覚悟はできていますよ」

水嶋は鈍《にぶ》い男ではなかった。

「斉藤先生は、大学の先輩でね。時々お邪魔していたんです。今回、開業するにあたって、何度もお話を伺《うかが》いました。そろそろ隠退《いんたい》を考えておられるとか。それもあって、開業するのであれば是非、うちの近くにと薦《すす》められたんですよ」

要請を受けたようなものだから、簡単に患者が来ると思ったのかもしれない。あるいは斉藤の方から患者をまわしてもらえると考えたのか。

(斉藤先生は、患者に水嶋医院を薦めているかもしれないが、当の患者が不安をいだき、変えられない状況なのかもしれないな)

瑛一なりの推測は腹におさめる。

「斉藤先生は開業医について、こう話しておられました」

水嶋はふと遠い目になった。

「自分が行かずにだれが行く、の心境だよ。おれが死ぬまでは、おれの患者を診にゃならん、と」

「いかにも斉藤先生が言いそうな台詞《せりふ》ですね」

笑って、瑛一は申し出た。

「具体的な話に入る前に、少しお話を伺わせてください」

「どうぞ」

「かねてより疑問に思っているんですが、お医者様になるためには、何年間、学校に行き、いつから研修医になるんですか」

瑛一は質問を投げながら手帳を広げた。図書館で調べるつもりだったのだが、時間の関係でそれができずにここへ来ている。この機に医者のことを知っておくのも悪くない。持ち前の好奇心が頭をもたげていた。

「医学部の修業年限は、六年です。すんなり卒業できたとしても、二十四歳になっていますね。ちなみに、わたしは二浪しましたので、卒業したのは二十六です」

「二十四歳ですか」

脳裏《のうり》には、都立病院の女医、脇坂聖子が浮かんでいる。もっとも瑛一が気になっているのは、聖子よりも彼女が白衣のポケットに入れていた鋏だった。指輪《しりん》に見たことのない細工が施されていたのが、引っかかっている。

「そう。医学部を卒業した後は、医師国家試験に合格する。このとき、外科や内科といった進む道を決めるんですよ」

「その後に研修医《レジデント》ですか」

「そうです。自分が決めた各診療科に入局します。レジデントの期間は、各科によって違いましてね。内科は二年、外科は三年、皮膚科《ひふか》や眼科《がんか》などは一年あまりとなっています」

「外科が一番長いわけですか」

瑛一はまたもや美人の部類に入る脇坂聖子に思いを馳《は》せていた。女でありながら外科を選んだその理由を聞いてみたいと思った。研修期間が長いのはすなわち会得しなければならない事柄が多いからだろう。

にもかかわらず、聖子は外科医の道を選んだ。

「研修医の後は、どうなりますか」

手帳の頁を繰って先を促した。

「無給の医局員を経て助手を務め、さらにその後に講師、助教授、教授となります」

水嶋は苦笑いを押しあげる。

「教授になるのは、むずかしいですけれどね。教授になるのに必要なのは、まず運《うん》、次に鈍《どん》、これは適度な鈍さというか、図々《ずうずう》しさですか。そして、最後に根性とくるらしいですよ。あ、そうだ。根気も必要かもしれませんね。絶対に諦《あきら》めないしつこさ」

最後の部分には、少なからぬ嫌悪感がこめられているように感じた。教授は尊敬される存在だと思っていたが、案外、そうではないのかもしれない。

「運鈍根ですか。教授になるにも根性が必要だとは、思いませんでしたが」

瑛一の言葉に、水嶋は頷いた。

「よく政治は力、力は数、数は金と言いますがね。医者の世界では、権威が力、権威が正義、権威が出世となります。教授というのは、絶対的な権限を持っている。とりわけ人事権、論文提出権に関しては、教授の独壇場ですから」

「人事というのは、病院内の人事ですか」

気になる部分を訊き返した。

「病院内の人事はもちろんですが、それ以外にも関連病院の人事まで握っているんですよ。おまえはあそこへ行け、おまえはここへ移れと、まあ、医者を手駒《てごま》のように使っていますね。若い医者を市中病院に派遣するでしょう。そうすることによって、その病院を系列化できるじゃないですか」

「ははあ、要は学閥《がくばつ》を作るような感じですか」

「はい。若い医者を派遣すれば、派遣先の病院からは感謝される。恩を売っておけば、なにかのときには役に立つでしょう。先程も言いましたが、大学病院や都立病院というところは、教授のひとり舞台ですよ」

「お言葉ですが、派遣されるのを内心いやがっている病院もあるんじゃないですか」

「鋭い」

にやりと水嶋が笑った。

「いわゆる植民地化ですからね。それを抜け出したいと思う病院もあるでしょう。しかしまあ、こういった関係はなかなか改善されないのが世の常のようで」

曖昧《あいまい》に語尾を濁《にご》した。政治の世界同様、医者の世界も醜聞《スキャンダル》には事欠かないということだろうか。

「講師になった後の話を聞かせてください」

瑛一は、さらに話を進めた。

「だいたいは講師になった後、この場合、運がよければ助教授あたりになれているかもしれませんが、とにかくこの後に、条件のいい一般病院に就職するか、開業医になるかという道を選ぶことになります」

「なるほど」

メモを取って、続ける。

「ぼくは医者には、いくつかのタイプがあると思っています」

「わたしもそう思いますが、続けてください」

「はい。ひとつはサラリーマン医者とでも言いますか。先程話に出た一般病院の勤務医ですね。もうひとつは派手な開業医、あるいは派手な病院経営者。そして、最後は、小さな診療所に勤めて安い給料で働き、二十四時間、自分の生活を犠牲にして地域の住民のために尽くす清貧《せいひん》の赤ひげ医者《せんせい》」

ここで瑛一は目をあげる。

「斉藤先生は、赤ひげ医者《せんせい》だと思います」

今一度、水嶋の覚悟を問う流れになっていた。夜中の往診も珍しくない。患者から電話があればすっ飛んで行く。赤ひげ医者がいるかいないかで、その地域の死者数が変わるのではないか。瑛一は常々そう感じていた。

「わたしの気持ちは、先程言ったとおりです。遠く及ばないでしょうが、斉藤先生のようになりたいと思っている。だからこそ、この場所に開業しました」

「奥様は、看護婦さんですか」

口にしてから、「あ」と思った。

「すみません。今のは個人的な興味です。お医者様は看護婦さんを奥様にすることが、多いのではないかと思いまして」

「そのとおりですよ。一緒にいる時間が長いですからね。それにこうやって開業したとき、看護婦として手伝ってもらえる。人件費を節約できるじゃないですか」

「女医さんは、やはり少ないんですか」

看護婦以外の職種として、外せないのが女医ではないだろうか。一緒にいる時間が長いという点においては、どちらも同じだろう。

「少ないですね。女性の場合は医学部を出ても、臨床《りんしょう》、つまり、医者の道には進まず、研究者の道を選ぶ場合が多いのかもしれません。まあ、調べたわけではないので、わかりませんが」

「女性の方が、研究者に向いているとお考えですか」

一歩、水嶋の内側に踏みこんだ。

「わたしはそう思います。なんていうのかな。ほら、女性はボスの命令をきちんと守るでしょう。男は馬耳東風《ばじとうふう》というか、やることが粗雑《そざつ》というか」

自嘲《じちょう》気味に言い、唇をゆがめた。

「女性はコツコツと実績を積みあげていく点において、男とは違う特性があると思うんですよ。ただでさえ男は保守的で女性を押さえつけておきたいと、あ、いや、これは私的な感想かもしれませんが」

慌《あわ》て気味に話を終えた。

医学の世界は男の世界、女ごときが医者になるなど、片腹痛いわ。おおかたの男は、そう思っているのではないだろうか。正直、瑛一にも似たような偏見がある。脇坂聖子に必要以上の関心をいだいたのは、まさにそういう男性上位の考えにほかならない。

(千春に言ったら殴られるな)

心の中で思いつつ、気持ちを戻した。

「研究者の道を選んだ場合は、やはり、大学の研究室に残って、好きな研究を続けるわけですか」

「それもあります。あと優秀な人の場合は、製薬会社、化粧品会社などの研究室に引き抜かれたりもしますね。研究内容が、個々の会社が望む製品に合っている研究者ですとか」

「そういう場合は、博士号《ドクター》の有無も関係するんですか」

率直な問いかけが出た。博士号など遠い世界の話、テレビや新聞で見聞きする度、好奇心が湧《わ》いていた。

「会社の研究室に勤める場合は、どうかなあ。ないよりはあった方がいいという程度かもしれません。たとえば医長の椅子を争った場合、他の条件が同じだったときは、医学博士の肩書きを持った人の方が、おまけが多くて有利です」

おまけの部分では、瑛一も笑いを誘われた。

「グリコのおまけみたいなものですか」

「似たようなものでしょう」

傍《かたわ》らの電話が鳴る。

「失礼」

と断って、水嶋は受話器を取った。

4

瑛一はお茶でひと休みする。水嶋は二言、三言かわしただけで電話を終わらせた。

「ゴルフの会員権の勧誘でした」

また自嘲するような笑みを滲《にじ》ませた。

「多いんですよ。不動産、株式、先物取引、宝石、金融、保険などなど、一日に何度も電話があります。向こうもよく知っていますからね。こうやって昼の休憩時間に電話をしてくる。夜も電話攻勢がありますから、女房などはプライベート電話を、別に引きたいと言っています」

なかばうんざりという様子だった。

「水嶋先生はよくおわかりだと思いますが、うまい話には気をつけてください。全部が全部とは言いませんが、中には詐欺《さぎ》や暴力団がらみの話もあります。ニセの診断書を書き、危ない薬を暴力団にまわすようになったら破滅ですから」

「ご忠告肝《きも》に銘《めい》じますよ」

真面目な顔を見て、急に気恥ずかしくなる。

「生意気なことを言いました。申し訳ありません」

「いや、曙信金の渋沢は、なかなか見所《みどころ》のあるやつなんだと、斉藤先生から伺っていました。中小企業特別支援課、別名、お困り課と言うようですが、困ったときにはご一報くださいと、昨日だったかな。チラシが入っていたんですよ」

水嶋は机の書類をどけて、三浦が配ったチラシを探し出した。

「そう、これこれ。目安箱も設けたらしいですね」

「ぼくの上司のアイデアなんです。目安箱には、ちょっと吃驚《びっくり》しましたけれどね。確かに電話をする勇気がない方もいるでしょう。手紙であれば、相談してみようかとなるかもしれない。ぼくたち信金マンは、町の御用聞きですから」

では、と、瑛一は本題に入った。

「本当は専門のリサーチ会社に依頼して、人口動態や付近の環境、医療機関の分布といった統計などから、患者数などの予測データを引き出してもらった方が、いいのかもしれませんけどね。ぼくなりに付近の状況を調べてみました」

手帳の別の頁を開いた。

「商店街の方々に、新しくオープンした水嶋医院を知っているかと訊いてみたんです。お得意先をまわるついでに訊いたんですが、三十か所ほど答えを得られました。このうち、水嶋医院のオープンを知っていたのは、わずか二軒です」

「二軒」

息を呑んだ後、小さな吐息をついた。

「患者さんが来ないはずだな」

「水嶋先生は、お生まれはどちらなんですか」

さっそく情報収集を始める。

「金沢《かなざわ》です」

「奥様は？」

「福島《ふくしま》です。集団就職で上京して、働きながら看護婦の資格を取ったんですよ。実家に帰ると大歓迎です。故郷に錦《にしき》を飾った数少ない女性として、親戚中が集まりますね」

妻が成功者のひとりであるのは間違いないだろうが、瑛一が知りたいのは、成功話ではなかった。

「そうなると地縁はまったくないわけか」

独り言のように呟いた。そこで気づいたに違いない。

「すみません。女房の自慢話になりました」

水嶋が謝罪した。

「いえ、どんな話でも参考になりますから。水嶋医院を知ってもらうには、いくつかの方法があると思います。チラシを撒《ま》く、電話帳に広告を載せる。両方試してみたいですが、費用がかかります。ぼくとしては、電話帳に広告を載せるのが、いいんじゃないかと思うんですが」

「どちらかを実行する場合、電話帳の広告の方が有効だからですか」

水嶋は、確認するように問いかけた。

「はい。以前、新装開店のパン屋さんと金物屋さんを担当したんですよ。パン屋さんはチラシを撒き、金物屋さんは電話帳に広告を載せました。パン屋さんは割引セールもやると言うのでチラシにしたんです。このチラシをお持ちの方は、全商品、一割引にしますと載せました」

「渋沢さんのアイデアですか」

「ええ、まあ、お店の主《あるじ》夫婦の意見も聞きましたが」

自分のアイデアだったが、いちおう謙遜《けんそん》して、告げた。

「それに対して金物屋さんは、新装開店であろうとも、あまり割引をしません。だから一回の広告で長く載せてもらえる電話帳を薦めました」

「なるほど」

水嶋はぽんと膝を打つ。

「うちは割引セールをしないからね。電話帳に載せた方が、確かに有効かもしれないな」

笑いながらの言葉になっていた。

「はい。あと患者さんに書いていただく問診票にも、水嶋医院のことをどこで聞いたか、だれに聞いたか、などを入れるといいんじゃないでしょうか。それと、これは効果が出るかどうかわからないんですが、近所の商店街で買い物をする際、必ず領収書をもらいますよね」

「もちろんです。税金の申告の際、必要ですから」

「そのとき、宛名は『上様《うえさま》』ではなく、必ず『水嶋医院』にしてもらってください。行く先々で水嶋医院、水嶋医院を繰り返すわけです。ついでに石原町三丁目に、新しく開業しましたと言い添えられれば最高ですね」

これはまだ試したことのないやり方だ。今回が初めてなので強くは言えなかった。水嶋夫妻にその気持ちがあれば、という薦め方になっていた。

「訊かれなくても、新しく開業したと言うわけですね」

「そうです。ご家族の協力なしには、成り立たない宣伝術です」

「宣伝術ときましたか。面白いな」

水嶋もまた好奇心を刺激されたのか、少し身を乗り出すようにしていた。話しているうちに打ち解けてきたのだろう。表情や口調が親しげなものになっていた。

「電話帳の広告と、今の領収書作戦。両方とも試してみますよ」

「そうですか」

瑛一はすかさず言い添えた。

「今はこちらのローンでいっぱいいっぱいでしょうが、小口でかまいません。できれば、預金をお願いしたいと思います」

「承知しました。うちの山の神と相談して、いくばくかの預金をさせてもらいますよ」

山の神は女房のことだ。看護婦を妻にしたうえ、ここでも一緒に働くとなれば、頭があがらないのは当然かもしれなかった。

「ありがとうございます」

瑛一は頭をさげ、「私的なことで恐縮ですが」と続ける。

「実は昨夜、父が急性虫垂炎で錦糸町の東都大学病院に入院しまして」

「ほう、それは大変ですね。手術はしたんですか」

「先程無事に終えました。謝礼のことなんですが、急でしたのでまだ担当医に渡していないんです。やはり、渡した方がいいですよね」

「うーん、これは個々の患者さんの判断だと思いますが、渡す場合が多いです。でも、急性虫垂炎でしょう。手術自体も簡単だし、どうかなあ。医者も人間ですからね。癌《がん》や心臓の手術などの場合には、手術を頑張ったご褒美《ほうび》として、欲しいかもしれないが」

と水嶋は瑛一に目をあてた。

「担当医はどなたですか。まさか、教授自ら出張って急性虫垂炎の手術をしたわけじゃないですよね」

「担当医は、脇坂聖子先生です」

「ああ、若い女医さんですか」

あきらかに水嶋の態度が変わった。

「別に渡さなくても、いいんじゃないですか。実はわたしも勤務医として、あの病院でアルバイトをしたことがあるんですよ。その関係で噂が耳に入ってきます」

お茶を飲んで、続ける。

「脇坂先生は優秀な外科医のようですが、まだまだお若い。それに謝礼を渡さなくても、それでどうこうできないでしょう。なにも問題がなければ、一週間程度で退院ですから」

女医というだけで、謝礼も要らないとなるのだろうか。

「参考にさせていただきます。色々ありがとうございました」

暇を申し出るつもりだったのだが、

「あの病院にはね。名物のカリスマ教授がいるんですよ」

水嶋が言った。

「熊谷恭司《くまがいきようじ》という教授なんですが、これがまあ、エキセントリックというかなんというか。癌患者に胎児《たいじ》の鼓動《こどう》を聞かせてみたりして、とにかく面白い方なんです。腕はもちろん一流ですけどね。性格に多少問題ありといえなくもない」

最後の方は、ふんと鼻で笑うような感じになっていた。カリスマ教授の言動に、振りまわされたのかもしれない。あまりいい印象を持っていないように思えた。

「では、ぼくはこのへんで失礼します」

暇を告げて立ちあがる。

「わざわざすみませんでした。近いうちに預金させていただきますよ。わずかばかりですがね」

「宜《よろ》しくお願いします」

鞄を持ち、水嶋医院を出た。

女医に対する世間一般の考え方を、瑛一はあらためて実感している。敏之が事実を知ったときには、小さな騒ぎが起きるのではないか。

いやな予感を覚えていた。

5

翌朝。

瑛一のいやな予感は現実のものになった。

「担当医を代えるように言え」

敏之は、またごね始める。昨夜も何度同じ話をしたことか。芙美と一緒に病室を訪れたとたん、昨夜の繰り返しになっていた。

「我慢してくださいな、お父さん。あと数日で退院なんですよ」

芙美の嘆願を継いだ。

「そうだよ。お祭りにも参加できそうだしさ。おとなしくしていないと、退院許可がおりないかもしれないぜ」

瑛一はやんわりと脅《おど》しをかける。見舞いをした後に出勤しようと思い、スーツ姿だった。

ぎろりと敏之が睨みつけた。

「あの女医が、そう言ったのか」

「まさか、言うわけないだろ。おれがそう思ったの。楽しみにしているお祭りに、参加できないのは辛いだろうと思ってさ」

周囲を慮《おもんぱか》って、小声になっていた。個室は壁で仕切られていたが、大部屋には廊下と病室を区切る壁が設けられていない。カーテンで仕切られただけの空間であるため、筒抜けだった。

「女はいやだ」

敏之の声が大きくなる。

「女の医者なんか、信じられるか。おれの腹ん中にガーゼでも残しているかもしれねえや。手術のやり直しなんてことになったら祭りどころじゃないだろう。女の医者はいやなんだよ、女の手術じゃ……」

「おじさん！」

いきなりカーテンがシャッと開いた。制服姿の千春が入って来る。

「千春」

驚いたが、瑛一には目もくれなかった。

「聞こえたわよ。女の医者は信じられない、女の医者はいやなんだよ。まったくもう何様のつもり？」

千春は腰に両手をあてて、敏之を見おろした。

「そんな考え方をするなんて、それこそ信じられないわよ。おじさんは女性を理解してくれていると思っていたのに」

「う、い、いや、千春ちゃんのことは理解している、つもりだ」

言い訳が虚《むな》しくひびいた。

「ひとつ、お訊きしますけどね。おじさんは、だれから生まれたの？」

「お、おふくろだ」

敏之は、勢いを失っている。

「そうでしょう、お母さんから生まれたんでしょう。女性から生まれたくせに、女が信じられないだの、いやだのって言えないでしょ。あたし、がっかりしちゃった。おじさんは婦人警官になったことを喜んでくれていると思ったのに」

「いや、喜んでいるよ。それは、まあ、そうだが、それとこれとは……」

「同じです」

一喝《いっかつ》されて、敏之は目を逸らした。負けを認めたようなものだった。

「いいですか。退院までおとなしくしているように。担当医の方には、あたしからもよーくお願いしておきますから」

「………」

敏之は横を向いて、への字に唇を引き結んでいる。

「いいですか、聞こえましたか」

その耳を千春は引っ張り、大きな声で告げた。

「聞こえた」

不承不承《ふしょうぶしょう》という感じで答えた。瑛一と芙美は笑いをこらえながら、廊下に出る。さらに千春はなにか言ったようだが、今度は囁き声だったので内容まではわからなかった。

「んもう、信じられない」

千春が首を振りふり出て来た。

「おじさんが、あんな考えを持っていたなんて」

「サンキュ。千春のお陰で助かったよ」

「どういたしまして。あ、そうだ。瑛ちゃんって、ほんと、水くさいよね。おじさんが入院したのは一昨日《おととい》の夜中なんでしょ。電話ぐらいくれてもいいじゃない」

おっと、こっちにお鉢《はち》がまわってきたか。

そう思いながら反論する。

「急に入院したから、おれもパニックになっちゃったんだよ。だから今朝、電話したじゃないか。それに昨日は交番に宿直だったろ。連絡したって来られなかったじゃないか」

「まあ、そうだけどさ」

「なんにしても、千春様々よ」

芙美は言い置いて、病室に戻る。瑛一は、千春とともにエレベーターの方に歩いて行った。千春の気忙《きぜわ》しさを、なんとなくとらえている。長居できないのを察していた。

「昨日は宿直だったのに、もう出勤するのか」

「うん。勤務表では、夜勤明けの今日はお休みなんだけどね。出勤予定だった巡査が、急用だとかで今日は休むらしいの。それであたしが代わりを務めることになったわけ」

「どうせ万年巡査長の差し金なんだろ。勤務表なんて、あってないようなもんじゃないか。楽しみにしていた非番を、どれだけ潰されたことか。なぜ、いつも千春の非番の日に、同僚に急用ができるのか」

「女だからね」

千春は即答した。

「さっきのおじさんを見て、よくわかったわ。女は駄目なんだって、みんな決めつけてる。婦人警官もそう、女医もそう。男の現場に女が出て行くのを、快く思えないんでしょうね。だから邪魔をする」

ふっと微笑する。寂しげなその様子に、瑛一はぐっときた。抱きしめそうになったが、かろうじてこらえる。

「おれは千春を応援してるよ」

精一杯の愛をこめた。

「ありがと。さあ、あたしはもう行かないと」

千春がエレベーターのボタンを押したとき、

〝これから回診が始まります。準備をお願いします〟

放送が流れた。

「瑛一。まだいるでしょ。帰らないでよ」

芙美が走るようにして、こちらへ来た。帰ると思ったのかもしれない。

「おれはもう少しいるよ」

「よかった。お父さんが脇坂先生に、なにか言うんじゃないかと思って、気が気じゃないのよ。あんたがいてくれないと止められないもの」

「おれじゃ役に立たないよ。千春がいてくれればね」

開いたエレベーターに千春が乗った。

「それじゃ、おばさん。またお見舞いに来ます」

「もういいわよ、すぐに退院だから。忙しいのに、ありがとうね」

「またな」

千春と別れて、病室に戻る。放送が流れたとたん、病棟の空気が急に変化したように思えた。ぴりぴりしている。看護婦たちが忙しげに、各病室の様子を見まわっていた。

「回診って、だれが来るのかしら」

芙美が瑛一を見あげる。

「教授や婦長さんだろ。そういえば」

声をひそめて、訊いた。

「脇坂先生に謝礼は渡したの？」

「それがね」

芙美は敏之を見た後、瑛一をカーテンの外に連れ出した。相変わらず看護婦が、廊下を走りまわっている。まだ回診は始まっていないようだった。

「脇坂先生、今朝方、様子を見に来てくださったのよ。そのときに渡そうとしたんだけど、要《い》らないと仰って」

芙美の答えに、問いを返した。

「受け取らなかったの？」

「そう、よけいなお気遣いは無用ですと言ってね。それでもと、なかば強引に白衣のポケットに入れようとしたら、ぐっと押し返されちゃった」

「女医さんは、清く、正しく、美しい人か」

「かっこよかったわよ」

芙美は小さく笑った。

「聴診器を、こう、肩からさげてさ。くるりと背中を向けて、足早に立ち去る姿が、女の目から見ても素敵だった」

「回診です」

中年の看護婦が、ナース室の前で声をあげた。

「婦長さんよ」

「へえ」

婦長にしては若く見えるが、案外、年がいっているのかもしれない。看護婦たちを引き連れてエレベーターの前に行き、深々と一礼する。

白衣の一群が、エレベーターから廊下に出て来た。

6

大名行列などと言われる教授回診は、医局の大事な週間行事のひとつである。先頭の教授のまわりを、助教授、講師、医者や病棟の婦長らが取り巻きながら、ベッドを一つひとつまわって行くのだった。

行列の後ろの方に、脇坂聖子が付いている。婦長より後ろなのは、だれの考えによるものなのか。聖子とは敏之の手術の前に会っていたが、第一印象どおり、暗い女だと思った。俯《うつむ》いた横顔は、幸せや希望といった明るい感情からはほど遠いものに見えた。

（あれが、熊谷教授か）

先頭を歩く熊谷は、五十なかばぐらいだろう。ゆるくウェーブのかかった長髪が、芸術家のような印象を与えた。目も鼻も口も大きく、遠目でも濃い顔立ちであるのが見て取れる。長髪をなびかせた姿は、まるで指揮者のよう。

しかし、履いているのはゴム草履《ぞうり》で、そのアンバランスさが、カリスマ教授という水嶋の言葉を裏打ちしているように思えた。

瑛一は芙美とともに、敏之の病室に戻る。

「傷口とか出しておかなくていいのかしら。浴衣の前を開けておいた方がいいんじゃないのかしらね」

芙美は意味もなく、うろうろしていた。

「鬱陶《うっとう》しい。おまえは外に出てろ」

敏之に言われたが、聞こえないふりをしている。瑛一はカーテンの隙間から外を覗いた。ちょうど隣の病室を出て来た脇坂聖子と目が合ってしまう。

「来た」

急いで敏之の枕元に戻った。

担当医の役目なのか、

「失礼します」

聖子がカーテンを開けて、まず中に入って来た。化粧っ気のない顔に、長い髪を後ろで無造作に結んでいる。医者は男の職場だからなのか、口紅さえ差していなかった。

「熊谷教授に傷口を診ていただきますので、浴衣の前を開けて……」

言い終わる前に、敏之は自分で浴衣の前を広げる。女医にさわられたくないという必死の抵抗かもしれない。それを確認すると、聖子は開けたカーテンの横に退《しりぞ》き、深々と頭をさげた。右手を白衣のポケットに入れているのが目に留まる。

（鋏を握りしめている？）

指輪《しりん》に変わった細工が施された鋏を、きつく握りしめているように思えた。右腕の筋肉の動きから力を入れているのがわかる。相当強く握りしめているのではないだろうか。

「担当医は脇坂君か」

熊谷教授がおもむろに姿を見せた。助教授や講師、病棟婦長といった面々も入って来る。狭い空間は人でいっぱいになった。

「昨日、手術をしました。虫垂炎の患者さんです」

聖子の説明に、

「ふぅむ」

熊谷は奇妙な仕草で応じた。左手の人差し指と右手の親指、そして、左手の親指と右手の人差し指で長方形を形作る。そのまま敏之の傷口に、長方形を近づけて行った。自ら作った長方形を覗きこむようにしている。

「いつもながら脇坂君の縫い目は美しいね。時が経てば傷痕《きずあと》も、ほとんど目立たなくなるだろう。カントは『夜は崇高《すうこう》で、昼は美である』、そして、『夜は感動させ、美は魅惑する』と言ったが」

相変わらず長方形を覗きこんだまま、言った。

「この傷口は、わたしが作った長方形の縦線に、ぴたりとはまるではないか。わたしの親指と人差し指の比率は、おおよそ一対一・六一八なのだが」

それを聞いた瞬間、

「黄金比？」

我知らず瑛一は応えていた。

黄金比は、黄金分割、神聖比、黄金平均、黄金数などとも呼ばれるもので、一つの線分を外中比に分割するものだ。外中比に分割するものだ。縦と横の長さの比がほぼ一対一・六一八の長方形などは、安定した美感を与えるとされた。

「む？」

教授が振り返る。どんぐり眼《まなこ》で、しげしげと瑛一を見つめた。

「息子さんかね」

問いかけに頷き返した。

「はい。渋沢瑛一です。父がお世話になっています」

「ほっほう、幕末から明治にかけて活躍した偉人と同姓同名か」

それで偉人もどきは、いったい、なにをやっているのか。熊谷の無遠慮な眼差しに、詮索《せんさく》が加わったのを感じた。

「曙信用金庫に勤めています。なにか御用がありましたら、遠慮なくご連絡ください。すぐに駆けつけますので」

素早く名刺を出して、渡した。

「ふん」

鼻を鳴らして、渡した名刺を瑛一の眼前に掲げる。

「知っているか。この名刺というやつの縦横の比率も黄金比なのだ」

「そうなんですか。それは知りませんでした。なるほど。安定した美感を持っているからこそ、多く使われるわけですね」

「黄金比は、フィボナッチ数列という、きわめてシンプルな整数列を通じて、自然界のいたるところで表現されている。さて、君はフィボナッチ数列を知っているか」

「確か、0、1、1、2、3、5、8、13、21、34、55、89、144、233、377……」

「よろしい」

熊谷が遮《さえぎ》る。狭い病室は、にわか講義室となっていた。

「今、君が告げた数は、どの数も先行する二つの数の和であるという意味で加法的であり、どの数もその前の数に黄金比を掛けたものに近いという意味で乗法的でもある」

腹にひびくような大声だった。

「亀の甲羅には、中央に5つ、その左右に4対の突起があり、5本の爪、34椎《つい》の脊椎《せきつい》がある。またハイエナの歯は34本、イルカの歯は233本といったように、なぜかフィボナッチ数列と一致する」

ふたたび大きな目が、瑛一に向けられる。

「これが公的に認められたのは、時代が下ってからだが、フィボナッチ数列は古代エジプト人や、その弟子であるギリシア人のあいだでは、すでに知られていたとか。この数列はミツバチの系統図や、株式市場のパターン、ハリケーンの雲などにも見出《みいだ》せる。知っていたかね」

「株式市場のパターンと一致する場合が多いとは、感じていましたが、ミツバチやハリケーンまでは把握していませんでした」

「千利休《せんのりきゅう》は」

突然、話が変わる。しかし、おそらく熊谷の中では繋《つな》がっているのだろうと思い、黙って拝聴していた。

「紅葉《もみじ》狩りの季節に、息子に庭の掃除をさせた。息子は一生懸命に庭を掃《は》き、庭石を洗った。ところが千利休は、何度も掃除をやり直させる。とうとう耐えかねて息子が『これ以上、なにをしろと言うのですか』と言ったとき」

「利休は、庭の紅葉の木をバサバサと揺さぶって、葉を散らした」

口にするつもりはなかったのに、瑛一は呟いていた。千利休の話を知っていたわけではない。綺麗に掃き清められた京の庭を思い浮かべた刹那、そこに紅葉が散っていたら、さぞ綺麗だろうと思ったのである。

「ふん」

と、またしても熊谷は鼻を鳴らした。

「そう、それこそが美だと、利休は伝えたかったのだろう。信用金庫にも、面白い男がいるものだな」

白衣の裾《すそ》を翻《ひるがえ》すようにして、次の患者の方に移動する。ぞろぞろと一群もそれに従った。最後までいた聖子が、会釈して追いかける。

「なんだ、ありゃ」

ぼそっと敏之が言った。

「ここが少しおかしいんじゃねえのか」

眉を寄せながら自分の頭を指した。

「声が大きいですよ。でも、よかったじゃないですか、脇坂先生が担当医で。あの中で一番まともに見えましたよ」

敏之を宥《なだ》めつつ、正直な感想を口にする。正直であるがゆえに痛烈な批判にも聞こえた。もっとも当の芙美は意識して発したわけではない。

「そろそろ行くから」

瑛一は言い、廊下に出た。エレベーターに向かう途中で、非常口と書かれた階段から、光平が飛び出して来る。

「よかった。行き違いになるかと思ったよ」

全速力で自転車を飛ばして来たのか、額には汗が滲《にじ》んでいた。ハンカチでしきりに拭いている。

「なにかあったのか」

「今朝、目安箱を開けたらさ。これが入っていたんだ。三浦課長が、瑛一に早く知らせろって」

光平が差し出した一枚の便箋《びんせん》を開いた。

〝東都大学病院で死んだ看護婦は、自殺したのではない。ある男に殺された〟

たった二行の告発文。

「…………」

瑛一は、光平と顔を見合わせていた。

第四章　刀圭《とうけい》

1

　東都大学病院では、今年の四月に新人看護婦が屋上から投身自殺していた。

　新任の看護婦の名は守谷洋子《もりやようこ》、年は、二十二歳。高校卒業後、三年間の養成機関を経て国家試験に受かり、東都大学病院に来たばかりの、まさにほやほやの新人看護婦だった。

（よく憶えているわ）

　中里千春は、自宅の自室で着替えていた。この件は警察にまかせるべきだと判断したのだろう。昨日、瑛一から連絡をもらい、目安箱に投函《とうかん》された手紙を受け取っていた。

　騒ぎが起きたとき、千春もまた着任したばかりだったため、看護婦の無惨な死に様が瞼《まぶた》に焼きついている。再調査を渋る上役の巡査長を一日がかりで説き伏せて、動き出したのだった。

支度を終えて、千春は廊下に出る。

「なにをもたもたしているんだ、今朝《けさ》は早く出ると言っておいただろうが。おまえは日本語がわからんのか、ええ、加寿子《かずこ》」

ほとんど同時に、父親・幸生《ゆきお》の怒鳴り声が聞こえた。長い廊下の先に、父母の寝室がある。玄関へ行くには、両親の居室の前を通らなければならない。

「申し訳ありません」

母親の加寿子が消え入りそうな声で詫《わ》びる。顔を見るまでもなく、どんな表情をしているのかがわかった。血の気《け》を失い、幸生と目を合わせることもできず、兎《うさぎ》のようにおどおどと怯《おび》えているに違いない。

「朝食はいかが……」

それでも妻としての役目をはたそうとしたが、

「食っている時間などないわ」

荒々しく遮られた。音をたてて障子《しょうじ》を開け、幸生が廊下に姿を見せる。いつもは会わないように見計《みはか》らって出るのだが、今日は運が悪いとしか言いようがなかった。

「おう、千春」

「おはようございます」

仕方なく挨拶し、父親が歩き出すのを待っていた。先に立とうものなら延々と罵声《ばせい》が続くのは必至《ひっし》。挙げ句、おまえの育て方が悪いからだと、最後は母への叱責《しっせき》になることもわかっている。

小さい頃から両親のやりとりを見続けた結果、千春は母のために表向きは逆らうのを控えるようになっていた。母は父の顔色を見、千春は母の顔色を見る。そんな負の連鎖《ふれんさ》が出来あがっていた。

家政婦のひとりが、加寿子から鞄を受け取る。

「旦那様。お車のご用意ができております」

促すように言った。幸生の癇癪《かんしゃく》が爆発しないよう、みな心の中で祈っていた。

「うむ」

幸生は答えたものの、まだ立ち止まっている。年は五十八、還暦近くなってもなお精力的に、製紙会社の社長と市議会議員という二足のわらじを履き続けていた。顔はつやつやしており、年齢よりも十歳ほど若く見える。

「いつまで婦人警官などをやっているんだ」

これまたいつもどおりの流れになっていた。

「女はな、いい相手と結婚して家庭に入るのが一番いいんだ。それをおまえは警官などになりおって、中里家の恥さらしよ」

「あなた、もうお時間が」

珍しく加寿子が間に入る。

「千春もよくわかっていますよ。わたしからもう一度、話しておきますから」

相変わらず俯きながらだったが、なんとか娘の盾《たて》になってくれた。しかし、色白の顔は精彩がなく、今にも倒れそうな印象を受ける。エネルギーの塊《かたまり》のような幸生とは対照的だった。

（きっと、お父さんに精気を吸い取られちゃってるんだわ）

冷ややかな感想は、むろん言葉にはしない。

「いってらっしゃい、お父さん」

母が庇《かば》ってくれたお礼のつもりで作り笑いを押しあげた。末っ子の千春に対しては、それなりに可愛いと思っているのだろう、

「うむ」

幸生は破顔して、玄関に向かった。加寿子と家政婦がそれに続き、他の家政婦たちも見送るため、玄関に足を向ける。

通いの家政婦を含めると、中里家には全部で四人の家政婦がいる。玄関先ではお抱え運転手がすでに待っていた。千春はできれば見送りたくなかったが、それでまた加寿子が怒鳴りつけられるのは困る。渋々父が家の前に停めた外車に乗りこむのを見送った。

「制服姿でなければ、もっといいのだが」

幸生はよけいなひと言を残して、ようやく車に乗る。見送りに出ていた全員が、深々と頭をさげた。しかし、車が角を曲がるまでは気をぬけない。幸生は曲がる前に、まだ頭をさげているかどうか、必ず確かめるからだ。

車が見えなくなったとき、ふっと全員の力がぬけたのを感じた。

「いってきます」

千春は言い、駐車場に急ぎ足で戻る。無駄な時間を使ってしまった。幸生との会話や見送り時間ほど無意味に思えるものはない。千春が自転車のカゴに鞄を入れたのを見て、家政婦のひとりが駐車場の門を開けた。

「千春ちゃん。今日は何時になるのかしら」

加寿子の呼びかけが追いかけて来る。

「遅くなります」

短く告げて、自転車で外に飛び出した。とたんに身体の重しが取れたかのような解放感を味わっている。息をするのが楽になっていた。

菊川町《きくかわちよう》の中里家は、本家の他、向かいには祖父母が住む家が建っていた。その隣には運転手夫婦の住む小さな家もある。このあたり一帯のおよそ一町分が中里家のものだった。

一代でここまで築きあげた幸生の手腕は、千春も認めている。

(でも、うちには瑛ちゃんの家のような、あたたかさがない)

自転車を漕《こ》ぎながら考えていた。

製紙会社を継いだ二人の兄が、会社や工場の近くに家を持ったのは、私的な時間ぐらいはあの父から解放されたいと思ったからではないだろうか。幸生を煙《けむ》たがるというよりは、あきらかに嫌っている。

(でも、ワンマンな父親に意見すら言えないのよね)

大学院に進んだ姉はといえば、これが母そっくりの気質なのだった。逆らうことができず、父と許嫁《いいなずけ》に奴隷《どれい》のごとく従っている。許嫁はむろん父が決めた相手だ。

「あたしは絶対にいや」

自転車を漕ぐ足に力が入った。家が遠離《とおざか》るにつれて、ますます心と身体が軽くなる。割下《わりげ》水《すい》通りに出て、錦糸町方面に向かった。つらつら思うのは、瑛一のこと。結婚の二文字が浮かんでいないと言えば嘘になる。

(お父さんは、絶対に反対するだろうな)

町工場、借金と聞いただけで怒髪天《どはってん》を衝《つ》くだろう。それがわかっているから口にできない。紹介することもできなかった。

瑛一はある程度、中里家の状況を理解しているだろうが、幸生に関しては、瑛一の想像の域を出ているのではないだろうか。あそこまでひどいとは思っていないのではないか。

(あの家にはなんでもある。でも、本当に欲しいものだけは、ない)

気が滅入《めい》りそうになった。

「あー、もう、やめた、やめた」

勤務先の交番でいったん自転車をおりる。今日はまだ巡査長は来ていない。同僚の巡査に挨拶した。

「これから東都大学病院に参ります。巡査長には昨日、了解をえました。終わり次第、交番勤務に就きますので」

「了解しました」

敬礼した同僚に敬礼を返して、警官用の自転車に乗り換えた。白く塗られた自転車に跨《またが》ると、さらに家が遠くなる。渋沢家に続く細い道をちらりと見やって、そのまま錦糸町に向かった。

自殺した看護婦・守谷洋子のことを、ふたたび思い浮かべている。

〝信じられない。なぜ、自殺したのかわからないんです〟

遺族は泣きながら、そう繰り返した。

〝小さい頃から看護婦になりたいと言ってたんです。一生懸命勉強して、やっと専門学校を卒業し、国家試験に受かりました。勤め先が東都大学病院と決まったときには、そりゃもう大喜びで……親戚中が集まって祝いましたよ〟

母親は告げた。父親にいたっては、寝込んでしまい、話をするのもままならない状況になっていた。一家が住んでいたのは江東区《こうとうく》。瑛一から手紙を預けられた後、すぐに連絡したのだが引っ越してしまったのか、電話は繋がらなくなっていた。

〝病院の寮に入って、同僚ともうまくやっていると、死ぬ二日前に電話してきました。毎日、楽しくて仕方がない。憶えることがいっぱいあるから、まだまだ勉強しないとね。そう話していました〞

そんな娘が、なぜ、死んだのか。

わからない……。

遺族の言葉から、死の背景《はいけい》を導き出すことはできなかった。千春自身にも消えない不審《ふしん》があった。だから手紙を見たとき、「やはり」と思った。

(自殺ではなかったのかもしれない)

繁華街を通り抜けて、真っ直ぐ進んで行く。夜になると猥雑《わいざつ》な空気に覆《おお》われる町だが、早朝の今はいっとき眠りについているように感じられた。飲食店の外に出されたゴミ箱に、野良犬や野良猫、鴉までもが群がっている。特に鴉は数で犬や猫を威嚇《いかく》していた。くわっと嘴《くちばし》を開け、襲いかかっている。

「目を突《つつ》かれたら終わりだよ」

千春は自転車を降りて、鴉を追い払おうとしたが、犬や猫も逃げてしまった。散らかったゴミをざっと片付ける。

「瑛ちゃんは来てるかな」

自転車に乗って、大通りを渡った。正直なところ、昨日、敏之が女医への侮蔑感《ぶべつかん》をあらわにしたことにショックを受けている。渋沢家だけは無条件に千春を受け入れてくれると思っていた。まさか、敏之までもが世の一般男性と同じ言動を取るとは……。

「ま、仕方ないか。それでもおじさんは、うちの父親よりもずっとましだもんね。あたしが注意しても怒らないし」

気を取り直して、東都大学病院の駐輪場に自転車を停めた。隣の駐車場をついでに見る。屋上から飛び降りた守谷洋子は、この駐車場に落ちて、死んだ。夜中だったため、停車していた車はほとんどなく、コンクリートに叩きつけられたのである。

「検死結果はほぼ即死状態」

鞄から調書を出して、確かめた。発見されたときはうつ伏せで全身打撲という状態だったが、意外にも顔が綺麗だったのは、とっさに顔を庇ったからかもしれない。当時、千春はそう思ったのだが、だれかに屋上から突き落とされた可能性も捨てきれなかった。

「もう一度、屋上を見てみよう」

約束の時間まではまだ間がある。千春は病院に入ると、エレベーターに乗った。警官の制服姿は目立つのだろう、職員や入院患者がじろじろと無遠慮な眼差《まなざ》しを投げている。女だわ、婦人警官か、なにを好きこのんで女が警官に……いつも感じる声なき声が、今も聴こえていた。

ひとり、二人とエレベーターを降り、屋上に着いたときには、千春ひとりになっていた。

屋上に出たとたん、一気に視界がひらけた。九月の青い空が目に飛びこんでくる。

屋上に設けられたフェンスは、半分までがコンクリート製で、上半分が金網になっていた。

守谷洋子の騒ぎが起きた後も、特に出入りを厳しくしている様子はない。

「花が」

飛び降りたと思われる場所に、花が手向《たむ》けられていた。少しでも花の命を保《も》たせたいのか、大きめの花瓶《かびん》に百合《ゆり》を中心とした花が活《い》けられている。まだ供えられたばかりに違いない。白い百合はみずみずしい輝きと、芳《かぐわ》しい薫りを放っていた。

「おそらく守谷さんは、このフェンスをよじ登って、飛び降りた」

また調書を見る。下に見えるのは駐車場だ。病院の敷地内でコンクリートが敷き詰められているのは駐車場のみ。建物のまわりには、躑躅《つつじ》や椿《つばき》、山茶花《さざんか》といった木が植えられている。

「確実に死にたいと思ったのか」

ゆえにコンクリートが敷き詰められた駐車場にダイブした。

「あるいは、確実に殺したいと思ったのか」

二度目の自問は、かすかな悪寒《おかん》をもたらした。屋上に吹く爽《さわ》やかな秋の風が、一瞬、血《ち》腥《なまぐさ》さを帯びたように思えた。

「遺書はなかったが、状況から見て自殺と断定」

調書をまた確かめて、背伸びしつつ金網から下の駐車場を覗き見た。人が死ぬのには理由がある。恋人に裏切られたか、約束をかわしていた相手が死んだか、好きでもない相手との結婚話を進められたか、かなわぬ恋に疲れはてたのか。

千春には、それぐらいしか思いつかなかった。

「彼女のお母さんは、強引に結婚話を進めるようなタイプには見えなかった。お父さんが、うちの父親タイプなのかしら」

目が行くのは、目安箱に投函された短い告発文だ。

「東都大学病院で死んだ看護婦は、自殺したのではない。ある男に殺された」

声に出して読みあげてみる。

「男と断定しているのが、逆に引っかかるわよね。下町探偵の瑛ちゃんなら、『本当は女の犯行なのに、それを隠すため、わざと男と断定したのかもしれないぜ』なんて言いそうな感じだわ」

千春は投函された手紙を鞄に入れて、エレベーターホールに向かった。守谷洋子が勤めていたのは外科病棟。婦長には昨日、連絡を入れておいた。あまり気乗りしない様子だったが、どうしてもと食いさがって、なんとか会える段取りをつけていた。

2

四階で降りると、ナース室に直行した。

「すみません。中里千春と申します。昨日、婦長さんに電話でお目にかかる約束をしたのですが、おいでになりますか」

訊くまでもない、婦長の熊谷時江《ときえ》が、受付にいた看護婦の後ろに立っていた。

そう、外科の婦長は、カリスマ教授と呼ばれる熊谷の妻だった。調書に記された年は四十二。二人の間には二歳の娘がいる。

子供を生むにしては、いささか遅すぎた感がなきにしもあらず。しかし、そういった教授夫婦の私的な事柄について、四月のときにはなにも聞いていなかった。昨日、調書を手に入れた後に、教授夫妻の暮らしぶりを少しだけ知ったのである。

「どうぞ、こちらへ」

時江はナース室の扉を開けた。若い頃は相当な美人だったに違いない。中年と呼ばれる年になってなお若さと美を保っていた。本当の年を知らなければ、せいぜい三十歳ぐらいだろうと思ったかもしれない。

(新人看護婦に手を出した夫に腹をたて、浮気相手の守谷洋子を殺した)

ナース室の椅子に座るまでの間に、もしや時江がという仮説をたてていた。敢《あ》えて男と書いたのは、女の犯行をごまかすためではないのか。とはいえ、女ひとりの力で屋上の高いフエンスを越えさせられるだろうか。死にたくなければ相手は必死に抵抗するはず。時江ひとりではむずかしいと判断した。

「守谷さんは自殺です」

質問する前に、時江は言った。

「あのとき、警察もそう判断しました。それを、なぜ、また調べるのでしょうか。お電話では、自殺ではないというような訴えがあったと聞きましたが」

窺うような目を向ける。

「その件につきましては、今の段階ではお話しできません。まだはっきりしていませんので」

手紙の出所を追及されるのはまずい。曙信金の目安箱云々は言わない方がいいと、あらかじめ瑛一から助言されている。

〝曙《うち》に来られるのが迷惑だから言っているわけじゃないぜ。手紙の出所は曖昧にしておいた方がいいと思うんだよ。後ろめたいことのあるやつが、勝手に動いてくれるかもしれない。思わぬ動きが出るかもしれないからさ〟

それから、と、瑛一は続けた。

〝女は女同士、女医さんや同僚看護婦も、千春ならば重い口を開くかもしれないからな。婦人警官でなければできない調べをやれよ〟

言われるまでもない、そのつもりだった。事件は自殺と判断された時点で調べを終えている。もっと捜査するべきではないかと千春は訴えたが、あのときは無視された。また遺族にもそっとしておいてほしいと言われたため、やむなく断念した思いがある。

「いくつか確認させてください。あの夜、守谷さんは宿直でした。どすんっという大きな音に患者さんが気づいたんでしたね」

千春は手帳を開いて、目をあげた。

「ええ。宿直の同僚たちは、仮眠室にいると思っていたようです。だから最初は守谷さんだとは気づきませんでした。もしかしたら、患者さんが飛び降りたのかもしれない。治らない病もありますから、それを悲観してと思ったようです」

隙《すき》のない答え方は、四月と変わらなかった。仕事柄、身についた部分もあるだろう。が、これまた四月同様、なにかを隠しているような印象を受けた。

「それで駐車場に行ったら、倒れていたのは守谷洋子さんだった」

確認の言葉に、時江は頷《うなず》いた。

「ええ。みんな吃驚しました。最初は誤って落ちたのではないかと思いましたが、屋上には高いフェンスがありますからね。よじ登らなければ、とうてい事はなせません。それに、飛び降りた場所に靴がきちんと揃えてありましたから……そうなのだと思いました」

自殺の部分は口にしなかった。

「あのとき、婦長さんは看護婦から連絡を受け、すぐに駆けつけた。ご自宅はここから目と鼻の先にある。念のために伺いたいのですが、ご自宅にはどなたといらしたのですか」

「主人と子供と家政婦です。子供がまだ小さいので、住み込みの家政婦さんがいます。二人とも働いていますからね。だれかに付いていてもらわないと」

通いの家政婦が、いつでもまたアリバイを証明してくれると、暗にほのめかしているようだった。

「守谷さんは、なにか悩んでいる様子はありませんでしたか」

四月と同じ質問だったが敢えて訊いた。時間が経てば思い違いに気づくかもしれない。淡い期待をいだいたが、時江は小さく頭《かぶり》を振る。

「そんなふうには見えませんでした。にこにこと楽しそうに、患者さんとも接していましたから」

話したことを記録しておいたのではないか。そう感じるほどに四月と同じ答えだった。逆に不自然さを覚えたが、これ以上、訊いても無駄だと判断する。

「ありがとうございました。お医者様や同僚だった看護婦さんにも、お話を伺《うかが》って宜しいでしょうか」

「ええ、かまいませんが」

が、できればやめてほしいと言いたげだった。歓迎されていないことは、会った瞬間に察している。

「確認するだけですから」

千春は言い、会釈して、ナース室を出た。ついでに敏之を見舞って行こうと、病室の方に足を向けた。

「脇坂先生？」

病室から出て来た女医に目を留める。向こうも千春に気づき、近づいて来た。瑛一から敏之の担当医は女医の脇坂聖子だと聞いている。名札の脇坂で噂の女医だとわかった。千春は簡単に自己紹介して、人がいない方の廊下を目で指した。

「四月に亡くなられた守谷洋子さんのことで、少しお話を伺いたいのですが」

切り出しながら、化粧っ気のない白い顔に目を向けている。髪は後ろに束ねていたが、中途半端に伸びた前髪が、頰のあたりにまでかかっていた。美容院に行くのが面倒なのか、あるいはお洒落に興味がないのか。

(女を封印しているような感じがする)

感想を素早く手帳に記した。

「わたしはなにも知りません。あの夜は寮におりましたので」

聖子は右手を白衣のポケットに入れたまま、抑揚のない声で答える。整った顔立ちをしているのに、陰々滅々《いんいんめつめつ》とした雰囲気が、すべてをだいなしにしていた。努《つと》めて笑顔を見せるだけでも、がらりと印象が変わるのではないだろうか。

移動する気配がないので、千春は仕方なくその場で話を続けた。

「先生も看護婦さんたちと同じ寮にお住まいなんですか」

「いえ、住んでいるわけではありませんが、仮眠を取るときなどに使わせてもらっています。宿直室よりも落ち着きますし、病院に隣接していますので、すぐに駆けつけられますから」

「では、守谷さんに寮で会う機会もあったんですね」

手帳に記しながら次の質問を考えている。

「ええ。亡くなった日の前夜も会いました。ちょっと疲れているような感じに見えましたが、特にこれといった話はしませんでした。ふだんと変わりないように、わたしは感じましたが」

聖子の目は、ナース室に向けられていた。千春は肩越しに見やる。時江が睨みつけるようにして立っていた。

「見張っているみたいですね」

正直な感想が出る。

「考えすぎですよ。制服姿の警察官が病棟にいるのは、あまり良いイメージを与えませんから。なにか起きたのかと患者さんが不安を覚えます。婦長さんは患者さんへの影響を考えているのでしょう」

聖子は素早く言い添えた。優等生的な発言に、我が身を重ね合わせている。思わず自嘲が滲《にじ》んだとき、

「脇坂先生」

瑛一が敏之の病室から出て来た。見舞いの後は出社するつもりなのだろう、スーツ姿だった。おう、というように片手を挙げ、二人のもとに来る。千春は肩に入っていた力が、ふっとぬけるのを感じた。無意識のうちに力んでいたようだ。

「親父の退院ですが、いつ頃になりますか。牛嶋大祭には絶対に参加するぞ、退院させなければ勝手に退院すると言って、きかないんですよ」

「牛嶋大祭は、いつでしたっけ。秋なのは憶えていますが」

聖子の問いかけに、

「九月十五日です」

二人同時に答えた。

「あ」

千春は瑛一と苦笑いする。聖子はと言えば胸ポケットから手帳を出して、手帳に付いた小さなカレンダーを確認していた。

「来週の土曜日ですね。大丈夫です、今のところ経過は良好ですので。このまま異状がなければ、週明けの月曜日か火曜日には退院できますよ」

「そうですか。よかった。ご存じだと思いますが、今年は五年に一度の本祭りなんですよ。気合いが入るのも仕方ないんです。でも、お祭りの前に退院できるのであれば、親父もおとなしくしていてくれると思います」

瑛一は言い、白衣の右ポケットを指で示した。

「その鋏、指輪《しりん》に珍しい細工が施《ほどこ》されていますね」

「え？」

聖子は、手帳を胸ポケットに戻しながら、右手をちょうどその右ポケットに入れたところだった。

「ああ、これですか」

取り出したのは、刃先にカバーが付いた小ぶりの鋏だった。大きさは十五センチほどだろうか。瑛一が言ったように、指輪に施された細工によって、ポケットに掛けられるようになっている。刃先のカバーはポケットを破らないためのものなのだろう。

「拝見しても、宜しいですか」

丁重に瑛一が訊いた。

「どうぞ」

刃先のカバーを外して、聖子は鋏を渡した。指輪《しりん》の作りもさることながら、二枚の刃先が揃ったさまも非常に綺麗だった。鋏を閉じた状態だと刃先の鋭いナイフに見える。

「美しい鋏ですねえ」

瑛一が呟いた。しみじみした口調になっていた。

「ぼくが知っている工房の鋏に、とてもよく似ています。〈国光刃物工芸所〉という工房で、太平町にあるんですが」

「あら」

急に聖子の声のトーンが変わる。

「国光は、わたしの実家です。その鋏はうちに婿入りした主人が作ってくれたんですよ。なんというのかしら、あの、結婚を申し込んでくれたときに」

ぽっと頬を染め、はにかんだような笑みを浮かべた。今までが無表情だっただけに大きな変化に見えた。聖子を覆っていた固い鎧《よろい》がわずかにくずれて、真実の姿が表れたように思えた。

(可愛い女《ひと》)

ひとまわり近く年上なのだが、同じ女として、千春は好感を持った。

「それじゃ、この鋏が婚約指輪なんですね」

瑛一は訊きながら鋏を眺めている。

「ええ、まあ、ごまかされたような気がしなくもないんですけれど」

「これ、ペーパーナイフにもなるんですか」

また瑛一が訊いた。もはや見えているのは鋏だけ、千春はしばらくの間、口をはさまないことにした。

「そうなんです。小さいですが、色々便利で手放せません。わたしが使うメスも、主人が作ってくれたんですよ」

本当に嬉しそうな笑顔を見せた。実家や夫に対する誇りが、言葉のはしばしに感じられる。

（あたしの家とは違う）

千春は羨《うらや》ましく思いながら、やりとりを見守っていた。

「やはり、他の人が作ったメスとは違いますか」

手ざわりを楽しんでいるのか、瑛一は鋏を両手で包むようにしていた。

「切れ味がぜんぜん違いますね。ご存じのように人間の身体には脂肪があります。太っている方の場合、その脂肪層が厚いんですよ。手術中に切れ味が落ちるときもあるほどなんですが、国光のメスは最後まで切れ味が変わりません」

言い切ってから、

「あら、いやだ」

聖子はまた頬を染めた。

「なんだか実家の自慢話みたいになってしまって」

「当然ですよ。赤の他人のぼくでさえ、国光が作る鋏を誇りに思いますから。そうそう、普通は国光の銘《めい》が刻まれているのに、先生の鋏には『刀圭《とうけい》』と彫られていますね。どういう意味なんですか」

「もともとは薬を盛る匙《さじ》のことだったとか。それが転じて医術を指《さ》す言葉になったと言われています」

「なるほど。この銘に恥じない医者になってほしいという、ご主人の祈りにも似た願いを感じますよ。守り刀のようなものですね」

「そう、かもしれません」

ほんのわずかだが、答えに躊躇《ためら》いが加わったように感じた。千春は瑛一の斜め後ろに立ち、手帳に書き記している。

「いや、以前から国光さんの鋏が欲しいと思っているんですが、なかなか金が貯まらなくて買えません。ただ……お店で拝見する鋏とは、ちょっと違う感じがしますね。親方の作品じゃないからかな。怜悧《れいり》なまでの美しさというか、人を寄せつけないような厳しい美を感じます。手ざわりも、なんとなく冷たい感じが」

「瑛ちゃん」

千春は腕を引き、止まらない話を中断させる。

「あ、すみません。つい夢中になっちゃって……いつも右のポケットに手を入れていらっしゃるでしょう。気になっていたんですよ。素晴らしいものを拝見させていただきました。ありがとうございます」

瑛一はやっと、聖子に鋏を返した。

「どういたしまして。こんなところで、国光のファンにお目にかかれるとは思いませんでした。父と夫に話したら喜ぶと思います」

魅力的な笑顔が突然、強張《こわば》った。聖子の目は、エレベーターから出て来た熊谷恭司に留まっている。明るい表情を見せていたのに、今は第一印象と同じ、いや、それよりも悪いかもしれない。陰々滅々を通り越して、怯えているようにさえ見えた。

(この雰囲気、お母さんに似てる)

母を重ねていた。制服警官がいるのを熊谷は不快に思っているのか、はたまた他になにか意味があるのか。例の黄金比だという形──両手の親指と人差し指で長方形を作り、それを千春に向けていた。

「では、失礼します」

聖子は一礼して、立ち去った。鋏を握りしめているのかもしれない。右手は白衣の右ポケットに入れられていた。

（好色《すき》心たっぷりの目を、千春に向けるなよ）

瑛一は、熊谷の注視から隠すように、千春を自分の隣に引き寄せた。

「話は聞けたか」

さりげなく問いかける。

「うん。婦長さんと脇坂先生に少しだけね。だれかの悪戯《いたずら》かなあ。やっぱり、守谷洋子は自殺したのかしら」

「まだわからないよ。もう少し調べてみた方が、いいんじゃないかな。そうそう、今日の午後、課長と国光刃物工芸所に行くんだ」

瑛一はエレベーターではなく、階段の方に千春を連れて行った。肩越しに熊谷がまだエレベーターホールにいるのを確認している。千春もなにかを感じたのか、素直に従っていた。

「仕事なんだか、見物に行くのか、よくわからないわね。それから脇坂先生のことだけど気がついた？　聖子の話の部分では、急に表情が変わったでしょう？」

急に声をひそめた。

「ああ」

「うちのお母さんみたいだった。お父さんが家にいるときは、いつもおどおどしているの。なんとなく似ているように感じたわ。とにかく」

千春は手帳を鞄に入れて、瑛一に向き直る。

「あたしは交番勤務に戻るわ。引き続き調べは続けるつもりよ。週末も来て、できるだけ話を聞いてみるから」

「わかった。ああ、そうだ。うちに来たときに手帳を写《うつ》させてくれ」

「了解しました、下町探偵殿」

おどけて最敬礼する。千春が階段を降りて行くのを見届けて、もう一度、敏之の病室に戻ろうとする。

とそのとき、

「君。渋沢君」

待っていたように、熊谷の呼びかけがひびいた。振り向くと、仕草で来いと告げている。右掌を上に向け、指だけ動かして呼んでいた。

(千春じゃないが、何様のつもりだよ)

むっとしたがこらえる。踵《きびす》を返した熊谷のあとを急いで追いかけた。エレベーターに乗って、最上階に行く。院長や理事の執務室などがある階だった。おそらく熊谷が私室として使っている部屋だろう、奥まった一室に案内された。

「入りたまえ」

「失礼します」

一礼して中に入る。広さは軽く三十畳程度はありそうに思えた。建物は古いが、この部屋だけは直したのかもしれない。天井や壁は塗り替えられており、床板も張り替えたように見える。足もとからは木の薫りが立ちのぼっていた。

「大きな窓ですね」

瑛一は、執務机の後ろの大きな窓に近づいて行った。特注品ではないだろうか。なにげなく下を見る。駐車場がよく見えた。

（自殺した看護婦さんが落ちて行くところが、見えたかもしれない）

守谷洋子が屋上から飛び降りた夜を、ごく自然に思い浮かべている。熊谷がこの部屋にいた場合、なにかが落下した気配をとらえたか、あるいはまさに落ちて行くのを目撃したか。可能性はあるように思った。

「眺めがいいだろう。夕焼けが綺麗に見える。日がな一日眺めていても飽きないよ」

隣に来た熊谷は、ソファセットを示した。

「座りたまえ」

「はい」

ソファに座るまでの間、重厚そうな家具の中に、ひときわ目立つ電気製品を見つけた。テレビの隣の棚に宝物のごとく置かれている。

「もしや、VTR、ビデオテープレコーダーですか?」

訊きながら早くも近づいていた。ビデオテープレコーダーは、国産では三年ほど前に日本ビクターで開発されたのだが、一般庶民には高嶺《たかね》の花。たまに電気屋が仕入れた品物を、店頭で目にするのがせいぜいだ。

工業高校だった瑛一は、金持ちで新しい物好きの友人に頼み、操作させてもらったことがある。テレビ番組が録画できるのを確かめてもなお、夢を見ているようだったのを憶えていた。

「そう、ビデオだ」

熊谷は革張りのソファセットに座って、ふたたび向かい側を手で示した。

「まずは座りたまえ。落ち着かないだろう」

「すみません」

瑛一は会釈して、革張りのソファに座る。

「ビデオは便利なものらしいねと言っただけなんだが、患者の中に電気店の主がいてね。翌日には届いていたんだよ。こういう真似をされては困ると、何度も辞退したのだが、強引に設置されてしまった」

あくまでも患者の気持ちと言いながら、自慢話をしているように聞こえた。革張りのソフア、一枚ガラスの大きな窓、その窓際にでんと据えられた執務机、戸棚や飾り棚、照明器具にいたるまで、患者からの貢《みつ》ぎ物なのではないだろうか。
(貢ぎ物部屋か)

腹ではそう思ったが、無理に作り笑いを押しあげている。

「本当に素晴らしい眺めの部屋ですね」

あたりさわりのない褒め言葉を口にした。笑顔ぐらいは作るが、追従するような言葉まで発するつもりはなかった。

「君は東京タワーを見学したことはあるか?」

不意に熊谷は訊いた。

「はい」

答えるのは最小限にとどめる。教授としての力は認めるが、長居は無用と考えていた。なにより千春に向けられた好色心あふれる視線が許せない。また、なぜ自分をここに連れて来たのか、熊谷の真意をはかりかねていた。

「テレビ塔の建設にあたっては、途中で東京都から『待った』がかかった。展望台をそなえたテレビ塔は、建築基準法の高さ制限に抵触《ていしょく》するというのが、その理由だ」

知っているかね?

目顔の問いかけに頷き返した。

「東京タワーの工事が、一時、中断していたのは知っています」

「頭でっかちの愚《おろ》かな役人が今の日本には多いということさ。ところが、当時の郵政相、田《た》中角栄《なかかくえい》は違っていた」

熊谷は言った。

〝東京タワーは高さ制限に該当する建築物ではない。煙突や広告塔と同じ工作物にすぎないと解釈すればよい〟

のちに首相も務めた田中角栄のこの『見解』がとおって、工事は再開された。そして、昭和三十三年（一九五八）十二月。高さ三三三メートルの東京名物が誕生したのである。

「田中郵政相の言葉を詭弁《きべん》と取るか、智恵と取るか、人それぞれだろう」

熊谷はしげしげと瑛一を見やっていた。

「智恵で思い出したが、君は、下町探偵と呼ばれているらしいな。曙信金の中小企業特別支援課、別名、お困り課にいるのは、どんな謎も解いてしまう名探偵。お困り事はまず当方へというわけか」

調べたのか。

いい気持ちはしないが、言っても無駄な相手であるのを、瑛一は本能で悟っている。伊達に二年間、渡り職人のような真似をしていたわけではない。もっとも熊谷の複雑かつ気むずかしい性格は、瑛一ならずともわかるのではないだろうか。

「町工場の親父《おや》っさんたちには、色々と世話になっています。せめて恩返しをしたいと思いまして」

「立派な考えだね。君のような若者が、増えてくれるのを祈るばかりだ。そうそう、この部屋も黄金比に従って、試しに設計してみたんだ。部屋の縦と横の比率が、約一対一・六一八なんだよ」

急に話が変わる。が、瑛一自身も似たようなことをよくやるため、特に驚きは覚えない。腰を浮かせて部屋を見まわした。

「そうなんですか」

座り直して、熊谷に目を戻した。

「居心地がいいとか、直感力が鋭くなるとか。なにか変化はありましたか」

持ち前の好奇心をそそられている。かつて黄金比のことを知ったとき、実験的に瑛一も試してみたいと思ったことがあった。しかし、渋沢家ではとうてい試すわけにもいかず、今にいたっている。

熊谷も多少期待していたのか、

「特にないね」

苦笑いには、落胆も含まれているように感じられた。

「だが、多くの芸術家たちは、黄金比を言うなれば隠し味のようにして、作品を作りあげてきた。ギリシャのパルテノン神殿然《しか》り、レオナルド・ダ・ヴィンチの絵画然り。なぜ、黄金比は人々の心をとらえるのか。長方形の縦と横の比率でもわかるが、なぜ、安定した美感を与えるのか」

今度は苦笑ではなく、露骨に唇をゆがめた。

「もっとも、そういった美感を理解しない者もいるがね」

「確かにそうですね。母から聞いたんですが、熊谷先生には、小さなお子さんがいらっしゃるとか」

黄金比の話ばかりではつまらない。芙美が集めた噂話のひとつを口にした。

「そうなんだよ。いや、まさか五十を越えて、娘を授かるとは思わなかったがね。なぜかはわからないんだが、娘は虫が好きでねえ。毎日、昆虫図鑑を見ているんだよ」

とたんに熊谷は相好《そうごう》を崩した。横柄《おうへい》で気むずかしい印象から一転、好々爺《こうこうや》のようになっていた。年を取ってからの子供だけに、よけい可愛いのかもしれない。愛娘《まなむすめ》にはめろめろなのではないだろうか。

「宜しければ、鈴虫を差し上げましょうか。母が買い求めた鈴虫が、売るほどに増えてしまったんです。お祭りのとき、屋台で売るつもりなんですが、宜しければ持って来ます」

瑛一は申し出る。ご機嫌を取るようでいやだったが、どうせ沢山いるのだからと思っていた。

「鈴虫か。喜ぶだろう。頼むよ」

「わかりました。熊谷先生がおいでにならないときは、外科のナース室の受付に、お届けしておきます」

「ありがとう。そうだ。ひとつ訊ねたい。君は幽霊を信じるかね？」

ふと思いついたのか、いかにもらしい話の変え方だった。瑛一は病院に出る幽霊の噂話を思い浮かべずにいられない。

「視たことがないので、なんとも言えませんが……噂になっていると聞きました。もしかしたら自殺した看護婦さんの幽霊かもしれない、と」

虚実ないまぜの答えを返した。幽霊がすなわち自殺した看護婦であるという話は聞いていないが、結びつけずにいられない流れではないだろうか。

「うむ」

熊谷は渋面になる。

「婦長が少し神経質になっているんだ。お祓《はら》いをした方がいいんじゃないか、などと言い出す始末でね。さて、どうしたものかと頭を悩ませているんだよ。聞こえが悪いだろう、病院でお祓いをしたなどとなったら」

ははあ、これが本題か。

瑛一はここに招かれた意味を遅ればせながら悟った。

千春が再調査を始めたのも無関係ではないだろう。お祓いなど非科学的と思っていたが、これ以上、幽霊の噂が広まるのは困る。効果があるかどうかはわからないまでも試してみようと、婦長であり、妻でもある時江が強く提言したことは容易に想像できた。

「そうですね。目立たないようにお祓いをする策がないかと問われれば」

瑛一は少し考えた後、

「慰霊祭《いれいさい》を執り行うというのは、いかがですか」

浮かんだ事柄を提案した。

「病院で亡くなられた方々の御霊《みたま》をお祀《まつ》りする。表向きはそれを口実にして、ひそかに霊能者を招《よ》び、お祓いをしていただいてはどうでしょうか」

「む」

熊谷の濃い眉が、ぴくりと動いた。

「なるほど。慰霊祭には神主を招び、それにまぎれて霊能者を招ぶ、か。ふぅむ、下町探偵の異名は、あながち的外れではないようだな。君はなかなかの智恵者と見える」

「ありがとうございます」

褒められれば悪い気はしない。ついでに預金の方もひとつよろしく、と、喉まで出かかったが、ノックに遮られた。

「失礼します」

　呼びかけがひびき、婦長が入って来る。次の瞬間、食欲をそそる薫りが広がった。婦長が抱えていた箱に、見事な松茸《まつたけ》が入っているのが見えた。

「たった今、届きました。患者さんからの御礼の品です。是非、熊谷先生にと」

　時江は大きな執務机に松茸が入った箱を置いた。

「おお、松茸か。そういえば、そろそろ時季だな」

　熊谷は立ちあがって、机に置かれた箱を覗きこむ。

「よかったですね。大好物じゃありませんか。それに初物ですよ、初物。熊谷先生は殊《こと》の外《ほか》、初物がお好きですものね」

　にこやかに時江は告げた。三度も口にした初物の部分に、ひときわ力が入ったように思えたが……気のせいだろうか。

「初物を食えるのは、最高の贅沢《ぜいたく》ではないか。婦長だって好きだろう、松茸が」

　返した熊谷の言葉も、なにやら意味深に聞こえた。松茸が男性自身を指しているのはあきらか。妻に負けじとばかりに笑みを浮かべていたが……口もとが引《ひ》き攣《つ》っているようにも見えた。

（なんだか妙なやりとりだな）

　二人の間に漂う奇妙な空気を、瑛一は懸命に読み取ろうとする。他人行儀な言葉遣いはもちろん気になるが、それは病院内での取り決めなのかもしれない。家に帰ったときには、瑛一の両親のような打ち解けた関係に戻る、のではないだろうか。

「そろそろ失礼します」

見計らって暇を告げる。

「どうもご苦労さまでした。渋沢敏之さんは、週明けには退院だと思いますよ。主治医の脇坂先生からお話があると思います」

時江は、気持ちが悪いほどの猫撫《ねこな》で声を出した。向けられた笑顔に、瑛一は思わずぞくりとする。般若《はんにゃ》のようだと思った。

(カリスマ教授は、女好きなのかもしれないな)

激しい嫉妬を押し殺した挙げ句の般若面だろうか。

千春に向けていた好色そうな目が、瑛一の脳裏にちらついていた。

4

その日の午後。

瑛一は、国光刃物工芸所を訪ねるべく、太平町に赴《おもむ》いた。上司の三浦とは店で待ち合わせたのだが……。

「課長」

寺のある一角から出て来た三浦に気づき、瑛一は追いかけて、隣に並んだ。そういえば秋のお彼岸《ひがん》が近い。

「墓参りですか？」

肩越しに後ろを見ながら訊いた。

「ええ。許嫁だった女性のお墓があるんですよ。昭和二十年（一九四五）三月十日の東京大空襲で亡くなりまして……彼女の家はこの近くだったんですが、父親は江戸切子《きりこ》を作る職人でした」

「そう、でしたか」

次の言葉が出なかった。それと同時に、三浦が中小企業に尽力する理由がわかったように思えた。亡き許嫁の実家を重ね合わせているに違いない。三浦が今も独《ひと》り身《み》なのは、許嫁が忘れられないからではないだろうか。

「近くに来たときには、墓参りをするようにしているんです。助けられなかったせめてもの償《つぐな》い、いえ、償いにもならないでしょうが」

呟いた後、

「すみませんね、しんみりしてしまいました。気持ちを切り替えて、国光さんの再建にお力添えしましょう」

「はい」

と答えたが、瑛一は具体的な再建策を考えていなかった。三浦になにか考えがあるのではないだろうか。上司の言動からなんとなくそう思い、淡い期待をいだいている。

路地を入ったところにある店舗兼住宅は、築十五年ほどだろうか。人と同じように家も年を取る。そろそろ外壁などに年月を経た疲れが見え始めていた。

「失礼いたします。曙信用金庫です」

瑛一は挨拶し、店舗を兼ねた工房の扉を開けた。

「いらっしゃいませ」

出迎えたのは、店主の妻だろう。つまり、女医の脇坂聖子の母なのだが、あまり似ていなかった。瑛一は暇があると作品を見に来ているため、顔馴染《かおなじ》みになっていた。あらためて名刺を渡して、来意を告げる。

「まあ、貴方は曙の人だったのね」

驚きに苦笑いを返した。

「はい。でも、こちらに度々伺っていたのは、仕事がらみではありません。国光さんの作品が好きだからです」

「そうですか。どうぞ、そちらでお待ちください。たぶん一段落するまでは、工房から出て来ないと思いますので」

店の一角《いっかく》に置かれた小さな丸椅子を指して座敷にあがる。その座敷をはさんで、手前に店、奥に工房が設けられていた。縦に細長い造りの家は、間口によって税金が決められた江戸時代の名残《なごり》だろう。間口が狭い家の方が、当然、税金は安くなる。

「ひと口に鋏と言っても、ずいぶん色々な種類があるんですね」

三浦は興味深げに、ガラスケースを覗きこんでいる。盆栽ばさみ、花ばさみ、裁ちばさみ、医療用の鋏、爪切りばさみなどが、ガラスケースに収められている。どれも息を呑むほどに美しい鋏だった。

鋏は、もともと刀鍛冶《かたなかじ》の余業として、作られたものである。

日本ばさみの象徴とも言えるU字型の握りばさみは、江戸時代に完成された。これに対して西洋ばさみは、江戸時代の末に渡来している。西洋ばさみが、はっきりとした目的をもって渡来したという記録は、文政《ぶんせい》六年（一八二三）に、シーボルトが持って来た外科用の鋏が嚆矢《こうし》とされた。

シーボルトは、ドイツに生まれ、オランダの会社付の医者となり、文政六年に長崎へ来た。長崎の郊外――鳴滝《なるたき》に診療所兼学塾をひらき、医学一般および天文・地理・博物などの色々な学問を教えた。

今までの日本にはなかった先反りの刃を持つシーボルトの西洋ばさみ。

そこから西洋ばさみを取り入れた鋏が、作られるようになるわけだが……。

「宜しければ、お手に取ってご覧ください」

お茶を運んで来た聖子の母が、ガラスケースの鍵を開けてくれた。いくつかの鋏をガラスケースの上に敷いた黒い布の上に並べる。鋏ごとに『裁ちばさみ』や『花ばさみ』といった札も添えられた。

「少しお待ちいただきたいそうです。ごゆっくりご覧ください」

聖子の母は言い、座敷に戻る。

「こちらのこれ、爪切りばさみですか。ずいぶん小さい鋏があるものですね」

三浦の言葉を継いだ。

「爪切りばさみは、芸妓《げいぎ》さんの懐中小道具、毛抜き、耳かき、鋏、楊枝《ようじ》、爪みがきなどですが、これもそのひとつとして愛用されたようです。明治から大正にかけての話らしいので、今も芸妓さんが持っているかどうかはわかりません」

瑛一は得意の歴史ネタを披露する。

「U字型の裁ちばさみは、二十センチ以上はありそうですね。これに比べると、刺繍《ししゅう》ばさみは、いかにも小さくて華奢《きゃしゃ》な印象を受けます。わたしは裁ちばさみと言えば、ラシャ切りばさみのように、指の握りを入れる部分が大きい鋏を思い浮かべますが、やはり、昔ながらの職人さんには、U字型の裁ちばさみの方が使いやすいのでしょうか」

「試してみるとわかります。U字型の方が、布がすーっと切れますよ。指の握りを入れる部分、これは指輪《しりん》と言うんですが、指輪が大きいものは、刃先がガクガクと揺れて安定しにくい。でも、U字型の鋏は、手を台に置き、すーっと滑らせれば布が切れますから」

「なるほど」

「ちなみに、我が国のラシャ切りばさみは、イギリスやアメリカのメリケンばさみを真似て製作したのが始まりであるとか。課長もご存じだと思いますが、鋏は梃子《てこ》の原理にもとづくものです。梃子の重点、支点、力点の相互関係によって三つの基本形に分類されるらしいですね」

瑛一は話しながら、鋏の感触を確かめている。小さな鋏は両手で包むように持ち、大きめの鋏は、右手と左手で指輪と刃の部分にふれてみた。

(やはり、少し違うな)

常人であればわからない程度の違いかもしれない。が、ものづくりに親しんで来た瑛一には、その微妙な違いが、とても大きな違いに感じられた。

(工房の鋏は、ふれると人のぬくもりが伝わってくる。でも、脇坂先生の鋏は、なんとなくひんやりしていた)

ふれたのは午前中であるため、まだ両掌《りょうて》に聖子の鋏の感触が残っていた。人を寄せつけないような厳しい美。それを感じたことも思い出していた。

「おや、こちらには赤い鋏がありますよ」

三浦の目は、子供のように輝いて見えた。好奇心旺盛な点においては、瑛一と同じかもしれない。

「赤漆《あかうるし》を塗っているんです。我が国独特の錆《さび》どめ法であり、日本式メッキとも言えるのではないかと……」

「お詳しいですな」

座敷から作務衣《さむえ》を着た親方の脇坂悦郎《えつお》が出て来た。信金の記録では年は六十二、頭髪や髭はほとんど白くなっている。端正な顔立ちを聖子は受け継いだのだろう。だれが見ても女医は父親似だった。

「すみません。こちらの鋏がほしくて、よく見に来ているんです。下手の横好きというやつで、色々作るものですから」

瑛一の言葉を、三浦が受ける。

「渋沢の実家は、亀沢町で鉄工所を営んでいるんです。年に似合わぬ苦労の賜物《たまもの》でしょう。若いながらも渡り職人のようなことをやって、さまざまな技能を身につけました。器用なんですよ」

「いえ、まだまだです」

「そんなところで話すよりも、こちらへどうぞ」

聖子の母親が、座敷から顔を出した。あらたに茶の支度を整えてくれたに違いない。会釈した三浦に続き、瑛一も座敷にあがる。工房にいた聖子の夫——真吾《しんご》が、悦郎の後ろに腰をおろした。年は二十八、描いたような眉の下の目に、誠実さと勤勉さが表れているように感じられた。

気を利かせたのか、あるいは融資云々の話は聞きたくなかったのか。

「失礼いたします」

母親は店に戻った。

5

名刺は渡して、自己紹介は済ませている。すぐに融資の話に入るかと思ったが、

「戦争中はもちろんですが、戦後も鋏の材料が手に入らなくて、大変だったのではありませんか」

三浦が言った。まずは気持ちを解《と》きほぐしてからと思ったのかもしれない。悦郎は目をあげた。

「金物がなかなか手に入りませんでしたからな。仕方なく木ばさみを作って糊口《ここう》を凌《しの》ぎました。当時は停電もしょっちゅうでね。だから夜、いい按配《あんばい》に電気が点くときは、無我夢中で仕事をしましたよ」

淡々とした口調であるがゆえに、その苦労がしのばれた。瑛一の父親は、戦中や戦後の話

はいっさいしない。地獄を体験したからこそなのではないだろうか。敏之と同じ雰囲気を感じた。

「鋏を作るうえで、もっともむずかしいのは、どんなところでしょうか」

訊ねる三浦の口調もまた静かだった。謎めいた部分のある上司は、静寂の奥になにを秘めているのだろう。瑛一は口をはさみたくなる気持ちを懸命に抑えている。

「刃物作りに携わる職人は、みな同じだと思いますが」

前置きして、悦郎は続けた。

「鍛造《たんぞう》でしょうな。簡単に言うと鉄と鋼《はがね》を焼き、くっつけて叩く作業です。鉄は生きているんですよ。じゃじゃ馬のようにあばれるのを、叩いて、叩いて、叩いて、平均的にならすわけです。叩いては木を切ってみて切れ味を試す。これの繰り返しですよ」

「国光さんの鋏は、手作りのものなのに、まるで機械で作ったようにきちっとしているじゃありませんか。あれがすごいと、あ、すみません」

つい口をはさんでしまい、瑛一は詫びた。

「熱心なんですよ」

言い添えた三浦ではなく、悦郎の目は瑛一に向いていた。

「知っています、いや、話しているうちに思い出しましたよ。そういえば、よく見に来ているな、と。まさか曙さんの職員とは思いませんでしたが」

「娘さんの鋏も拝見させていただきました」

瑛一は止まらなくなっていた。

「指輪《しりん》にポケット掛けというんでしょうか。落とさないための智恵だと思いますが、あんな細工が施された鋏は、初めて見ました。よくあのポケット掛けが、取れないもんですね。ポロッと取れそうなほど細い作りでしたが」

「あれは、これが作ったものでして」

悦郎は斜め後ろの真吾を顎で指した。

「なんというのか、少し『私《わたくし》』が入っている。それがいけないと思いましたね」

「『私』が入っている」

一部分を繰り返して、瑛一は二人の職人を交互に見やる。言っていいものやらという空気を感じ取ったに違いない。

「遠慮なく言ってください。わたしたちは日々是《ひびこれ》修業です。お客様のご意見は、宝だと思っておりますので」

悦郎が促した。

「なんというのか、いえ、これはあくまでもぼくの感じたことなんですが……脇坂先生の鋏は、さわったときの感触が工房の鋏とは少し違いました」

「どんなふうにですか」

初めて真吾が言葉を発した。瑛一と同じように、口をはさむのを控えていたに違いない。こらえきれなくなったように感じた。

「その前に、ひとつ教えてください。工房に並んでいる鋏の中に、真吾さんが作った鋏はありますか」

瑛一は確認するように訊いた。

「はい。あります」

「そうですか。それじゃ、違うのは、あの鋏だけなんだな」

独り言のような呟きが気になったのだろう、

「どういう意味ですか。はっきり言ってください」

ずいっと膝で前に出る。声にも目にも鋭さが加わっていた。

「ひんやりしたんです、脇坂先生の鋏は。ぼくは何度も工房の鋏にふれていましたから、なんとなく、本当に些細なことなんですが、なにかが違うように感じました。それで先程、こちらの鋏にふれてみました」

「いかがでしたか」

今度は悦郎が問いかける。

「ぬくもりがありました。いつも感じることなんです。作り手の気持ちが、ものにはこもっている。国光さんの鋏は、よく手に馴染み、あたたかい感じがするんです。でも、あの鋏には、人を拒絶するような厳しさが……」

瑛一は真吾の恐いほど真剣な顔に気づいた。

「あくまでも、ぼくの個人的な感想です」

思わず言い添えている。悦郎に促されるまま述べた意見だったが、思いもかけず真吾は深く傷ついているように感じたのだ。

「仰るとおり、ものには魂《たましい》が宿ります」

悦郎が言った。

「もののけの中には、付喪神《つくもがみ》という妖怪がいるとか。器物《きぶつ》が百年を経《へ》ると、これに精霊が宿って、人に害を与えると言われております。この悪さをする精霊のことを付喪神と言うらしいですが、百年経たなくても宿るときがあるんですよ」

親方の言葉に、真吾は瞼を伏せて、うなだれた。聖子の鋏は、真吾が結婚の申し込みをしたときに渡したと聞いた憶えがある。言うなれば結婚指輪の代わりだ。それに真吾は愛ではなく、なにか、そう、怒りや憎しみといった悪い感情をこめてしまったのだろうか。

混乱する心を、瑛一は抑えつけている。

「わたしは、民生具を作ることに誇りを持っています」

続けて悦郎は、まさに誇らしげに顎をあげた。

「同じ刃物師でも殺人具である刀を作っておりません。常に人の役に立つものを作ってきました。そういう自負がなければ、この仕事は続けられませんから」

叱責のように聞こえたのだろうか。真吾はますます深くうなだれた。作務衣の膝のあたりを、ぎゅっと両手で握りしめている。言葉にできない悔しさが、滲んでいるようにも見えた。

「渋沢さんは、目利《めき》きですな」

悦郎はにこやかな笑みを向けた。はにかんだような聖子の笑顔によく似ている。

「若いのに良い目をお持ちだ。心で視《み》ておられる。まあ、だからこそ、我々は恐いのですよ。だれが、いつ、どこで視ているかわかりませんからな」

「わたしも楽しみなんです」

三浦が大きく頷いた。

「渋沢には、期待しているんです。特別支援課の明日を担《にな》う若手が、うちには二人おりますので」

流れを読んだのだろう、

「融資のお話をさせていただきたいと思います。宜しいでしょうか」

三浦が切り出した。

「はい」

居住まいを正した親方に倣《なら》い、真吾も背筋を伸ばして、座り直した。瑛一は手帳を出して用意する。

「国光さんは、作工会《さくこうかい》という財団をご存じですか」

三浦は姓の脇坂ではなく、屋号で呼びかけた。

「いえ、聞いたことはありません」

少し不安げに、悦郎は頭を振る。記憶を探ってみたが、瑛一も聞いたことのない財団名だった。

「匿名《とくめい》で行われていることですので、あまり知られていませんが、ホンダ工業の本田宗一郎《ほんだそういちろう》氏が、彼の右腕の藤沢武夫《ふじさわたけお》氏とともに立ちあげた財団なのです。昨年から始まりました。苦学している若い技術者や科学者たちに、匿名で奨学金を渡しています」

昭和三十四年（一九五九）から、本田がアメリカに輸出し始めたスーパーカブは、若者を中心に大きな支持を受けた。このスーパーカブの前身は、創業者の本田宗一郎が旧陸軍の無線機発電用エンジンを、自転車に取り付けて走らせたものである。

〝技術は人のために〟

というのが本田の口癖とされていた。蕎麦《そば》屋の出前の店員が、片手でも運転できるよう、クラッチを自動にした工夫に、本田の心意気が表れている。スーパーカブは製造業の平均月給の倍以上の値段だったが、飛ぶように売れた。

「実は」

と三浦は茶で喉を潤した後、続けた。

「事後報告になってしまい、大変恐縮なのですが、国光さんの名を出して、作工会に打診《だしん》いたしました」

「え」

悦郎の顔に、かすかな緊張が走る。技に自信は持っているだろう。が、地味な仕事であるのは自他共に認めるところだ。

「奨学金を受けられることになりました。五百万です。決して少ない額ではありません。作工会の中でも大口に入るようですが、コツコツ積み重ねてきたことを認めてくれたのでしょう。書類を揃えて提出したところ、昨日、快諾していただきました」

三浦の口調からして、直接、訪ねて行ったのではないだろうか。瑛一は手帳に作工会と記したが、涙で文字がかすんだ。

「ありがとうございます」

悦郎は破顔した。

「それだけあれば、借金を綺麗に返せるうえ、いくらか余裕もできます。本当に助かりました」

「その余裕ができた分は、是非、曙にお預けください」

すかさず三浦が申し出る。

「もちろんです」

答えた悦郎の顔には、やすらぎが浮かんでいた。少しずつ増えていく借金に、やりきれない思いをいだいた日もあったのではないだろうか。ようやく重い悩みから解放されて、心底安堵したようだった。

(課長はすごい男だ)

瑛一は感極《かんきわ》まっている。

(作工会を設けた本田宗一郎はすごい男だ。そして、かれらに己の技を認めさせた国光はすごい職人だ)

胸の奥から熱いものが、こみあげてきた。

今日はいい日だ。

心からそう思った。

第五章　初物喰い

1

九月八日、土曜日。

瑛一は半ドンだったが、午後も曙信金のお困り課にいた。ようやく戻って来た課長をまじえて、会議が始まる。

「ワーストテンの会社のうち、六社はなんとか業績アップ、あるいは今までの借金返済という目途《めど》が立ちました。残る四社のうちの二社は、渋沢君が担当していますね」

「はい。うちの近くの〈中村研磨工業〉と、竪川町の〈早見スプリング〉です。中村さんのところは、娘さんと営業をして、新規の顧客確保を始めています。二軒ほど新たな仕事が取れました。地道な方法ですが少しずつ得意先を増やすのが、一番いいのではないかと思っています」

「日本開発銀行からの低利融資は、まだ持ちかけられていないですか」

三浦の質問で、瑛一は手帳を確かめた。中小企業を狙うハイエナ軍団の組織図の頁を開いている。

ヤクザが経営する〈明和商会〉、オールバック男の黒木雄作が関わる〈Z連合会〉、技を持つ職人を手に入れたい大企業、そして、日本開発銀行の融資をちらつかせる通商産業省。これがハイエナ軍団の組織図だ。

「大丈夫だと思います。日本開発銀行から連絡が来たときには、娘さんが知らせてくれることになっていますので」

「そうですか。もうひとつの会社、早見スプリングの方はどうですか。売り上げを伸ばす策が浮かびましたか」

「いや、まだです。こう、頭がもやもやし始めているんですけどね。出そうで出ない感じです。バネを使った玩具なんかも面白いかなとは思っているんですが」

「うちのおふくろみたいだ。便秘がひどいんだよ。『ああ、辛いわあ。出そうで出ないの』なんて、いつも言ってるよ」

おどけた口調の光平を冷ややかに睨みつける。

「おれの千両智恵を、おまえのおふくろさんの便秘と一緒にするな」

「似たようなものじゃないか。うーん、うーんと唸って、ぼとりと落ちる。あ、今回はバネの会社だから、ぴょんっと智恵が飛び跳ねるか。うん、そうだ。落ちるより、跳ねる方がいいな」

ひとりごちる友を、三浦は無視していた。

「水嶋医院はどうなっていますか。患者さんが来るようになっていますかね」

瑛一に目を当てる。

「週明けに行ってみようと思っています。医院の名前が浸透するまでは、多少時間がかかると思うんですよ。斉藤医院の先生も早く隠退したいらしくて、患者さんに伝えていると言っていましたが」

「わかりました。それでは、山田君」

「は、はい」

光平は緊張した面持ちで立ちあがる。

「えー、ぼくの方は、二軒の洋服問屋の再建です。牛嶋大祭のとき、我が信金の駐車場を開放して、いつもなにかしら催しますが、ファッションショーを行うのはどうかと思いました」

自分だけの考えではないことに気がさしたのか、

「これは瑛一と一緒に考えたことです」

断って、続ける。

「提出した企画書にありますとおり、日本ではすでにクリスチャン・ディオールのファッションショーが開かれております。あれを模《も》した催しを、行うのがよいのではないかと考えました」

「ショーでさまざまな着こなしを提案するのが、得策ではないでしょうか。日本の女性はまだ洋服を着こなすまでには至っておりません。美智子さまが皇太子妃に決まった後、ミッチーブームが沸き起こって、Aラインの落下傘《らっかさん》スタイルの洋服なども作られるようになりました」

瑛一も立って補足する。

「洒落たデザインの服の見本を、急いで何着か作るよう、洋服問屋に知らせるのがいいのではないかと」

「ファッションショーとなれば、モデルが要りますね。モデル役は、どうするのですか」

三浦が訊いた。

「それは」

光平に譲られて、瑛一が応えた。

「ええと、女子職員にお願いすれば、引き受けてもらえると思います」

軽く咳払いしたのは、三浦に対する後ろめたさかもしれない。瑛一の脳裏には、女子職員を束ねる『あけぼのの局』こと、戸川佳恵が浮かんでいる。すでにモデルの件で佳恵に相談

していたが、

〝引き受けたわ〟

快諾を得ていた。

〝その代わり、例の件、お願いね〟

と付け加えられた例の件とは、上司の三浦をまじえた飲み会のことである。佳恵の狙いは三浦健介、上司を生贄《いけにえ》に捧げるような後ろめたさが消えなかった。

「内諾を得ているようですね」

三浦は鋭かった。

「あ、は、はい」

瑛一は無理に笑みを押しあげる。

「つきましては打ち合わせを兼ねた合同会議を、居酒屋で執り行うのはいかがでしょうか、という提案が戸川さんからありました。早く段取りを整えないと間に合いません。今夜あたり、課長のご都合はいかがでしょうか」

つい窺うような目を向けていた。

「いいですよ」

三浦はあっさり承諾する。裏に佳恵の思惑《おもわく》が隠れているとは、思いもしないのではないだろうか。

（胸が痛む）

そう思いつつもほっとしていた。光平も同じ気持ちだったに違いない。

「そうですか。では、さっそく錦糸町の居酒屋を予約いたします。いやあ、よかった、よかった。戸川さんが動いてくれるとなれば、ファッションショーは成功したも同然ですよ。なんと言っても……」

わざとらしい咳払いが割って入る。いつからいたのだろう、副支店長の藤山藤男が渋面で入って来た。

「聞き捨てなりませんねえ。曙でファッションショーなど、とんでもないことですよ」

「副支店長もたまには、まともな意見を言いますね」

と続いたのは、支店長の加藤英也《かとうひでや》。いつも感じることだが、『副』の部分にことさら力が入っているように思った。どちらかと言えば銀行員タイプの加藤は、薄い唇をゆがめている。

「支店長。こちらへどうぞ」

藤山は深々と一礼し、ソファセットを自分のハンカチで拭いた。一礼した三浦に倣い、瑛一と光平も辞儀をする。上司だけは席を立ち、加藤の前に腰をおろした。

「本部は、ファッションショーに反対なのですか」

単刀直入に切り出した。支店長は、ではなく、本部を出したあたりに、三浦のつかみどころのない気質が表れているように思えた。どうせ支店長には決裁権はないのだと、かなり露骨に告げたようにも聞こえた。

瑛一と同じ感想をいだいたに違いない。ぴくりと加藤の細い眉が動いた。

「まだ本部には、報告していません。本所支店の恥さらしになりかねませんからね。西洋かぶれのファッションショーなど、見に来る者はいないでしょう。もっと町の人たちが、楽しめる企画書を出してください」

「お言葉ですが、支店長」

瑛一は立ちあがって、言った。

「模倣《もほう》から入るのは、明治の頃に始まった日本人のやり方です。まずは欧米に追いつき、欧米を追い越す。はじめは模倣でも、やがて、欧米の製品より優れた製品を作る。日本の場合、これが短期間のうちに行われております」

ゆっくりとソファセットのところに行き、座っている上司の後ろに移動した。

「またファッションショーを開くことによって、ワーストテンに名を連ねた会社の在庫品や新商品が売れれば、願ってもない流れになるのではないでしょうか。我が信金にとってもプラスになるのは間違いありません」

「支店長はだたな。催しについて、ご意見がおありになるのだ。そうでございますよね、支店長」

急に猫撫で声になって、藤山は加藤の顔を覗きこんだ。

「うむ」

鷹揚《おうよう》に答える。

「そのご意見を賜りたく思います」

三浦がすかさず促した。どうせ、たいした意見ではあるまい。恒例の『のど自慢大会』あたりが、お気に入りなのではないだろうか。

「わたしとしては『のど自慢大会』がよいと考えています」

案の定の答えに、瑛一は自分の席にいる友を振り返っていた。

〝やっぱりね〟

というように光平は肩をすくめる。

「それでは『のど自慢大会』も、行うというのはいかがですか」

三浦は代案を口にする。

「午前中にファッションショーを行い、午後、あるいは夜に『のど自慢大会』を執り行う。盛りあがるのは夜ではないでしょうか。例年、各町会では芋煮会のような食事会を催すとか。重なるのがまずいようであれば、午後に『のど自慢大会』を持ってくるのが、宜しいのではないかと存じます」

「しかしだね。わたしは午前の部を予選とし、午後からは本選を行って、優勝者を決めるのがよいと思っているのだよ。三浦課長は知らないかもしれないが、去年まではそうだった」

加藤の反論を、瑛一は継いだ。

「ぼくは去年の催しを拝見しております。なんとなく、だれ気味と言いますか。時間が長すぎるように感じました」

「お昼を挟むと、あとはもういいや、なんて思うんですよ。祭りも佳境に入りますしね。牛嶋大祭の方に客が流れてしまう。午前と午後に違う催しを行えば、それだけ密度が濃くなるのではないかと思います」

光平もいつになく熱意がこもっていた。祭りとなれば、だれしも血が騒ぐ。ましてや今年は五年に一度の本祭り。下町っ子ならずとも気合いが入るに違いなかった。

お困り課の反論を快く思わなかったのはあきらか。

「午前に予選、午後に本選。十五日は『のど自慢大会』を執り行います」

加藤が申し渡した。

「宜しいですね」

「いいえ、反対です」

きっぱりとした女性の声が、戸口でひびいた。

2

「戸川さん」

瑛一は、腰を折るようにして出迎えた。

(おれは副支店長と同じ幇間役《たいこもち》か)

という自虐《じぎゃく》的な考えが浮かんだものの封印する。三浦の肩を叩いて、ソファの席を譲るよう示した。上司は物わかりがいい。

「どうぞ、こちらへ」

入って来た佳恵に席を譲る。

「まあ、宜しいんですの。すみません」

ほほほ、と口をすぼめて笑いながら、佳恵はソファに腰をおろした。支店長と副支店長は、いやなのが出張《でば》って来たと言わんばかりの表情をしている。嫌味コンビも流石にお局さまは苦手なのではないだろうか。

「支店長たちが二階に行くのが見えましたので、これはもしやと思い、参りました」

佳恵は背筋を伸ばして、挨拶代わりの言葉を投げた。

「わたくしは、午前中にファッションショーを執り行います。支店長も飛び入り参加なさる

『のど自慢大会』は、午後からにいたしましょう執り行いたいのですが、いかがでしょうか。といったお伺いの気配はいっさいない。気持ちがいいほどに言い切っていた。

（嫌味コンビの反応やいかに）

瑛一と光平、そして、三浦は、いつの間にか佳恵の後ろに三人で固まっている。お局さまに従う三家臣といった役どころか。

（どうでもいいけど、支店長が飛び入り参加していたのは知らなかったな）

去年はまた『のど自慢大会』かと思い、本選をちらりと覗いただけだった。もしかすると、優勝争いに加わるほどの美声なのだろうか。加藤は優勝カップ欲しさの反対なのかもしれなかった。

「しかしだね、戸川君」

渋面で告げた加藤に、

「支店長」

佳恵は静かに言った。上着の懐から黒革の手帳を取り出すや、眼前に掲げる。これは、もしや、噂の……。

（局手帳《つぼねてちょう》か？）

瑛一は掲げられた手帳から目が離せない。黒革の手帳、別名『局手帳』と呼ばれるそれは、役員や職員の秘密を記した閻魔帳《えんまちょう》であるという噂が流れていた。佳恵がどうやって調べるのかはわからない。

が、その威力は、顔色を変えた姉妹コンビを見ればわかる。

「………」

加藤は黙りこみ、藤山はしきりに汗を拭っていた。二人とも言葉が出ないのだろう、唇を引き結んで、佳恵を見つめている。

「今年はお譲りくださいませ」

やんわりと佳恵は告げた。

「いつもいつも『のど自慢大会』では、飽きられてしまいます。午前中だけでも違う催しを開かないことには、屋台の品物も売れません。また、ワーストテンに名を連ねている洋服問屋も、在庫品を売り捌《さば》く好機ではないでしょうか。わたくしたち女子職員は、モデルを務めるように言われました。みな楽しみにしているのです」

有無を言わせぬ語調に、加藤は唇を噛みしめている。

「し、支店長、いかがいたしましょうか」

藤山が汗を拭きふき問いかけた。

「……いいでしょう」

一拍置いて、加藤は答えた。

「今年は戸川君に華を持たせようではありませんか。それに我が信金の綺麗所《きれいどころ》が、舞台を闊歩《かっぽ》するのも悪くないかもしれません。洋服の着こなしに関しては、日本人のセンスは今ひとつ。新たな流行を提言できれば、曙の名もあがりますからね」

「ありがとうございます」

佳恵は立ちあがって深々と頭をさげる。むろん瑛一たちも、それに倣った。部屋を出て行く加藤に従った藤山が、最後に忌々しげな一瞥《いちべつ》を投げた。しかし、それが精一杯の抵抗。瑛一は思わず佳恵の手を握りしめている。

「お見事でした、戸川さん。課長も感謝しています」

目配《めくば》せすると、

「あ、は、はい」

三浦は戸惑いつつも、佳恵の手を握りしめた。

「あら、まあ、どうしましょう」

お局さまの頬が、ぽっと朱に染まる。意外にも可愛らしかった。狙っている男に手を握りしめられただけだというのに羞恥心《しゅうちしん》を見せている。その風情《ふぜい》が色っぽくもあった。

「今夜、打ち合わせの会合を行う旨、課長にも了承していただきました」

追い打ちをかけた瑛一の言葉を、光平が継いだ。

「錦糸町の居酒屋に予約を入れます。戸川さんの方の人数は、何人ぐらいになるでしょうか。

おわかりになりますか」

「参加する女子職員は、わたくしひとりです。無駄な経費は使えませんので」

経理課らしいひと言を吐き、佳恵は三浦の手を引いた。

「駐車場に参りましょう、三浦課長。わたくし、当日の舞台や屋台の配置などを考えましたの。見取り図も作成いたしました。二人で相談いたしましょう、ね？」

「え、あ、い、いや、あの」

三浦は手を引かれながらも、助けを求めるように二人を見やる。国光刃物工芸所で見せた頼りになる上司の姿はどこへやら、幼子《おさなご》のごとく心細げな目をしていた。

「ぼくたちもすぐに行きますので」

瑛一は言い、ゆっくり後を追いかける。人買いに子供を売らざるをえない父親のような心境になっていた。

「お局さまは本当に三浦課長を狙っているのか。いささか年を取りすぎている感がなきにしもあらずだが」

光平が隣に並ぶ。

「おれたちは、タイプじゃなかったんだろう。Z連合会の黒木について、調べてくれると言っていたんだが、あの様子ではきれいに忘れ去っているな」

瑛一の答えに、友が大きく頷き返した。

「お局さまのもうひとつの異名は『初物喰い』。若手の男性職員はほとんど喰われちまったらしいが、ま、おれたちの場合は、流刑地《るけいち》送りが幸いしたんだろう。素通りして、三浦課長に目を留めてくれたらしい」

「初物喰いか」

呟いた瑛一の脳裏に、東都大学病院の婦長、熊谷時江の言葉が甦《よみがえ》った。

〝よかったですね。大好物じゃありませんか。それに初物ですよ、初物。熊谷先生は殊《こと》の外《ほか》、初物がお好きですものね〟

三度も口にした初物の部分に、ひときわ力が入ったように思えた。そして、その後、熊谷はこう切り返した。

〝初物を食えるのは、最高の贅沢ではないか。婦長だって好きだろう、松茸が〟

松茸が男性自身を指していたのは確かだろう。妻に負けじとばかりに作り笑いを浮かべていたが……。

(あのとき、おれは、なんだか妙なやりとりだな、と思った)

二人の間に漂う奇妙な空気を、瑛一は懸命に読み取ろうとした。性的な意味をこめたやりとりであるとすれば、時江が放った『初物』は、女医や看護婦を指した隠語《いんご》のように思えなくもない。

「どうしたんだよ」

光平が一階の通用口で振り返る。瑛一は階段の途中で足を止めていた。

「ちょっと気になることがあってさ」

答えながら下におりた。

「悪いけど、八百屋《やおや》を調べてくれないかな。いや、八百屋よりも百貨店か。あれだけの松茸は、ここいらの八百屋じゃ扱わないというか、扱えないだろう。それに信金マンよりも、婦人警官か」

「独り言が始まるのは、瑛一が智恵一に変わり始めている証《あかし》。下町探偵の活躍を見るのは楽しみだね」

「探偵や警察の出番はない方がいい。事件は起きないのが、なによりだからな」

瑛一は光平と通用口から出る。大通りに面した方と駐車場の二か所に、非常口を兼ねた通用口が設けられていた。駐車場では佳恵が、三浦の手を引き、見取り図を片手に説明している。上司は頷きつつ、しっかり意見を述べているようだった。

「おれたちはお邪魔虫かも……」

「瑛一」

憶えのある声で、駐車場に面した通りを見やる。兄の小沢嵩史が近づいて来るのが、ぐるりとめぐらせた金網越しに見えた。

3

「おれは部屋にいるよ。まだ少し片付けなきゃならない仕事があるから」

光平は気を利かせたのか、嵩史に会釈して、また通用口から中に戻る。瑛一は駐車場から出て、道の片側に行った。

長男の嵩史は、大学時代に付き合っていた彼女の家に婿入りして、ブルジョアと言われる暮らしをしていた。結婚相手の小沢玲子《れいこ》の父親は、都市銀行の頭取を務めている。玲子が渋沢家に来た折、「汚い家」と囁いたそれが、両家を大きく隔《へだ》てる結果になっていた。

敏之は兄の結婚式に参加しないことで、町工場を営む親父の気概《きがい》を示した。入院した件も知らせるなと、芙美は厳命されていた。

それでも連絡したのだろう。

「おふくろから電話が来たんだが、病院には来なくていいと言われたんだ」

嵩史は苦笑いしていた。年は二十六、顔立ちや頭の良さは、父母のいいところだけを受け継いだ感じがする。なんということもない長袖のポロシャツとズボン姿だったが、ブランド品であるのが見て取れた。

「うちには行かなかったの?」

瑛一は訊いた。

「行ったよ。ちょうど中村さんとこの娘さんがいてね。おふくろは病院、おまえは信金に行ったと聞いたんだ。出直すのも面倒だからな。おまえにだけでも会って行こうと思ったわけさ」

嵩史は、懐から封筒を出して、渡した。

「入院費用やなにかで物入りだろう。おまえから、おふくろに渡しておいてくれ」

経済的に余裕があるため、借金返済にも力添えしてくれている。敏之は素知らぬ顔をしているが、内心は感謝しているのではないだろうか。

「わかったよ。祭りには来ないの。たまには玲子さんを連れてくればいいじゃないか。言わないだけで、親父も楽しみにしていると思うけどな」

さりげなく父の気持ちを代弁したつもりだった。

「それが」

一瞬言い淀《よど》んだ後、

「玲子は悪阻《つわり》がひどくてさ」

嵩史は照れたように頭を掻《か》いた。

「えっ。義姉《ねえ》さん、おめでたなんだ」

「まあ、そんなところだ」

「そんなところも、こんなところもないよ。そうかあ。おれもいよいよ叔父《おじ》さんか。親父とおふくろにとっては初孫。目出度《めでた》い！」

おどけた瑛一を、兄は眩《まぶ》しげに見つめている。

「おまえはいつも元気だな」

「それしか取《と》り柄《え》がないからね」

「いや、おれは救われるよ。おまえが長男のように渋沢家を背負ってくれているからな。おれは勝手なことができる。ただ」

言葉を切って、続けた。

「曙には収まりきらない器《うつわ》だと、おれは思っているんだ。なにかあったときには、すぐに連絡してくれ。いいな」

長男としての務めをはたさずに婿入りしたのを、負い目のように思っているのかもしれない。先月、お困り課へ異動になったときも、兄は同じ申し出をした。

「ありがとう。いざとなったら兄貴に頼むよ。夜はお祭りの打ち合わせがあるんだけどさ。おれは一度、家に戻るから、糠漬《ぬかづ》けでも食って行けば？」

「今日は帰るよ。おれはお祭りには顔を出すから」

「渋沢君」

と呼びかけられて課長のことを思い出した。三浦は離そうとしない佳恵の手を、振りほどくようにして、こちらに来た。

「課長。兄です」

紹介すると、互いに名刺を出して、短い挨拶をかわした。

「凄いですね。大手も大手、その名を知らぬ者がいないほどの都市銀行にお勤めですか」

三浦の賛辞に、嵩史は少しだけ唇をゆがめる。

「いえ、平行員ですし、いつ首を切られるかわからないんですよ。ノルマが厳しいですからね」

「ご謙遜《けんそん》を」

「三浦課長。まだお話は終わっていませんわよ」

佳恵は嵩史に会釈して、三浦の腕を取る。

「おれは一度、家に帰ります。光平はまだ上にいますので、打ち合わせ場所がわかったら電話してください」

瑛一は三浦に告げて、兄と歩き出した。初物喰いの異名を持つお局さまに、我が子を差し出す父親といった感じの後ろめたさは消えていない。が、敢えて考えないようにした。

「いかにも切れ者という感じの人だな」

嵩史が肩越しに振り返っている。

「なに言ってんだよ。兄貴だって人から見れば、そう見えるさ」

「おれのことはどうでもいいんだが……三浦健介か」

名刺を見直していた。二人は舗装し始めたばかりの裏通りを、家の方に向かっている。瑛一は兄の目を覗きこんでいた。

「知ってるの？」

「いや、なんとなく名前に憶えがあるような、ないような」

「通商産業省にいたらしいからね。兄貴が勤める都市銀行にも、出入りしていたかもしれないな。もしくは、新聞にでも名前が載ったことがあるか」

「通産省の役人だったのか」

三度、嵩史は名刺に目を向けていた。

「しかし、なんでまた曙に来たんだ？」

自問のような言葉には、曙なんかにというひびきがあった。瑛一は苦笑いせずにいられない。世間一般の考え方を、あらためて教えられたように思った。

「さあ、理由まではわからないけど、人それぞれじゃないのかな。課長は毎日、とても楽しそうに、自転車を操って得意先廻りをしているよ。知識においては半端じゃないからね。すごく勉強になる」

「いい上司に巡り会えたってことか。これはおまえも知っている話だと思うが、念のために言っておくよ。日本開発銀行については……」

「知っているよ。課長から聞いた」

やんわりと遮る。無駄話はできるだけ避けたかった。

「それなら、これはどうだ。住田《すみだ》重工が通産省に働きかけて、日本開発銀行の制度を設けさせたとか。住田重工の目的は、アメリカに対抗できる複合企業《コングロマリット》を作ることらしいが」

「住田重工？」

瑛一は、思わず足を止めた。兄も立ち止まる。

「そうか。明和商会、Z連合会、大企業、通産省という支配図だと思っていたけど、要は住田重工が支配図の頂点にいるわけか。そういえば、課長がもう少し調べてから云々と言っていたっけ」

「おれはそうだと思っているが」

嵩史は煙草に火を点けた。国産煙草の十倍の値段はする洋モクと、外国製のライターが決まっている。カチャッと閉まったライターの蓋の音を、瑛一は心地よく感じた。

「名品は違うね」

「え」

「いや、なんでもない。こっちのことさ」

「話を戻すが、明和商会ってなんだ？」

嵩史の問いかけに簡潔な答えを返した。明和商会は日吉連合傘下の板東組が営む街金であり、中小金融機関の親玉・Z連合会の後ろ盾を得て、中小企業に圧力をかけ始めている。黒木雄作というオールバックの男が、Z連合会を仕切っているらしい。

「なるほど。住田重工から出向したという男は、その黒木ってやつかもしれないな」

歩き出した嵩史の隣に、瑛一は並んだ。

「黒木が住田重工からの出向って話も初めて聞いたよ。助かったよ、兄貴。ありがとう」

「おそらくあの課長は、知っていると思うがね。まだ話す時期じゃないと考えたのかもしれない。いずれにしても、おれの出る幕はなさそうだ。多少なりとも役に立ったのであれば嬉しいよ」

呟いた嵩史の横顔は、少し寂しげに見えた。

「兄貴だって仕事が大変じゃないか。それに加えて、玲子さんの妊娠だろ。うちのことよりも、自分の家の心配をしろよ。まあ、兄貴じゃないけど、渋沢家の出る幕はないだろうけどね」

瑛一なりの気持ちをこめて言い添える。嵩史は少しだけ眉を寄せた。

「いや、初めての子だからな。ちょっと不安があるよ。玲子はひとりっ子じゃないか。小沢の義父母が育てたのは、当然、ひとりだけだ。経験でいくと、うちのおふくろにはかなわないさ。おふくろにだけは、伝えておいてくれないか。なにかあったときには助けてほしいんだ」

「わかったよ。折を見て、親父にも伝えておく。初孫が女の子だったら、飛び上がって喜ぶかもしれないな。女の子がほしかったみたいだからさ」

「そう、おれの後にできたのが女の子だった」

嵩史は歩きながら少し遠い目になる。

「生まれて半年後ぐらいだったかなあ。今みたいに物が豊富じゃなかったから、栄養不足だったんだろう。肺炎になって、あっさり死んじまった。あの親父が声をあげて泣いたよ。おれはまだ三歳ぐらいだったが、あのときのことはよく憶えている」

嵩史は通りに出たところで足を止める。錦糸町の方を指さした。

「それじゃ、おれはここで」

「うん。お祭りには顔を見せてよ。おふくろが喜ぶからさ。それから、親父が退院するときに車を貸してほしいんだけど」

「大丈夫だ。いつでも言ってくれ。ああ、そうだ。千春ちゃんにも宜しくな。時々交番に立っているのを見かけるけど、綺麗になったじゃないか。健康的な美人だ。おまえも早く所帯を持てよ。男は結婚してこそだ。一人前に扱ってもらえるからな」

「千春はあれでもお嬢様だからさ。色々むずかしいんだよ」

兄と別れて、瑛一は家に向かった。

土曜日の午後の亀沢町は、ほとんどが半ドンで工場のシャッターを閉めている。中には半分シャッターを開けている工場もあったが、渋沢鉄工所は親方が入院したとあって、今日は午前中も休みにしていた。

(中村さんのところは、仕事しているみたいだな)

様子を見て家に入ろうとしたとき、

「瑛一君」

中村研磨工業から麻美が出て来た。

「嵩史さんに会えた?」

「うん。今そこで別れたんだよ」

「朝、おばさんに聞いたら、今日は信金にいるって言うからさ。相談に行こうと思っていたのよ。ちょっといいかしら」

「いいよ。うちに来る?」

「ううん、うちに来て」

踵《きびす》を返した麻美に続き、二軒先の工場に足を向ける。土曜日の午後なのに珍しく親方の中村友明が仕事をしていた。怪我をした津川誠も、ちらりと瑛一を見る。

今日は競馬場はお休みですか、と中村に対して出かかった皮肉を喉で止めた。

飲む、打つ、買うの三拍子で、いまや工場は傾きかけている。中村は手拭いで汗を拭いながら事務所に来た。

「ふう。だいぶ涼しくなってきたとはいえ、工場の中は蒸すな」

「夕べの深酒が堪《こた》えているんじゃないの。もう年なんだから少し控えないとね」

「うるさい。おれは飲みたいときに飲むんだよ。自分の稼ぎで飲んでなにが悪い。四の五の言うな」

麦茶を一気に飲み、娘にお代わりを注がせた。瑛一は中村が社長用の椅子に座るのを待っている。麻美に声をかけられた時点で話の内容はわかっていた。中村が椅子に座り、麻美は自分の椅子に座る。

4

「日本開発銀行から、融資の話が来たそうですね」

瑛一は、開口一番切り出した。

「お」

中村は目をみひらいた。

「流石に耳が早《はえ》えな」

「中村さんが錦糸町で泥酔していたとき、光平が聞いたと言っていました。上機嫌だったとか」

「そうなのよ。うちは曙さんが、メインバンクでしょう。あたしは反対してるの。わけのわからない銀行からお金を借りるのはいやだから」

「馬鹿言うんじゃねえよ。銀行の後ろにいるのは、なんとかって言うお役所だ。ちっこい信金なんかより、よっぽど頼りになる」

「お父さん、失礼なこと言わないで。それにお役所云々という話も、どこまであてになるかわからないでしょ」

「中村さんは、嘘を言っているわけじゃない。日本開発銀行の後ろにいるのは、通商産業省だよ」

「え」

麻美はきょとんとしてしまった。通産省の名前を出されても、ぴんとこなかったに違いない。瑛一は簡単に概要を説明した。

通産省はアメリカに対抗すべく、日本の中小企業への支援策を打ち出した。年率六・五パーセントの低利融資をしてくれるが、下手をすると会社ごと乗っ取られる可能性がある。大企業に呑みこまれたが最後、社員のひとりにされて、技だけ盗まれるのは必至。

「おおざっぱに言いますと、ヤクザが営む明和商会、Z連合会、大企業ときて、通産省という支配図になります。中村さんは大企業の一社員として、これからの人生を過ごしたいのでしょうか。それならば、おれは止めません」

中村は無言で一点を見据えている。

「知らなかったんでしょ？」

麻美が問いかけた。

「詳しい話なんか、教えてもらえなかったんでしょう。ほら、だから怪しいと言ったじゃない。アメリカが大企業に変わっただけの話だわ。優先させるのは自分たちの利益よ。中小企業のことなんか、真剣に考えてやしないんだから」

「そのとおりだよ、麻美ちゃん」

瑛一は頷いて、続けた。

「アメリカは自国の小麦粉を使わせるために、栄養指導車《キッチンカー》への支援をした。小麦粉を使う料理を広めて、使う量を増やさせようという考えさ。頭がいいよな、アメリカは。敗《ま》けるはずだよ」

と中村に目を当てる。

「日本は戦争ではアメリカに敗けました。でも、技では負けません。おれはそう信じています。大企業と通産省は、大きな勘違いをしている。中小企業を保護すると言いつつ、大企業が肥《こ》え太る策を講《こう》じている。だれかの保護なんか必要ないんだ。中小企業は自分の足で立派に立てる。大きなお世話ってやつですよ」

「…………」

「かっこいい」

手を叩きながら、麻美が言った。

「自分の足で立てるように、支援をしてくれるのが、信金よね」

「はい。仰るとおりです」

立ちあがって、仰々《ぎょうぎょう》しく一礼する。中村は夢から醒《さ》めたような表情になっていた。

「もう一度、考えてみるか」

「大丈夫よ、お父さん。瑛一君と営業したお陰で、少しずつあらたな得意先を確保しているの。あたし、けっこう営業が向いているみたいよ。瑛一君に鉄の切り屑を見ればいい、トイレが綺麗かどうかも大切、なぁんて教えてもらったけど、けっこう役に立ってるわ」

「あれ？」

工場の前で声があがる。覗いた人影は、千春だった。交番勤務を終えたのか、瑛一の家を仕草で示している。切り上げ時だった。

「それじゃ、中村さん。うちはいつでもご相談に乗りますので」

「おう」

力なく手を挙げた中村に、もう一度、頭をさげて、家に行った。千春が事務所の前で待っている。

「今日は終わりか？」

瑛一は事務所の鍵を開け、扉を開けた。

「うん。着替えたら一度、家に帰らなきゃならないけどね。クリーニングに出した制服が、戻って来ているはずだから、それを取って来ないと」

「帰ると、なかなか出られなくなるぞ。親父さんが戻ってたら、また説教が始まるんじゃないのか」

先に立って、事務所に入る。土曜日を休みにするのなど、工場を始めて以来ではないだろうか。パイプ置き場の高窓から射《さ》し込《こ》む午後の光が、人気《ひとけ》のない工場を浮かびあがらせている。静まり返った中に、リー、リリリリリという儚《はかな》げな鳴き声が聞こえた。

「お」

瑛一は茶の間にあがって、台所に足を向ける。工場に出る勝手口に置いた二つの虫甕《むしがめ》から、鳴き声がひびいていた。あまりにも増えすぎたため、甕を増やして、育てている。

風情を楽しみたかったのだろう、

「鈴虫が鳴き始めたね」

千春が小さな声で言った。

「うん。あ、そうだ。鈴虫で思い出したよ。東都大学病院のカリスマ教授に、鈴虫を届けるって言ったんだっけ」

「届けてあげようか。あたし、あとで東都大学病院に行くんだ。ついでにおじさんのお見舞いもするけどね」

「いいよ。おれも様子を見に行くから、そのとき、ナース室にでも預けておくさ」

「そう」

千春は、ふと瞼《め》を伏せた。言おうか言うまいか、逡巡《しゅんじゅん》しているのが見て取れた。

「なんだよ。遠慮するなんて、おまえらしくもない」

「東都大学病院には、夜、行こうと思ってるの。亡くなった看護婦さんが、屋上から飛び降りた時間帯に行ってみようと思って。ただ、なんというか、その、ちょっと恐いかなー、なんて」

えへへ、と、恥ずかしそうに笑った。ヤクザを恐れぬ婦人警官も、幽霊は苦手ということだろうか。

「おれは今夜、課長たちと錦糸町で打ち合わせがあるんだ」

女子職員も加わると知ったら、やきもちやきの千春はどう思うか。三浦に対する後ろめたさとはまた別の後ろめたさが湧いた。

「でも、そうだな。早めに抜け出して合流するよ」

「ほんと？　よかったぁ」

目を輝かせたのを見れば、瑛一も嬉しくなる。

「幽霊なんか、出るわけないさ。そうそう、近々お祓《はら》いをするとか言ってたぜ。カリスマ教授の奥様が言い出しっぺらしいな。表向きは慰霊祭にして、霊能者を呼べばいいんじゃないかと、おれは進言したけどね」

「下町探偵は忙しいね。とにかく、あたしは着替えて……」

「千春、おまえの手帳を貸してくれよ」

瑛一は言った。階段をあがろうとした千春が立ち止まる。

「そうだったわ。病院での話を書いておいたんだ。瑛ちゃんはそれを写したいと言っていたわね」

ぶつぶつ言いながら鞄から手帳を出した。

「サンキュ」

受け取った後、

「これはまだおふくろにも言っていないんだけどさ」

千春を仕草で呼び、囁いた。

「兄貴に子供ができたんだってさ。正しくは、玲子さんにだけどな」

一番最初に知らせられることに喜びを覚えている。二人だけの秘密、そう考えるだけで胸がはずんだ。

「えっ、いつ？　いつ生まれるの？」

「いや、それは聞かなかったけど……来春あたりじゃないかな」

「そうか。おめでとう。瑛ちゃんも、いよいよ叔父さんデビューだね」

握手されたが、叔父さんデビューは素直に喜べない。

「まあ、そうだけど、なんとなく、今の表現は気に入らないな」

「ごちゃごちゃ言わないの。よかったじゃない。おじさんとおばさんには、あ、ごめん。まだ言っていないんだったね」

「おふくろには知らせるつもりだよ。親父には折を見てというか、ぎりぎりまで教えない方がいいかもしれないな。女の子だったら教える。男の子だったら、しばらく様子を見る。うん。それで決まりだ」

「なに、それ」

千春が露骨にいやな顔をする。

「子供が生まれるのは、お目出度いことじゃない。男だろうと女だろうと関係ないよ」

「親父は、女の子がほしかったんだよ。だから喜ぶだろうってことさ。あ、ひとつ言っておくけど、まだだれにも言うなよ。特に光平には……」

「瑛ちゃん」

腰に手をあてて、軽く睨みつけた。

「井戸端会議や立ち話のイメージが強いから、女はお喋りだと思っているのかもしれないけどね。いざとなれば、女は男よりも口が堅いわよ。約束したら絶対に喋りません」

その迫力にたじたじになる。

「あ、そ、そう。わかったよ。ごめんな、決めつけちまって」

「宜しい」

千春はくすっと笑った。

「早く手帳、写しちゃってね。病院に行くとき、持って行きたいからさ」

「は。承知いたしました」

いつものように、おどけて最敬礼する。ふたたび笑顔になった千春が二階に行くのを、横目で見ながら台所のテーブルの前に座った。

5

「相変わらず汚ねえ字。解読するのは至難の業《わざ》だな。えーと、はじめは婦長への聞き取りか。事件当時は主人や子供と家にいた。子供は二歳でまだ小さいため、住み込みの家政婦がいる、か。贅沢だねえ、カリスマ教授の家は」

瑛一は、自分の手帳に主だった部分を書き写していく。四月のときとほとんど変わらない答えに、千春は逆に不自然さを覚えたようだ。印が点けられていた。

「次は脇坂先生か」

赤線を引いた箇所に、いやでも目が留まる。当時、聖子が看護婦と同じ寮にいたという話を聞き、千春は寮に住んでいるのかと問いかけた。

〝いえ、住んでいるわけではありませんが、仮眠を取るときなどに使わせてもらっています。宿直室よりも落ち着きますし、病院に隣接していますので、すぐに駆けつけられますから〟

聖子は守谷洋子が亡くなる前夜にも会った旨、告げた。

「ちょっと引っかかるな」

なぜ、宿直室ではなく、寮に泊まるのか。聖子の場合、実家は太平町にある。帰れない距離ではないが、宿直となればそうも言っていられないのだろう。一分一秒が命取りになりかねない。病院の宿直室に泊まることを、求められるのではないだろうか。

「宿直室には、泊まりたくない理由がある」

呟きながら瑛一も同じ箇所に赤線を引いた。

「脇坂先生と別れた後、千春は言っていたよな」

あらかじめ記しておいた箇所を開けてみる。

〝それから脇坂先生のことだけど気がついた？　急に表情が変わったでしょう？〟

瑛一は「ああ」と答えた。

〝うちのお母さんみたいだった。お父さんが家にいるときは、いつもおどおどしているの。なんとなく似ているように感じたわ〟

次いで浮かんだのは、聖子が持っていた国光の鋏だ。夫の真吾が作った婚約指輪代わりの美しい鋏。聖子は白衣の右ポケットにあれを入れて、いつも握りしめているように見えた。

「守り刀のようなものですね。と、おれはあのとき言ったっけ。脇坂先生は同意したけれど、一瞬微妙な間が空《あ》いたような気がしなくもない」

さらに国光の店に並んでいた鋏とは、微妙に異なる手ざわりの鋏。その後、国光に行ったとき、瑛一はあらためてそれを実感した。

「工房の鋏は、ふれると人のぬくもりが伝わってきた。でも、脇坂先生の鋏は、なんとなくひんやりしていた」

自宅の安い鋏にふれて、あのときの感じを呼び覚ましてみる。聖子の父・悦郎に鋏のことを話したとき、

〝なんというのか、少し『私《わたくし》』が入っている。それがいけないと思いましたね〟

とても深い言葉だと思った。

話を進めたとき、

〝わたしは、民生具を作ることに誇りを持っています〟

悦郎は言った。

〝同じ刃物師でも殺人具である刀を作っておりません。常に人の役に立つものを作ってきました。そういう自負がなければ、この仕事は続けられませんから〟

叱責《しっせき》のように聞こえたのだろうか。うなだれていた真吾は、ますます深くうなだれたように見えた。作務衣《さむえ》の膝のあたりを、ぎゅっと両手で握りしめていた姿が、瞼の裏に強く焼きついている。

「刀圭《とうけい》か」

聖子の鋏に彫られていた文字。薬を盛る匙《さじ》のことが、転じて医術を指す言葉になったとされている。どんな想いをこめて、真吾は鋏を渡したのか。

「守り刀のつもりで、夫の真吾が渡したのだとすれば？」

仮説をたててみた。結婚の申し込みのときに渡された鋏だと、聖子からは聞いている。つまり、鋏は結婚前に聖子の身に起きたなにか、に関わっているのではないか。それから守ろうとして、真吾は聖子に自分が作った鋏を渡した……。

「瑛一。いるか」

光平の声に、応える。

「おう」

ほどなく友が姿を見せた。ネクタイをゆるめながら、瑛一の鞄を差し出した。

「忘れただろ」

「うん。兄貴と一緒に帰って来ちゃったからな。打ち合わせをする店は決まったのか。あ、お茶を淹《い》れるなら、ついでにおれのも頼む。手を洗ってからにしろよ」

言った後で、自分もまだ手を洗っていなかったことに気づいた。が、まあいいかと、細かい点には目をつぶる。

「立っている者は親でも使えか」

光平は言われたとおりに台所の流しで手を洗い、茶を淹れた。勝手知ったる他人の我が家、茶葉がどこにあるのか、湯飲みはどれが瑛一のものか、ちゃんとわかっている。

「はいよ」

湯飲みを瑛一の前に置き、隣に腰をおろした。

「サンキュ。おまえ、今夜は瞳ちゃんとデートだろ」

ちらりと友を見やった。できるだけ羨ましい顔にならないよう、瑛一なりに気をつけている。

「それが……電話で待ち合わせ場所や時間を確かめようとしたんだけどさ。特別講義が入ったとかで、おじゃんだよ」

光平は肩をすくめた。

「ま、打ち合わせが長引くかもしれないしね。おれの方が断る結果になっていたかもしれないからさ。今回は仕方ないかと思った次第ですよ。居酒屋は料理の美味い店を予約しました。せめてもの楽しみだね」

瑛一の手帳を覗きこむ。

「なに書いてんだよ」

「自殺した守谷洋子の件だよ。千春が再調査してるじゃないか。微力《びりょく》ながらもお手伝いできないかと思ってさ。おれも気になることがあるしね」

婦長の時江の般若を思わせる笑顔、千春に向けられた熊谷の好色そうな目。熊谷は相当な女好きではないのだろうか。書き写している間も、時江の不気味な笑顔が甦っている。

「うぅ、こわ」

呟きをどう思ったのか、

「病院の幽霊か」

光平が受けた。

「瞳ちゃんが言ってたけど、幽霊話、相当広まっているらしいぞ。看護婦だけでなく、患者の中にも目撃者が出始めているとか。慰霊祭がどうのこうのとか言ってたな」

階段を降りて来る音がした。

「お帰り、光平君」

「お、千春。いたのか」

「着替えに来たんだ。一度家に戻ってから、東都大学病院に行くのよ。それじゃ、瑛ちゃん。十一時頃、外科の待合室あたりで落ち合うというのはどうかしら」

「了解。ああ、気をつけろよ」

「うん。あとでね」

出て行く千春と見送る瑛一を、光平はしばらくの間、交互に見やっていた。その意味ありげな仕草が癇《かん》に障る。

「なんだよ。言いたいことがあるなら言えよ」

「いや、二人きりだったとは知らなくてさ」

「だから?」

「あー、鈍いなあ、瑛一は。この手の話になったとたん、下町探偵はなりを潜めちまうんだもんな。いいか。おれが来るまでおまえは、千春と二人きりだった。二人きりだぞ、二人きり」

「三回も『二人きり』と言うなよ。婦長の『初物』を思い出しちまうじゃないか。『よかったですね。大好物じゃありませんか。それに初物ですよ、初物。熊谷先生は殊の外、初物がお好きですものね』と、ああっ」

椅子を蹴倒《けたお》さんばかりの勢いで立ちあがる。光平が呆れたように頭を振った。

「やれやれ。やっとお気づきですか」

「おれ、松茸のことを調べる件、千春に言うの、忘れた」

「……………」

光平の小さな目が、さらに小さくすぼめられた。外したときの表情であるのを、瑛一は知っている。いったい、なんの話だよと、目顔で問いかけた。

「いいかね、下町探偵君。君は好きな女性と、この家に二人きりだった。にもかかわらず、だ。チューしたり、抱き合ったりするという……」

「あぁっ」

瑛一はようやく気づいた。おそらく二度と訪れないであろう貴重な時間を、推理に費やしてしまうとは、なんという失態か。

「く、くそぉ」

座ってテーブルを叩いたが、「いやいや」とすぐに思い直した。

「千春は正真正銘のお嬢様だ。結婚前に子供でもできたら、中里さんは激怒するよ。無理やり引き離されるかもしれない」

「子供ができたら結婚を許すしかないじゃないか。千春も案外、待っていたのかもしれないぜ。『今日は瑛ちゃんと二人きり。うふっ、もしかしたら、もしかするかも』なんてさ。いつまでもあがって来ないんで諦めたのかも」

「おまえが来たからだ！」

びしっと光平を指した。

「だから千春は諦めたんだ。あぁ、くそっ、千載一遇《せんざいいちぐう》の好機だったというのに、おれは、なにをしていたのか」

「探偵の宿命だね」

光平は言い、小さな目を閉じた。

「鈴虫が鳴いているよ。風情があって、いいねえ」

リー、リリリリリ、リリリーと鳴く声が秋の訪れを告げている。確かに風情はあるかもしれないが……瑛一は別の意味で郷愁を覚えていた。

「千春ぅ」

愛しい女《ひと》の名を呼んでいる。

6

その夜。

千春は、東都大学病院を訪ねた。婦長には露骨にいやな顔をされたが、気づかぬふりをして看護婦たちに話を訊いた。が、これといった目新しい話は得られていなかった。

「瑛ちゃん、遅いなあ」

待合室の時計は十一時半を示している。敏之の見舞いは、とうに済ませていた。ナース室から時折、看護婦たちが冷ややかな目を向けていた。

いつまでいるのかしら。

そんな眼差《まなざ》しをしている。私服で来ればよかったと遅ればせながら後悔していた。馬鹿にされないようにと気合いが入りすぎたかもしれない。目立ちすぎる感がなきにしもあらずだ。

「あ」

彼方《かなた》から遠雷《えんらい》のひびきが伝わって来た。瑛一は雷が大の苦手である。まさか恐くて動けなくなっているとは思えないが、あてにできないかもしれなかった。

(仕方ない。ひとりじゃ心細いけど、屋上に行ってみよう)

守谷洋子が飛び降りたのは午前一時頃であるため、時間的には少し早いが、暗闇に覆われた屋上を見れば、なにか浮かぶのではないだろうか。ここに来た時点で婦長にはその旨伝えてある。千春はエレベーターに乗った。

二人の患者が、すでに乗っていた。千春が屋上のボタンを押したのを見たに違いない。

「こんな時間に屋上へ行くのは、やめた方がいいんじゃないの」

中年の女性が言った。

「出るかもしれないわよ、これが」

白目を剝《む》き、両手で幽霊の仕草をする。

「あ、知ってるよ。四月に自殺した看護婦だろ」

男性患者が継いだ。

「夜な夜な病院内を歩きまわっているとか。屋上は飛び降りた場所だからなあ。確かにあまりお勧めできないね」

「お巡りさん、あの事件を調べているんですって？」

女性患者は好奇心に目を光らせている。

「いえ、調べているわけでは……」

「気をつけなよ」

先に降りた男性患者に、中年の女性患者も続いた。

「ほんと、取り憑《つ》かれないようにね」

「はあ」

千春は、よけいに心細くなってくる。エレベーターに乗っているのは自分だけ、戻って敏之に同道してもらおうか。それとも瑛一が来るのを待っていようか。しかし、看護婦たちの冷たい視線が、などと考えているうちに屋上へ着いていた。

「行くか」

腹を決めて、エレベーターフロアから屋上に出る。雲の流れが早いのは雨が近づいているからだろうか。雲が晴れたときだけ屋上は月明かりに満たされる。殺風景な屋上に首をめぐらせた刹那《せつな》、

「ひっ」

喉のあたりで悲鳴が止まった。ちょうど守谷洋子が飛び降りたあたりに、白い人影が浮か

びあがっている。看護婦の白衣を着ているように見えた。足もとには白い百合を活けた花瓶が置かれている。

(ど、どうしよう、瑛ちゃんを待っていればよかった)

窮地《きゅうち》に陥《おちい》ったときや困ったときには、決まって瑛一の顔が脳裏《のうり》に浮かぶ。やはり、せめて、敏之に来てもらうべきだったと激しく後悔しつつも、一歩、二歩と千春は人影に近づいて行った。

(幽霊かどうか確かめないと)

警察官として恥ずかしくない行動を取らなければならない。やはり女は駄目だと嘲笑《ちょうしょう》されたくない。千春を支えているのは強い克己心《こっきしん》だった。

「あ、あの」

問いかける声が震えた。

「守谷、も、守谷洋子、さん、ですか?」

歯が鳴るのを止められない。寒いわけではないのに、強い悪寒《おかん》に襲われていた。掻《か》き消すようにいなくなったら逃げようと身構えている。

「守谷さんは死にました」

幽霊に見えた女が応えた。

「ここから飛び降りて」

月明かりのせいだろうか、振り返った顔は蒼白《そうはく》であるように思えた。軽く目が吊りあがっているように見えるのも月の光のせいか。

白衣のボタンが弾《はじ》け、胸もとがあらわになっている。ナースキャップを外した髪は、かなり乱れていた。強い風にあおられて長い髪が逆立つ感じになる。

鬼気迫る形相《ぎょうそう》に、千春はごくりと唾を呑んだ。

「ゆ、幽霊ではない、ですよね」

必死に確かめている。心臓は激しく脈打ち、全身に冷や汗が滲み出していた。ともすればエレベーターに走りかける足を、心の中で懸命に叱りつけていた。

「わたしは、北村瞳。この病院の看護婦です」

瞳は抑揚のない声で言った。虚《うつ》ろな目は、どこか遠くに向けられているように思えた。肉声を聞いて、千春は心底ほっとする。

「驚きました。幽霊かと、あ、いえ、なんでもありません。守谷洋子さんのお友達だったのですか。もし、宜しければ少しお話を……」

突然、瞳はわっと泣き出した。しがみついたその身体を、千春は受け止め、抱きしめる。間近で見たそのとき、白衣のボタンがほとんど取れていることに気づいた。白衣を無理やり脱がされたとしか思えない。

〝女は女同士、女医さんや同僚看護婦も、千春ならば重い口を開くかもしれないからな。婦人警官でなければできない調べをやれよ〟

瑛一の助言が甦《よみがえ》っていた。

「だれかに乱暴されたのですか」

努《つと》めて平静を装っている。流石に犯《おか》されたのかとまでは訊けなかったが、不意に瞳が泣くのをやめた。

(おそらく間違いない)

確信を得て、千春は続けた。

「もしかしたら、守谷さんもそうだったんじゃありませんか。だれかに乱暴されたことに絶望して、ここから身を投げた。そのだれかとは……」

「来た」

瞳がぎゅっと千春の腕を摑む。大きく見ひらかれた目は、エレベーターホールに向いていた。エレベーターの動く音が、静かな屋上にひびいている。患者が使っているのかもしれないが、いずれにしても長居する場所ではなかった。

「階段で降りましょう」

「で、でも」

瞳は躊躇《ちゅうちょ》していた。足を踏ん張ったまま動こうとしない。蛇《へび》に睨まれた蛙《かえる》のごとく、動けなくなっている。蛇がいるわけではないのに、すでに呑みこまれたかのよう。恐ろしさのあまり、筋肉が萎縮して動けないのかもしれなかった。

「大丈夫です、わたしがいます。相手がだれであろうと、必ず北村さんを守りますから。さ、早く下に行きましょう。来てください」

千春はなかば強引に腕を引き、エレベーターホールに足を向ける。及び腰の瞳は、なかなか前に進もうとしない。足を踏ん張り、エレベーターホールに行くのをいやがっていた。

「恐い、こ、恐い」

「わたしが付いていますから」

ホールに着くと同時に、エレベーターの扉が開いた。中から出て来たのは……熊谷恭司だった。瞳は千春の身体を盾にして後ろに隠れる。

(もしや、この男に？)

真っ直ぐ睨みつけた。握りしめたままの瞳の手に、よりいっそう力がこもる。爪が食いこみそうなほど千春の腕をきつく握り返していた。

「北村君の姿が見えないと言って、婦長たちが探しているんだよ。もしかしたら、屋上かもしれないと思ってね。様子を見に来たんだ」

熊谷の白衣は、強風にあおられている。長い髪も舞いあがって、ライオンのようだった。履いているのは相変わらずゴム草履だが、千春に無遠慮な目を投げていた。

「いいねえ、警察官の制服も」

にやにやしながら言った。

「女医や看護婦、婦人警官などなど、制服をまとった女性は実に美しい。凛《りん》とした風情が、江戸時代の武家女のように思える。女性が美しいときは平和だと言ったのは、はて、だれだったか。名は忘れたが、そのとおりだな」

満腹のライオンのように大欠伸《おおあくび》する。背後の瞳は、小刻みに身体を震わせていた。その震えこそが、犯人を教えているのではないだろうか。

「北村さんは、わたしが寮まで送ります。熊谷先生はお帰りください」

千春は毅然《きぜん》と顎をあげた。ひとりだったら、ここまで冷静になれたかわからない。が、守らなければという想いが、婦人警官である我が身を支えた。

「あ、そう」

熊谷はあっさり応えて、エレベーターのボタンを押した。屋上で止まっていたエレベーターの扉が開いた。

「それじゃ、北村君。明日も頼むよ」

北村君の呼びかけのところで、瞳はびくっと大きく身体を震わせた。熊谷は何事もなかったような顔でエレベーターに乗る。

ゆっくり扉が閉まっていった。

「……守谷さんは」

背後で弱々しい声がひびいた。

「心を殺されたのよ」

渇《かわ》いた声だった。妙に淡々《たんたん》とした声が、千春の心に突き刺さる。守谷洋子の名を借りて、我が身に起きた厄災《やくさい》を告白したように感じた。

第六章　特別講義

1

「守谷さんは、心を殺されたのよ」

千春は告げた。

「北村さんの言うとおりだと思うわ。だから屋上から身を投げた。自殺かもしれないけれど、死に追いやったのは、おそらくあの男だわ。目安箱に投函された告発文は……正しいのかもしれない」

土曜日の深夜、遅れて病院の屋上に駆けつけた瑛一は、階段の途中で千春と瞳に出会った。何度問いかけても、瞳は頭を振るばかり。しかし、乱れた白衣や髪を見れば、なにが起きたのか想像できる。

特別講義。

それを受けるからと、瞳は光平に告げ、デートはお流れになった。特別講義に参加したのは、看護婦たちなのだろうか。それとも新人看護婦の瞳だけだったのか。

（おそらく後者だろうぜ）

瑛一は思った。

〝よかったですね。大好物じゃありませんか。それに初物ですよ、初物。熊谷先生は殊の外、初物がお好きですものね〟

熊谷の妻であり婦長である熊谷時江の言葉を思い出さずにいられない。三度も繰り返した『初物』は、勤めたばかりの女医や看護婦を指していたのではないだろうか。

（つまり、もしかしたら、脇坂先生も）

同時に浮かぶのは、聖子の右ポケットに入れられた美しい鋏。夫の真吾が守り刀のつもりで渡したのだとすれば、辻褄《つじつま》が合うように思えた。

〝それから脇坂先生のことだけど気がついた？　急に表情が変わったでしょう？〟

千春の言葉も浮かんでいる。瑛一と千春、そして、聖子を加えた三人で話していたとき、熊谷が姿を見せた。そのとたん、聖子は表情を変えた。

〝うちのお母さんみたいだった。お父さんが家にいるときは、いつもおどおどしているの。なんとなく似ているように感じたわ〟

千春の推測には、悲惨な真実が隠されているように思えた。初物喰いの悪《あ》しき洗礼を受けたがゆえに、聖子は熊谷の前に出ると、異様に緊張するのではないか。それを抑えるために、夫の真吾が作った鋏を握りしめるのではないか。

（乱暴されたのを知ったうえで、結婚を申し込んだのだとしたら）

瑛一は男として、真吾を尊敬せずにいられなかった。もし、千春の身に同じことが起きたら自分はどうするだろう？

日曜日は、ほとんど自問しながら過ごした。

九月十日、月曜日。

父の敏之が退院するため、瑛一は芙美と一緒に病院を訪れた。持って来た大きな袋に、母が荷物を詰めている。瑛一は小さなサイドテーブルに置かれた私物を、母に手渡していた。敏之は最後の診察を受けに行ったため、病室にはいない。

「でかい袋だなあ。親父ごと入っちまうんじゃないの」

布袋をしみじみ見つめている。三十キロの米袋程度の大きさはあるのではないだろうか。

芙美が眉を寄せた。

「うるさいわね。手頃なのがこれしかなかったのよ。大は小を兼ねるって言うでしょ。小さすぎて入らないよりはいいじゃないの」

「大は小を兼ねる」

瑛一はこめかみのあたりが疼くのを覚えた。次いで脳裏をよぎったのは、竪川町の〈早見スプリング〉だ。社長は規格品の大量生産を考えているが、古参の職人は反対している。

新旧の戦いが、水面下で繰り広げられていた。大量生産しつつ、技を活かせる案はないだろうかと、瑛一は頭を悩ませていた。

「なによ」

芙美がちらりと見る。

「いや、バネのことを考えていたんだ。早見スプリングの社長は、絵を描くのが上手い。バネの見本を作って、見本帳のようなものは作れるよな」

問いかけに返したのは自問だった。我知らず手を止めている。

「手を動かしながら考えなさいよ。さっきから雲行きが怪しくなっているからね。あんたのきらいな雷が、鳴り始めるかもしれないわ。早く退院するのが得策よ」

促されて、また芙美の手に敏之の私物を渡した。大は小を兼ねると、口の中で何度も繰り返している。

「待てよ。大きなバネを切れば、小さなバネを作れる、よな」

閃いた！

「そうだ、大は小を兼ねるだよ。ありがとう、おふくろ。閃いたよ。これで早見スプリングが再生できるかもしれない。おふくろもたまには役に立つな」

手を握りしめて感謝を表した。

「あら、そう。あたしはいつも役に立っていると思うけど」

「いつぅ、アタタタ」

敏之が戻って来た。ベッドに腰をおろして、大きな吐息をつく。

「ふう、動くとまだ痛むな」

「あたりまえですよ、お腹を切ったんですからね。それで、どうでしたか。傷口は大丈夫でしたか」

「ああ、大丈夫だ。抜糸《ばっし》はいつだったかな。四日後だったか、五日後だったか。そのときにまた来てくれと言われた」

「退院するのは明日だと言われていたのに、どうしてもと今日にしてもらったんですからね。家に帰ったら、おとなしく寝ていてくださいよ。嵩史の部屋を片付けましたから、二階で寝《やす》んでいてください」

「なに言ってんだ。工場を放ったらかしにしてるんだぞ。様子を見ないことには……」

「駄目ですよ」

カーテンが揺れて、脇坂聖子が入って来た。相変わらず右手を白衣の右ポケットに入れている。

「先生」

頭をさげた芙美の隣で、瑛一も一礼した。

「申し訳ありません。親父が無理を言いまして」

「動くと傷口が開いてしまいます。抜糸をした後も、気をつけないと駄目ですからね。それからお酒は絶対にいけません」

聖子は敏之を軽く睨みつける。化粧っ気のない横顔を、瑛一はつい見つめていた。素顔でも充分に美しいが、装えば、かなりの美人であるのは間違いない。聖子が化粧をしないのは、辛い過去があるからだろうか。男の目を引いたがために、死にも勝る苦しみを受けた。それを責めた結果だろうか。

(インターンの頃は、初々《ういうい》しく装っていたのかもしれない。しかし、その装いが仇《あだ》になったのかも、と考えて化粧するのをやめた)

深読みしすぎかもしれないが、頭の隅に留める。

「なにかありましたら、すぐに来てください。くれぐれも無理はしないように」

出て行きかけた聖子の横顔がさっと緊張する。

「熊谷先生」

会釈して、少しさがった。

「渋沢さんは、今日、退院だとか。早いような気がしますが、まあ、脇坂先生がオーケーを出したのならば大丈夫でしょう」

熊谷はいつものように、指揮者のような長髪と、ゴム草履姿だった。瑛一はさりげなく聖子と熊谷に目を走らせている。白衣の右ポケットに入れた聖子の腕に、力が入っているのがわかった。ぐっと筋肉が強張っている。

(刺すんじゃないだろうな)

瑛一も緊張した。聖子の夫が作った美しい鋏は、ペーパーナイフの役割も果たすが、ナイフとしても使える。精魂《せいこん》こめた鋏は、素晴らしい切れ味を発揮するだろう。さらに外科医であれば正確に急所を狙える。

斜め後ろに立つ聖子が、熊谷に体当たりするように後ろから背中を刺しつらぬく。意表を衝《つ》かれて硬直した男の後頭部に、とどめの一撃をお見舞いすれば……。

「そうですか。本当にお世話になりました」

頭をさげた芙美から、熊谷は視線を瑛一に移した。

「鈴虫、受け取ったよ。娘が大喜びでね。虫籠にバネの持ち手を付けてくれただろう。ゆらゆらと虫籠を揺らしながら、鳴き声を真似ているよ。朝から晩まで飽きずに眺めているんだ」

土曜日に来たとき、瑛一は二匹の鈴虫を入れた虫籠をナース室に預けておいた。前にも感じたことだが、娘の話をするときは、カリスマ教授の仮面が剝《は》がれるように思えた。本当に嬉しそうな笑みを見せる。

「よかったです。ご存じだと思いますが、今週の土曜日が牛嶋神社の本祭りです。神社の周辺はもちろんですが、曙信用金庫の駐車場にも臨時の舞台を設けて、屋台が出るんですよ。ファッションショーやのど自慢大会も開きますので、宜しければおいでください」

平静を装って答えた。が、内心煮えたぎるような怒りを覚えている。北村瞳は昨日から休みを取っているはずだ。訴え出ないのをこれ幸いと、いったい、熊谷は何人の女性を毒牙《どくが》にかけたのか。

「ほう、ファッションショーか。百貨店の真似かもしれんが、なかなか洒落た催しではないか。娘と一緒に覗いてみよう」

では、と、ライオンの鬣《たてがみ》のような長髪をなびかせて、熊谷は踵を返した。俯《うつむ》いたままだった聖子は、瑛一たちに会釈して病室をあとにする。ついカーテンから首を突き出して、後ろから聖子が熊谷を襲わないか確かめていた。

「ふう」

芙美が大仰に吐息をついた。まるで瑛一がついたような吐息だった。

「熊谷先生って、妙な威圧感があるわよね。あれがカリスマ性というやつかしら。肩に力が入って、疲れるわ」

「おれはまたこれをやられるかと思ったよ」

敏之は、右の親指と左の人差し指、左の親指と右の人差し指をくっつけて、長方形を作った。

「黄金比か」

瑛一は苦笑いする。

「確か親父の傷口は、長方形の縦、熊谷先生の親指と同じ長さだったよな。安定した美感を与えるのが、黄金比だと言われているけど」

着替えるために浴衣を脱いだ敏之を見た。聖子が手術した傷口は、非常に綺麗な縫い跡に思えるが、父親のたるんだ腹がすべてを壊していた。

「親父の腹も、おふくろに負けないね」

「いいから着替えるのを手伝え。まったく、幽霊の噂話ばかりでな。おれも真夜中、ベッドの脇に白い人影が立っているのを視たように感じたよ」

「まあ、いやだ。それじゃ、本当に出るんですね」

「納得するなよ、おふくろ。幽霊なんか、いるわけないだろ。おれ、先に荷物を車に積んで来るからさ」

病室から出た瑛一を、芙美が追いかけて来た。

「どうする？　嵩史から車を借りたこと、お父さんになんて言えばいいかしらね」

後ろを振り返りつつ訊いた。昨日、瑛一は嵩史の家に行き、乗用車を借りて来たのだった。

「なにも言わなくていいよ。黙って乗るさ」

「そうかしら」

不安げな芙美を残して、エレベーターホールに歩いて行った。熊谷が看護婦に呼ばれて、ナース室に入るのが目の端をよぎる。見廻りをしていたのか、婦長の時江が病室から飛び出して来た。

外科病棟が、妙にざわざわしているように感じた。

「なんだろうな」

待合室の前で足を止める。婦長の時江もナース室に入って行った。聖子や他の医者、看護婦といった職員が、続々とナース室に集まって来る。むろん北村瞳の姿は見えない。

〝ぶっ殺してやる！〟

光平の蒼白な顔が甦《よみがえ》っていた。

〝瞳ちゃんを無理やり犯したんだ、強姦《ごうかん》したんだ。許せないよ、瑛一。得意の智恵一でなにか考えてくれよ。熊谷恭司を懲《こ》らしめたいんだ。あいつは人間の皮を被ったケダモノだよ。おれはあいつに復讐したい〟

友のあんな顔を見たのは初めてだった。道のダンゴ虫を踏むまいとして避け、自転車ごと転倒してしまうような男が、身体を震わせて激怒した。争い事が苦手なタイプであるのに……。

「人間」らしくやりたいナ

トリスを飲んで「人間」らしくやりたいナ
「人間」なんだからナ
だれかが点けたテレビから、トリスウィスキーの宣伝が流れた。熊谷に対する痛烈な皮肉に聞こえた。瑛一は慌ただしく出入りするナース室を振り返った後、階段に足を向けた。

2

智恵一でなにか考えてくれと言われても、熊谷を懲らしめる策など、たやすく浮かぶはずもない。まずは仕事を優先させようと、下町探偵から信金マンに戻る。

(おふくろが言ったとおりだ。雲行きが怪しいな。おれの苦手な雷が鳴るかも)

そう思いつつ瑛一は、竪川町の早見スプリングの前で自転車を停めた。

「こんにちは。曙信用金庫の渋沢です」

「渋沢さん」

社長の早見が、すぐに事務所から出て来た。大番頭役とも言うべき職人の工藤勝久は、ぺこりと辞儀をして、仕事を続ける。瑛一も会釈を返し、早見に続いて事務所に入った。

「どうですか。なにか浮かびましたか」

待ちきれないように早見は問いかけた。

「先程、閃きました。社長のアイデアに肉付けしたような感じの提案ですけどね」

瑛一は鞄から前に預かったバネの絵を出した。早見が描いたものである。ロングタイプのバネを描いた一枚を早見に渡した。

「こういうロングタイプのバネを、規格品として何種類か作るというのはどうでしょうか。大は小を兼ねるの喩《たと》えどおり、長いバネは切って短くできます。とりあえず応急処置としてカットしたバネを使ってもらい、その間に本当に必要な寸法のバネを作るんですよ」

じっと耳を傾けていた早見は「なるほど」と大きく頷いた。

「一つ、二つだけ作ったのでは価格が見合わないバネも、千個、二千個と作れば、よその十分の一の値段で供給できるな」

「はい。まずは規格品を客に渡して、正確な寸法のバネを工藤さんに仕上げていただく。規格品と職人技が、両立するのではないかと思います。それに」

と瑛一は続けた。

「ちょっと狡《ずる》い考え方かもしれませんが、一つの仕事で二回、商売ができる。一度で二度美味しい商《あきな》いですよ」

「そのとおりだ」

早見は興奮気味に、瑛一の左手を握りしめる。

「いや、見事な案を出してくれたね。ぼくのアイデアに肉付けしただけと言ったけど、それが普通は簡単にはできないのさ。智恵一と呼ばれるだけのことはあるね。この案なら工藤さんも納得してくれるだろう」

「あと早見さんが描いたバネの絵ですが」

瑛一は、そっと社長の手を離して、持っていた何枚かの絵を机に置いた。

「ついでに規格品の見本帳を作っておけば、もっと注文を取りやすくなると思います。はじめに経費はかかりますが、バネはどんな機械にも必要じゃないですか。あとロングタイプのバネのチラシを、このあたりの工場に撒《ま》くだけでも注文が取れると思います」

「で、来たお客に見本帳を見せる、か」

早見は小さな声で呟き、何度も頷いていた。

「うん、これはいい、いけるよ。見本帳を作って、チラシも作ろう。それぐらいの費用なら、なんとかなると思うから」

「先にチラシを刷りましょう。近隣の工場から仕事をもらうのが、一番てっとり早いですから」

瑛一は斜め向かいの整備工場を見やっていた。この間、来たときもそうだったが、外車が工場の中に入って行く。

「外車専門の整備会社ですか」

視線を追って、早見が答えた。

「〈紺野《こんの》モーターズ〉か。いい職人が揃っていると聞いた。日本車も引き受けているが、やはり、圧倒的に外車が多いね。初めて見るような珍しい車も運ばれて来るよ。うちには縁のない車だが、時々見せてもらったりするんだ」

「外車を扱える整備会社は少ないでしょうからね。いい目のつけどころだと思います。実は社長にひとつお願いがあるんですが」

「ぼくにできることであれば手助けするよ」

「この間いただいていった少し細めの、ロングタイプのバネを作ってほしいんです。こんな感じの玩具が、作れないかと思いまして」

瑛一は昨夜描いておいた図を見せた。過日持ち帰ったバネは、熊谷の娘にあげた虫籠の持ち手に使っている。

「ははあ、なるほどね。曙の屋台で売るのかい」

「そのつもりです」

「それじゃ、急がないとな。出来あがったら届けておくよ」

「お願いします」

瑛一は鞄を持って一礼する。

「それでは、これで失礼します。宜しければ、チラシを刷る工場をご紹介しますが」

「頼みます」

「わかりました」

停めておいた自転車に跨る。もう一度、早見に会釈し、職人の工藤にも会釈して、自転車を漕ぎ始めた。

「またパトカーか」

走り出したとたん、パトカーと擦れ違った。早見の工場に行くまでの間、パトカーだけでなく、白バイも見ていた。自転車に乗った巡査の数も多いように感じている。

「千春は来ないかな」

うまく出会えたら聞いてみようと思いつつ、何度か角を曲がって、三つ目通りに出た。交番を確かめたが、千春の姿は見えない。見慣れない顔の警察官たちが、それぞれの自転車に乗って、錦糸町や両国《りょうごく》駅の方向に散って行った。

「やっぱり、なんか変だよな」

瑛一は三つ目通りを石原町の方に向かった。蔵前橋通りを左に曲がる。細い通りを右に曲がって、左に曲がれば〈水嶋医院〉だ。敏之を迎えに行く前に、家から一本電話を入れてある。

自転車を停める音が聞こえたのだろう、

「いらっしゃい」

水嶋が医院の扉を開けた。

「こんにちは。様子はいかがかと思い、参りました。患者さんは増えていますか」

瑛一は鞄を持って、水嶋のあとに続いた。待合室や診察室の窓を開け放ち、風を通している。雲の流れは相変わらず早いが、雷の不気味な音はまだ聞こえてこない。案内された診察室の椅子に座った。

「ぼちぼちといったところかな。ご近所さんが増えたね。渋沢君が提案してくれた領収書作戦が、功を奏しているみたいだ。チラシを見たのか、だれかに話を聞いたのか。君の提案に従い、問診にそれも載せたんだよ。圧倒的にこの近くの店で話を聞いたという答えが多かった」

「よかったです。徐々に増えますよ。まあ、患者さんが増えるのを喜ぶのは、ちょっと抵抗がありますけどね。でも、大病を防ぐために町の医院はあるんですから、そのあたりは割り切った方がいいと思います」

話しながら「そういえば」と思っていた。

(水嶋先生は、東都大学病院でインターンを経験していたな)

ついでに訊いておいた方がいいかもしれない。

「つかぬことを伺いますが、前にもちらりと話に出た熊谷教授のことなんです。父が入院していたとき、あ、父は今朝退院したんですが、妙な噂を聞きまして」

「ああ」

と水嶋は小指を立てた。

「これだろ」

女を表しているのは言うまでもない。

「はい」

「前に言ったかどうか忘れたが、わたしがいたとき、熊谷教授は助教授だったんだ。まだ結婚はしていなかったんじゃないかな。付き合いは派手だったよ、色々な意味でね」

明言しない部分には、女性や製薬会社との付き合いが含まれているのではないだろうか。手帳に記したかったが、オフレコ話であるのを察していた。

「相手は女医さんや、看護婦さんですか」

一歩踏みこんでみる。

「うーん、色々だよ。患者さんとも付き合っていたね。美人が大好きなのさ。ほら、医局だけでなく、受付や事務方の女性も美人が多いだろ、東都大学病院は」

水嶋の話は、瑛一の感想を裏付けるものだった。

「確かにそうですね。男性客が増えるのを期待してのことでしょうか」

「それもあるでしょう。でも、要は好きなんですよ、これが」

ふたたび小指を立てる。

「人事権のない助教授時代から教授に取り入って、我が物顔に振る舞っていたね。製薬会社や出入りの業者とは、古くからの付き合いさ。持ちつ持たれつの関係ってやつだ。当時の教授がまた学者肌の人でねえ。熊谷さんの言いなりだったな」

机のメモ用紙に、さらさらっと書いた。

熊谷恭司は、熊谷狂児。助教授は、助狂授。

「同僚や職員は、ひそかにこう言っていたよ。駄々っ子のようなところがあるんだ。欲しいとなったら、なにがなんでも手に入れる。ああ、そうだ」

ふと思い出したのか、

「退院したとのことですが、お父さんの様子はいかがですか。確か盲腸の手術をしたんでしたよね」

水嶋が訊いた。医者としての質問だったためか、口調が丁寧なものになっていた。

「変な表現かもしれませんが、美しいほどの縫い目でした。この間も言ったと思いますが、担当医は脇坂聖子先生です。熊谷教授は親父の傷口を、こんなふうに見て」

瑛一は、両手の親指と人差し指を使い、長方形を形作る。

「傷口がちゃんと長方形の縦、つまり親指ですが、その長さになっている、とか言ってましたよ。黄金比だそうです」

「ははははは、そりゃいいや。相変わらずだねえ、熊谷さんは。手術のとき、特にむずかしい脳腫瘍の手術に関しては、列《なら》ぶ者がいないほどの腕を持っていますがね。この間も言ったと思いますが、エキセントリックなところがありますよ。手術中にベートーベンやワーグナーの曲をかけますからね」

「クラシック曲が、気持ちを高める道具ですか。ぼくは風貌が指揮者のようだと思いました。でも、二歳のお嬢さんの話になると相好《そうごう》を崩しますからね。親バカ丸出しの顔になります」

相当驚いたのか、

「えっ、熊谷さん、子供がいるんですか」

水嶋は腰を浮かせて訊いた。

「はい。ぼくは会ったことはありませんが、とても虫が好きだとか。それで、鈴虫を差し上げました。ささやかな贈り物ですが」

「そう、豪華な貢ぎ物部屋には、そぐわない贈り物かもしれないね」

にやりと笑った。

「そのあたりの噂話も、うちに出入りしている製薬会社から入って来るんですよ。最上階の特別フロアに、一流ホテルのような設《しつら》えの執務室を作ったとか。内々では天上界と呼ばれているらしいですよ。これまた『らしいな』と思いましたがね。いやいや、そうですか。熊谷さんに娘さんができましたか」

衝撃を示すように、いつの間にか娘の話に戻っていた。

瑛一が暇を告げようとしたとき、机の上の電話が鳴る。二言、三言、かわしてから、水嶋は瑛一に受話器を差し出した。

「信金からです」

「すみません」

電話の相手は、三浦だった。

「渋沢君。すぐに東都大学病院へ行ってください。大変な事態が出来《しゅったい》しました。電話では話せませんが、信金には戻って来なくていいですよ。わたしも急ぎ駆けつけます。向こうで落ち合いましょう」

上司の声からは、ふだんの冷静さが消えている。

瑛一は首を傾げながら受話器を置いた。

3

大変な事態とは……。

「娘の美貴《みき》が、誘拐されたんだ」

熊谷が沈痛な面持ちで告げた。

「午前中、家政婦が乳母車《うばぐるま》に乗せて公園に連れて行ったらしいんだよ。一瞬目を離した隙に、乳母車ごと連れ去られてしまったと言っている。あぁ、いったい、どうしたらいいのか」

両手で頭を抱えている。最上階の通称、貢ぎ物部屋に集まっているのは、熊谷夫婦、瑛一と三浦、警視庁の六人の警察官と、本所《ほんじょ》署の二人の警察官という顔ぶれだった。

警視庁の六人のうちの二人は制服警官、他の四人は私服の刑事だろう。二人が執務机に置かれた電話機のそばに陣取っている。本庁の指揮下に置かれた幼児誘拐事件本部を本所署に設け、本所署の警察官が補佐する形になっていた。

「家政婦から知らせを受けて、とりあえず、わたしたちはナース室に集まったんです。そのとき、ナース室に電話がまわされてきました。熊谷教授をお願いします、と、名指しされたようで」

妻の時江が補足する。

（なるほど。親父が退院するときの異様な雰囲気は、これだったのか。道路にはパトカーや白バイ、自転車の巡査が大勢いたもんな）

瑛一は納得した。しかし、とにかく来たばかりで事情がわからない。次の言葉を待っていた。

「警察には絶対に知らせるなと言われました。でも、そうはいきません。熊谷先生は反対しましたが……」

「美貴が殺されてしまうだろう！」

熊谷が叫んだ。午前中に会ったときとは、別人のように面変わりしている。青ざめた顔や充血した目に、誘拐事件の深刻さが表れていた。大柄な身体がひとまわり小さくなったようにも感じている。あの、人を威圧する独特のオーラも失われていた。

「電話をして来たのは、男ですか、女ですか」

瑛一は知りたいことを問いかけた。隣には鞄を膝に置いた三浦が座っている。ソファに座る夫妻の後ろに立つ制服警官のひとりは、本所署の署長、あるいは副署長ではないのだろうか。制服に徽章《きしょう》が付いていた。

「男だったそうです」

時江は答えて、続けた。

「『おまえの娘は預かっている。身代金は一千万だ。取り引き場所については、あとで電話する。最上階の貢ぎ物部屋に連絡するから直通の電話番号を教えろ』と言われたとか。なにしろ突然でしたので、録音することなどは、ちらとも浮かびませんでした」

気丈に振る舞っているが、時江も顔は青ざめていた。喉が渇くのだろう、水差しの水を湯飲みに注ぎ、飲んでいる。

「一千万の身代金は、曙さんにお願いしたいと思い、連絡いたしました」

時江の言葉に、瑛一は問いを返した。

「なぜ、曙《うち》が呼ばれたんですか」

ここに着いた時点で三浦から身代金の話は知らされている。優秀な上司は熊谷の借金についても調べていた。耳うちされたのは、大きな都市銀行で住宅ローンを組んでいるという話だった。普通はそこに頼むのではないだろうか。

素朴な疑問が湧いていた。

「熊谷先生が」

時江はちらりと熊谷を見やる。

「頼りになると思ったんだ」

教授はどんよりした目をあげた。

「君は、下町生まれの下町育ち。このあたりのことには詳しいだろう。犯人が下町の人間かどうかはわからないが、取り引き場所はおそらく病院や家の近くになるのではないか、と思ってね」

ぼそぼそと呟く姿は、まるで病人のよう。目も虚《うつ》ろで焦点が定まっていなかった。光平がケダモノと呼んだ男は、哀れなほどに打ちのめされている。長髪を鬣《たてがみ》のようになびかせ、ゴム草履で病院内を歩きまわっていた姿が、想像できないほどの変わりようだった。

「録音の用意はできているようですね」

瑛一は立ちあがって、執務机の上の電話に近づいた。二人の刑事は、大きなガラス窓を背にして、電話のそばに張りついている。電話に録音機を繋《つな》ぎ、今か今かと犯人からの連絡を待っていた。

「これ、録音だけじゃなくて、逆探知もできるんですか」

瑛一が問いかけると、一番年嵩《としかさ》の刑事が鋭い目を向けた。

「やけに詳しいじゃないか。逆探知のことを知っている者がいるとは思わなかったよ。まさか犯人の仲間じゃ……」

「とうの昔に、警視庁は我々の身辺調査もしていると思いますが、渋沢はさまざまな事柄に通じています」

三浦が穏やかに遮った。

「町工場のことは言うに及ばず、科学や化《ば》け学《がく》、化学にも通じております。下町探偵の異名を与えられているほどなのです。熊谷先生もそれを知っていたからこそ、曙の中小企業特別支援課を、名指しされたのではないかと存じます」

「ああ、そう、そうだ」

熊谷は力なく同意する。

「渋沢君に怪しいところはない。質問に答えてやってくれたまえ」

「わかりました」

年嵩の刑事は頷き、電話機を指した。

「逆探知の準備はまだ整っていない。『通信の秘密』という壁があってね。簡単にはいかんのだ」

「ですが」

反論しようとした瑛一を、刑事は仕草で止める。

「わかっている。今、警視庁が日本電信電話公社に、逆探知の協力を要請中だ。なかなかむずかしいかもしらんが」

「熊谷先生。犯人の声に憶えはないんですか」

ソファに戻って問いかけた。

「わからん。美貴がいなくなったと聞いた時点で、頭が真っ白になってしまったのだ。電話のやりとりも、婦長に何度も問いかけられて、やっと内容を思い出したぐらいなんだよ。正確かどうかはわからない」

「これは警察にも訊かれたことでしょうが」

躊躇いがちの言葉には、時江が素早く片手を挙げた。

「犯人に心当たりはありません。ただ手術が成功しても、合併症《がっぺいしょう》などでお亡くなりになる患者さんもいます。それを怨《うら》んでのことかもしれません」

同じ質問をされたに違いない。用意していたような答えだったが、重要な事件が抜けているのではないか。

四月に病院の屋上から飛び降りて死んだ守谷洋子はどうなのか。あくまでも推測にすぎないが、北村瞳と同じように強姦された挙げ句の自殺だったとしたら……？

「すでにお聞き及びかもしれませんが」

同じ疑問をいだいたのだろう、三浦が声をあげた。

「わたしたちが所属する特別支援課では、目安箱を信金の通用口の外に設けております。そこに先日、こういう内容の手紙が投函されていました」

原文は千春が持っている。三浦は手帳に書いて、刑事に渡した。

〝東都大学病院で死んだ看護婦は、自殺したのではない。ある男に殺された〟

読みあげた年嵩の刑事の目が、教授夫妻に向いた。

「この話は初めて伺いました。四月に看護婦が自殺した件は知っていますが、この手紙については聞いておりませんよ」

咎《とが》めるような目と口調だった。

「私も手紙のことは知りませんでした。守谷さんは間違いなく自殺なんですから」

言い訳するように時江が答える。熊谷は虚ろな目で宙を見やっていた。ショック状態から抜けきれていないのだろう。反応が鈍かった。

「自殺だとしてもです」

瑛一は遠慮がちに口をはさんだ。

「守谷洋子さんの死を受け入れられなくて、怒りをぶつけたいと思っている人がいるかもしれません」

刑事に目を向ける。

「実は守谷さんの件については、知り合いの巡査がすでに再調査を始めているんです。その巡査によると、守谷さんのご家族は、引っ越して連絡が取れないとか」

「今、本庁でも調べている」

年嵩の刑事は言った。

「我々も守谷さんの遺族に、話を聞きたいと思っているんだ。一両日中には、引っ越し先がわかると思う」

「報道協定についてはどうですか。二年ほど前の『雅樹《まさき》ちゃん事件』でしたか。報道で犯人が追い詰められた事件がありましたよね」

追い詰められた結果、人質を殺害した。という部分は敢えて口にしない。熊谷がぴりぴりと神経を張り詰めているのを察していた。

「日本新聞加盟協会に連絡を取り、報道自粛を要請している。現時点では記事にはしないはずだ」

「そうですか」

瑛一はソファに腰をおろしたが、三浦は逆に立ちあがる。

「お申し出のあった一千万円を用意して参りました。ご確認いただきました後は、鞄ごとお預けしていきます」

テーブルに鞄を置いて、中から紙袋を出した。百万円の束を、ひとつずつテーブルに積みあげていく。

「君。ちょっと、いいかね」

年嵩の刑事が瑛一を呼び、部屋の外を顎で指した。言われるまま廊下に出る。部屋の外とエレベーターの前に、二人ずつ制服警官が配されていた。おそらく本所署の警察官ではないだろうか。

院長室や理事長室の扉は開け放たれたままだったが、そこにも何人かの制服警官が詰めていた。

幼児誘拐事件の本部は、本所署に設けられている。しかし、天上界とも呼ばれる病院の最上階は、いまや作戦支部と化していた。人は大勢いるのだが、妙な静けさに覆われていた。

4

私服の刑事は、警視庁捜査一課・松本治《まつもとおさむ》という名刺を差し出した。年は四十なかば、叩きあげの警察官ではないだろうか。

いかにもベテランという感じの、独特の雰囲気を放っている。午前中までの熊谷だったら、いい勝負をしたかもしれない。

瑛一も自分の名刺を渡して、短く挨拶した。

「自殺した守谷洋子という看護婦のことだが、話を聞いていないかね。熊谷夫妻はどうもなにかを隠しているような気がするんだ」

松本は刑事らしい推理を働かせた。探るような目に、いちだんと鋭さが増している。頬が削げた鋭角的な顔立ちと相まって、静かな迫力を感じさせた。

「土曜日に事件がありました」

瑛一は言った。

「新人看護婦の北村瞳さんが、白衣のボタンを引きちぎられた姿で屋上にいたんです。先程もちらりと話に出た巡査、中里巡査という婦人警官なんですが、目安箱に投函された告発文を読み、守谷さんの事件についての再調査を願い出たんです」

「中里」

ああ、と、松本は得心したように頷いた。

「亀沢町四丁目の交番勤務に就いている中里巡査か。パトカーで被害者の写真を見せに廻ったとき、二言、三言、言葉をかわしたよ。婦人警官は数えるほどしかいないからな。顔ぐらいは知っているよ」

そうであるならば話は早い。

「中里巡査は守谷さんが自殺した時間の、屋上の様子を見たいと思ったようで、土曜日の深夜、ひとりで屋上に行ったんです。ぼくと待ち合わせていたんですが、遅くなってしまい、彼女はひとりで行きました」

できれば千春の手柄にしたいと思い、瑛一は勇敢さと熱心な部分を強調するように「ひとりで」を繰り返した。

「で、そこに北村という看護婦がいた?」

松本はメモを取りながら訊いた。

「はい」

ひと呼吸置いて、続ける。

「はじめは噂の幽霊だと思ったとか」

「幽霊?」

噂はまだ耳に届いていないのか、松本は訝《いぶか》しげに眉を寄せた。

「夜な夜な女の幽霊が、病院内を徘徊しているという噂です。自殺した守谷さんの幽霊じゃないか、なんて話でしたが」

必要ないと思ったのだろう、

「北村看護婦の話に戻してくれ」

松本は先を促した。

「はい。北村看護婦の白衣のボタンは千切れて、ナースキャップはしていませんでした。髪も乱れ放題で普通の状態ではなかったようです。中里巡査が階段で降りようとしたとき、熊谷先生がエレベーターで上がって来たと聞きました」

「ほう。熊谷先生が、ねえ」

意味ありげに呟いた。メモを取る手が止まる。

「ぼくは待ち合わせの時間に遅れたものですから、慌てて階段を駆けあがりました。ちょうどエレベーターが屋上に止まっていたので、階段の方が早いと思ったんです」

正直に告げた。これで熊谷の異常な言動を公《おおやけ》にできる、極悪非道な行いを止めさせられる。喜びにも似た気持ちでいっぱいだった。

「その看護婦さんは、なんと？」

松本は冷静に問いかける。刑事らしい表情を見て、瑛一はいっそう気持ちを引き締めた。

「なにも、なにも答えてくれませんでした。泣きじゃくりながら頭《かぶり》を振るばかりでした。内輪話で恐縮ですが、ぼくの友人が北村さんと付き合っていまして、本当は土曜日にデートの約束をしていたんです。ところが特別講義があるから駄目だと、北村さんに言われたとか」

「特別講義か」

ふんと鼻を鳴らして、唇をゆがめた。

「どんな講義やら、わからんな」

「はい」

瑛一は大きく頷いて、続ける。

「念のために他の看護婦さんに、特別講義を受けたかどうか、またそういう通達があったかどうか訊きましたが」

「だれも特別講義なんぞ、受けちゃいなかった、と」

松本が素早く継いだ。

「そうだと思います」

「ふぅむ」

と眉間に皺を寄せ、ボールペンの柄の部分で頭を掻いた。

「事件の知らせを受けて、熊谷先生の過去を調べてみたんだよ。強姦されたという訴えが三件あったんだが、いずれも相手がすぐに訴えを取り消していた。弁護士を立てて、内々に話をつけたんだろう」

小さな吐息をついた。

「被害者となった三人のうちのひとりは、入院患者だった」

「入院患者」

瑛一は驚きのあまり、次の言葉が続かない。松本が小さく頷いた。

「そう、手術の二日前の深夜、病室で乱暴されたようだ。熊谷先生は執刀医だったんだろう。拒めばどんな手術をされるか、わかったもんじゃないからな。歯をくいしばって耐えたんだろうよ。訴えられるや、熊谷先生は態度を一変させたらしくてね。合意の上だったと主張した」

病院という狭い世界の、さらに小さな病室で起きた事件。熊谷のことだ。事前にだれも近づかないよう命じていたのではないだろうか。信頼していた主治医であり、執刀医でもあった医師に裏切られた怒りと嘆きは、いかばかりだったか。

「なぜ、なんでしょうか」

瑛一の問いかけに、松本はまた怪訝な表情を返した。

「え？」

「熊谷先生は、なぜ、何度も同じような騒ぎを起こすのでしょうか。生まれつきの気質なのか、あるいは育った環境に原因があるのか。ぼくはそれが気になります」

「なるほど。事件を起こすには、なにか理由があるのではないかと思ったわけか。興味深い意見だが、いずれにしても怨恨《えんこん》の線が強まったな」

ふたたび窺うような目を投げた。

「で、問題の北村看護婦は、今、どこに？」

「病院の寮にいると思います。隣接している建物がそうです。差し出口を承知で言いますが、中里巡査を呼んだらどうでしょうか。強面《こわもて》の刑事さんが訊くよりも、看護婦さんたちは話しやすいのではないかと思います」

さらに後押しする。手柄を立てれば、本所署内での評価が高まるのは間違いない。さらに警視庁でも、婦人警官の話が広まるだろう。交番勤務から本所署勤務、さらに警視庁勤務になって、いずれは本庁の女刑事に。

千春の夢だったが、出世するのが目的ではなかった。

人の役に立ちたい。

瑛一と同じ想いが、彼女の胸にも在《あ》る。

「女は女同士か。確かにな。こういうときこそ、婦人警官の出番だ」

「ぼくもそう思います」

「もうひとつ」

松本は指を立てて、言った。

「二年前の雅樹ちゃん事件は残念な結果になったが、昭和三十年（一九五五）に、ボードビリアンだったか。トニー谷《たに》という芸能人の息子が誘拐された事件では、現金の受け渡し場所に現れた犯人を逮捕。子供も犯人の自宅にいたところを無事保護された」

言葉を切って、瑛一を見つめた。

「今回の事件はどうなるか。我々の動きに気づいた犯人が、すでに子供を殺害してしまったかもしれない。警察の動きが少し派手すぎるのではないかと、わたしは懸念《けねん》しているのだが」

刑事とて人の子、間違いを犯すこともある。心細くもなるだろう。ただの信金マンに訊く話ではないと思ったが、

「犯人は、身代金を要求してきました」

瑛一は応えた。

「娘さんを返す気持ちがあるのではないかと思います。電話を待つしかないでしょう。犯人が不審をいだくようなことを言ったときには、護送中の犯人が逃げたので、そいつを探しているとでも言えばいいんですよ」

「こんなときに君はよく智恵がまわるな」

「切羽《せっぱ》詰まると、閃くようです。それにしても」

話を変える。

「なぜ、犯人は熊谷先生の自宅ではなく、病院の執務室を連絡場所に指定したのでしょうか。これもちょっと引っかかるんですよね」

電話の際、わざわざ貢ぎ物部屋と犯人の男が言ったのも気になっていた。内部の事情に詳しい者の犯行ではないのか。あるいは患者の間にも、貢ぎ物部屋のことは知れわたっているのか。

「また『なぜ』か。細かい事柄が気になるようだな。君は工業高校を出た後、自宅周辺の町工場を渡り歩いたとか」

松本は、事前調査を隠そうとしなかった。もとより瑛一も正直に応える。

「親父が三千万の借金を作りまして、大学進学を断念したんです。今にして思えば、幼い反発心でした。働きながら大学に行くこともできたのに、ぼくはそれをしなかった。この町がぼくの大学なんだと、心のどこかで気づいていたのかもしれません」

「下町探偵の異名は、ものづくりに勤《いそ》しむ濃《こま》やかさから来ているのかもしれんな。君は信金マンよりも、刑事に向いているんじゃないのか。今からでも遅くない。どうだ。警察学校に入らんか」

「いえ、ぼくは……」

エレベーターの扉が開く音で話をやめた。出て来た人物を制服警官が止めて、話を聞いている。女医の白い横顔が見えた。

「脇坂先生」

瑛一の呼びかけと同時に、松本が片手を挙げる。

「かまわないから、お通ししろ。こちらへどうぞ」

制服警官から解放された聖子が、小走りにこちらへ来た。いつもはポケットに入れていることが多い右手を、今は外に出している。

つまらないことだが、瑛一は頭の隅に留めた。

「外科の脇坂と申します。どこから聞きつけたのか、病院の玄関先に週刊誌の記者が集まっているのです。事件のことを知っているようで、誘拐された子供について話を聞きたいなどと言っておりまして」

「なに？」

さっと松本の頬が強張る。

昭和三十一年（一九五六）二月に、新潮社《しんちようしや》が『週刊新潮』を発行したのを皮切りに、週刊誌の創刊ラッシュが起きていた。社会の動きが速まり、月刊よりも週刊の読み物が求められるようになったからだろう。

皇室の話題を載せると売り上げが伸びることから、積極的に皇室ものが取りあげられた。不謹慎かもしれないが、誘拐事件とて読者を引きつけるは必至。新聞社への報道自粛要請は間に合ったが、週刊誌にまでは気がまわらなかったのかもしれない。

「くそっ、嗅《か》ぎつけられるとは思わなかったな。わたしが話をつけます。今、騒がれるのはまずい」

松本は言い、聖子とエレベーターに向かった。

やりとりが中にも聞こえたのか、

「なにかあったんですか」

時江が扉を開けて、顔を覗かせた。

「週刊誌の記者が玄関先に来ているとか。どこかから話が洩れたようです。あるいは」

と瑛一は言葉を切る。

「だれかが意図的に話を洩らしたか」

「そんな……職員たちには、絶対に話を洩らさないよう厳命しました。いったい、だれが熊谷先生の命令に背《そむ》いたのか」

時江の弱々しい声同様に、熊谷の権威も弱くなっているのを感じた。日頃の怒りや怨みが深ければ深いほど裏切り者が続出する。今日の午前中までは、王者のごとく病院と職員を支配していた熊谷が、いまや意気消沈して見る影もない。

「この分では、患者さんたちにも話が広まっているかもしれませんね。動揺しているかもしれません。熊谷先生の手術の予定はないんですか」

「緊急手術以外は、だいたい火曜日と木曜日に行われます。今日は月曜日ですのでありませんが、明日は脳腫瘍の患者さんを手術する予定です」

「急を要する状態でなければ、延期した方がいいかもしれません」

「そうですね。仰るとおりです。患者さんも動揺しているかもしれません。日延べできるかどうかわかりませんが、ご覧になってお分かりのように、熊谷はとうてい手術ができる状態ではありません。患者さんと相談してみます」

「記者たちについては、刑事さんが事の収拾をはかりに行きました。もう一度、病院の職員たちに、他言《たごん》しないよう話をした方がいいかもしれませんね」

「はい」

不安げな時江と一緒に、瑛一は執務室に戻る。そういえば、と、思い出していた。

(昨日、千春がうちに来たとき、松茸の件を調べるよう頼んだけど)

どうなっただろうか。

時々刻々と事態は変化していた。

5

夕方。

(瑛ちゃんに頼まれた松茸の件、調べたくても行く時間が取れないんだよね)

千春は、亀沢町四丁目の交番に戻って来たところだった。怪しい者がいないか、誘拐事件に手を貸している者がいないか、女児の身辺を中心に調べていた。相変わらず病院関係者の口は重く、これといった話は引き出せていなかった。

〝見事な松茸だったからな。このあたりの八百屋では取り扱っていないと思うんだ。日本橋や銀座の百貨店を、当たってみてくれないか〟

なぜ、松茸のことを調べるのか。よくわからなかったが、瑛一の頭にはなにか引っかかっているのではないだろうか。

(『もやもや』が始まっているんだろうな。瑛ちゃんのことだから、なにか関係があるのよね)

交番の脇に自転車を停める。

次の瞬間、

「中里!」

怒りに満ちた伊藤太郎《いとうたろう》巡査長の野太《のぶと》い声がひびいた。

「は、はい」

反射的に敬礼を返している。伊藤は万年巡査長として、亀沢町四丁目の交番に君臨《くんりん》していた。

「遅いではないか。いったい、どこまで見廻りに行って来たのやら。公園で昼寝でもしていたのではないだろうな」

五十なかばの巡査長は、背丈もあるが、体重もある。制服も特注でなければ、とうてい着られないという体型の持ち主だった。太りすぎて顔は饅頭《まんじゅう》のように膨《ふく》れあがり、目や鼻は饅頭の中に埋もれているよう。巡査長がひとりいるだけで交番は息苦しく感じられた。

「二歳ぐらいの女児を連れた男を、何人か見かけましたので、その都度、職務質問をいたしました。残念ながら被害者ではないと判断した次第です」

誘拐事件が発覚した時点で、被害者・熊谷美貴の写真が各交番にまわされていた。熊谷夫婦から渡された何枚かの写真を預かった本庁の刑事が、パトカーで各交番をまわり、巡査たちに記憶させるという方法を取っている。従って手元に写真があるわけではない。

千春は写真を見ながら拙《つたな》い絵を描き、被害者の顔を憶えたのである。

「なるほど」

伊藤は唇をゆがめた。他の巡査たちは女児や不審者を探しているのだろう。姿が見えなかった。自転車に乗るとタイヤがパンクしたり、自転車そのものを壊したりしてしまう巡査長は、自然と留守番が多くなる。

その結果、よけいに太るという悪循環が生まれていた。

「おまえは被害者の写真を絵にしていたな」

肉に埋もれた目に陰湿な光が宿る。退屈を持て余していたに違いない。いたぶる前兆《ぜんちょう》なのはわかっていたが、逆らうと厄介なので頷いた。

「はい」

「その絵を見せてみろ」

差し出されたクリームパンのような手に、鞄から出した手帳を広げて、載せる。巡査長は、とたんに「ぷっ」と噴き出した。

「なんじゃ、こりゃ。へのへのもへじにしか見えんぞ、中里。おまえは字も下手だが、絵も下手だなあ。こんな絵を見て、被害者を見つけられるのか」

「人の顔を憶えるのは自信があります」

きっぱり言い切った後、

「あ、いえ、たぶんわかると思います」

慌て気味に言い添えた。肉に埋もれた目が、きらりと光ったのを見たからだ。女が自信たっぷりに振る舞うのを、巡査長はなにより嫌っている。

「ふむ」

ぶちっと鼻毛を抜き、息を吹きかけて、飛ばした。飛ばした先にいるのは千春である。が、避《よ》けたが最後、いたぶりが長引くのは間違いない。交番に二人も詰めているのは無駄と思い、自転車のカゴにふたたび鞄を入れた。

「もう一度、見廻りに行きます」

「待て」

巡査長は呼び止める。

「かねてより気になっていたのだが、おまえは中里議員と同じ名字ではないか。まさかとは思うが、親戚ではあるまいな」

来たか、と千春は思った。

娘だと答えたら、おそらく百八十度、言動が変わるのではないだろうか。追従《ついしょう》やお世辞はうんざりなので頭を振る。

「たまたま同じ名字なだけです」

「しかし、おまえの現住所は、中里議員と同じじゃないか」

二度目の質問には、強い疑惑がこめられていた。おれをなめるんじゃないぞ、というような怒りも漂っている。情報通ならずとも住所を確かめるぐらいのことはするだろう。千春は仕方なく、瑛一に教えられていたとおりの偽りを口にした。

「遠い親戚らしいのですが、本当に淡い繋がりしかありません。父は中里先生の運転手に雇われているんです。それでお屋敷の一部にある小さな家を借りています」

「なるほど。運転手か。それで、中里議員と同じ住所……」

不意に電話が鳴る。すわ、女児が発見されたか、と千春は緊張したが、受け答えて、巡査長は受話器を置いた。

「竪川町の整備工場〈紺野モーターズ〉で騒ぎが起きているとか。ま、誘拐事件には関わりあるまいが」

「わかりました」

これ幸いと千春は自転車に跨る。父に鍛えられているせいか、巡査長のいたぶりは、さほど苦にならなかった。近くに渋沢家があるのも無関係ではないだろう。なにかあれば逃げこむ先がある。それが心強かった。

「パトカーや白バイだらけ。これじゃ、犯人に知らせているようなものだわ」

三つ目通りを南に進み、総武線の高架下を潜り抜けて、二つ目の角を右に曲がる。二年後のオリンピックをめざして、高架のそばでは首都高速の工事が始まっていた。道路もあちこちで舗装が始まり、トイレは水洗トイレに変わり始めている。

町工場のトラックだけではなく、さまざまな工事の車が忙しく走りまわっていた。

「身代金の受け渡し場所には、最適かもしれないわね」

工事の車にまぎれて犯人が近づき、まんまと一千万円の身代金を手にする。千春は土曜日の事件を考えずにいられない。

(熊谷先生の毒牙にかかったのは、北村瞳さんだけじゃない)

本所署から廻って来た熊谷に関する調書には、三件の訴訟騒動が載っていた。三件とも示談になったのは、金と権力の為《な》せる業《わざ》ではないだろうか。表沙汰になっていない事件は、他にも数多くあるように思えた。

「おそらく怨恨による犯行よね。では、犯人はだれなのか」

絞りこむのは至難の業だろう。あまりにも被害者が多すぎて、下町探偵の瑛一もお手上げ状態になるかもしれなかった。

「どこかしら」

自転車を漕ぎながら、紺野モーターズを探していたが、

「あ」

探すまでもなかった。工場の前に人だかりができている。背広やワイシャツ姿の男が、五、六人、集まっていた。千春は手前に自転車を停めて、工場まで走った。

「教えてくださいよ。その外車、東都大学病院の熊谷教授の車なんでしょう?」

「患者からの貢ぎ物だとか」

「いつ頃から乗っているんですか」

男たちが工場主らしき中年男を取り囲んでいた。

「警察です。これはなんの騒ぎですか」

千春が叫ぶと、いっせいにこちらを見た。

「へえ、女だよ」

「婦人警官か」

工場主から離れて、今度は千春が取り囲まれた。じろじろと無遠慮な眼差しを投げているが、もはや慣れっこになっている。堂々と胸を張った。

「通報を受けて参りました。仕事の邪魔をしているようですね。ここは整備工場です。お帰りください」

声を張りあげたが、従う気配はなかった。

「ちょうどいいや。我々は週刊誌の記者なんですよ。東都大学病院の熊谷教授の娘さんが、誘拐されたと聞きましてね。色々話を聞いてまわっているんです」

ひとりが代表するように言った。なぜ、誘拐事件のことを知っているのか。動揺しかけたが、平静を装っている。

「なんの話でしょうか」

「とぼけないでくださいよ。熊谷教授は強姦事件で、過去に何度か訴えられているそうですね。ところが、いつも示談でうやむやになる。今回の誘拐事件は、怨みを持つ者の犯行じゃないんですか」

「わかりかねます」

千春は曖昧な答えを返した。キツネのような顔つきをした記者は、顎で紺野モータースを指した。

「あの外車、熊谷教授の車らしいんですよ。ヤクザの親分さんの手術をした折、貢ぎ物として贈られたようでしてね。この整備工場で車検を行っているという密告《たれこみ》がありました。病院の方にも行ったんですが、なにを訊いても無言の行ですよ。それじゃ次はこっちと思い、確かめに来たわけです」

「密告者は、男ですか、女ですか」

思わず訊いていた。しまったと思ったが、もう遅い。記者たちの目が輝いた。

「やはり、誘拐されたのは事実なんですね。情報交換をしませんか。うちが知っていることを教える代わりに、そちらの話も教えていただく。いかがでしょうか」

またもや、キツネ男が代表するように話を持ちかけた。応と言えるわけもない。

「お帰りください。ここに集まられると、工場の方々は仕事になりません」

「お願いしますよ、教えてくださいよ。こっちも仕事なんでね。簡単には引きさがれないんです」

「迷惑になると言っているじゃありませんか」

言い返す言葉は、クラクションに遮られた。一台のパトカーが停まる。助手席から私服の刑事と思《おぼ》しき男が出て来た。

「病院から消えたと思ったら、場所を変えていたか。帰れ、帰れ、さっさと散れ。話すことなんかないからな」

犬でも追い散らすように「しっ、しっ」と手で追いやった。記者たちは口々に不満を訴えていたが、パトカーの登場となれば無視できなかったのだろう。忌々《いまいま》しげな一瞥《いちべつ》を残して、大通りの方に歩いて行った。

「本当にハイエナのようなやつらだな。鼻が利くのなんのって」

刑事と思しき男は言い、千春に視線を向ける。

「東都大学病院に詰めている警視庁の松本だ。曙信用金庫の渋沢君に、君のことを教えられてね。看護婦たちに事情を訊いているんだが、やはり、女性の方がいいだろうと思ったんだよ。来る途中で交番に立ち寄り、しばらく力を借りる旨、伝えて来た。手伝ってくれないか」

「もちろんです。わたしで役に立つのなら」

「それじゃ、パトカーに乗って」

と言いかけた松本の目が、少し離れた場所に向いた。

「自転車があるか」

「はい。わたしは自転車で東都大学病院に行きます。パトカーに付いて行きますので、先に行ってください」

「わかった」

松本が助手席に乗りこむと、すぐにパトカーは発進した。千春は自転車に乗って、追いかける。

大型トラックや乗用車が走る道路には、煙霧《スモッグ》の原因となる排気ガスが充満していた。

6

夜になっても犯人からの電話はなかった。

交代で食事を摂《と》ったりしながら、重い空気を共有している。食事から戻って来た瑛一と入れ替わりに、三浦が食事に出て行った。

長丁場《ながちょうば》になるかもしれない。今からこれでは保たないと思い、休むよう助言したのだが、熊谷夫婦はじっとソファに座り続けていた。

「なぜ、犯人はこの執務室を連絡場所として指定したんでしょうね」

瑛一は、大きな窓ガラスの前に立ち、先程発した問いかけを松本に投げた。千春を連れて来た刑事は、女医や看護婦、事務方の女性などへの聞き取りを彼女にまかせて、執務室に戻って来た。

「さあてな」

松本も隣に立ち、見るともなしに夜景を眺めている。下町でも有数の歓楽街に育ちつつある錦糸町のネオンが、眩《まばゆ》いほどに輝いていた。星明かりが淡く霞んでしまうほどに、繁華街には人工的な明かりが灯っていた。

「熊谷先生のご自宅にも、警察官は配備されているんですよね」

確認の問いかけを発した。よくわからないのだが、『もやもや』し始めていた。このもやもやが繋がって、閃きが訪れたりもする。いい兆しではあるのだが、曖昧模糊《あいまいもこ》として摑《つか》みにくかった。

「もちろんだよ。念のために家政婦と彼女の許嫁が、待機しているんだ。向こうにも連絡があるかもしれないからな。録音機も用意させたよ」

「家政婦さんは、許嫁と勤めているんですか」

「亭主になる男は運転手らしい。結納《ゆいのう》をかわしたばかりだと聞いた。若い家政婦だったんで少し吃驚したよ」

ほとんど聞き取れないほどに声をひそめた。顎でソファの熊谷を指した仕草に、もしや家政婦も初物喰いの被害者だったのではないかという、含みがこめられているように思えた。

(妻妾《さいしょう》同居だったのか?)

今更、驚いても始まらないが、熊谷の精力旺盛さに呆れるやら、戸惑うやらだった。家政婦が婚約するまでは、妻妾同居だった可能性もある。家政婦は耐えかねて婚約したのではないだろうか。

「北村瞳さんの方は、どうでしたか」

瑛一は囁き声で訊いた。ソファの熊谷夫婦を気遣《きづか》ってのことだが、どちらかといえば時江に対するものだった。怪物のような夫を健気《けなげ》に支える姿には、ただただ頭がさがる。

「中里巡査が訊いたんだが、まだなにも話してくれないようだ」

松本も小声で応える。

「北村さんのご家族は、ご存じなんですか」

「知らないだろう。我々にも話さないうえ、寮の自室に籠《こ》もりきりで、食事にも出て来ようとはしない。中里巡査が食べ物や水を運んでいるがね。それがなければ、なにも摂《と》らないかもしれないな」

夜景を見やりながら、ポケットから飴《あめ》を出して、口に放りこんだ。ベテラン刑事には、いささか不似合いなように思えた。瑛一はつい口もとをほころばせている。

その表情に気づいたのか、

「ん？」

松本が問いかけの眼差しを返した。

「いえ、飴よりも煙草の方がお似合いだと思ったもんですから」

「これか」

ポケットに入れてあった飴を袋ごと出した。

「先月の末に孫が生まれたんだよ。娘が里帰り出産をしていてね。女房からも娘からも、この機会に煙草をやめるように言われたんだ。渋々従ったというわけさ」

どうぞ、と差し出された飴の袋から、瑛一はひとつ取って、口に入れた。黒砂糖のような優しい甘みが口の中に広がる。

「煙草よりは、飴の方がいいですよ」

「少しいいかね」

不意に熊谷が割りこんで来た。相変わらずソファに座ったままで、トイレ以外は立とうとしない。毛深いたちなのか、早くも不精髭が目立ち出していた。

「どうぞ。なにか気づいたことがありましたか」

ソファに座った松本の隣に、瑛一も腰をおろした。

「娘の美貴だが、実は時江の子ではない。いや、生まれてすぐに時江の娘として、役所には届け出たんだが」

「若い愛人が産んだ娘なんですよ」

継いだ時江は、冷ややかに隣の夫を一瞥した。

「手切れ金を渡して別れさせました。産んだ愛人は、今はどこにいるのかわかりません。自分で育てるつもりはなかったようですから、怨んでいるとは思えませんが、いちおうお話ししておいた方がいいのではないかと思いまして」

「もっと早く話してほしかったですな」

松本は素早くメモを取り、元愛人の姓名や年齢を訊いた。瑛一も自分の手帳に記した。熊谷は相変わらず宙に目を泳がせている。見ているのは愛《いと》しい娘の顔だろうか。

訊かずにいられなかった。

「非礼を承知でお訊ねします。なぜ、熊谷先生は、何度も女性問題で騒ぎを起こすんですか？　一度や二度じゃないですよね」

踏みこみすぎているのは百も承知だ。が、どうしても理解できない。生まれつきの気質なのか、心の病気なのか。強姦事件がなければ、愛娘の誘拐事件など起きなかったのではないだろうか。

松本も先刻の会話から同じ疑問が湧いたのかもしれない。窘《たしな》めるようなことはしなかった。熊谷はじっと俯いている。

「病気だと思います」

代弁するように、時江が口を開いた。

「騒ぎになる度に話をするのですが、駄目なのです。まったく話を聞いてくれませんでした。ただ血の繋がりがないからと言って、わたしは美貴を邪険にしたことなどはありません。大切に育てています」

一度言葉を切り、深呼吸する。

「わたしは……熊谷と結婚した後、子宮癌《しきゅうがん》になりまして、子供を産めない身体になったものですから」

子宮癌になったのは、熊谷のせいだと言わんばかりだった。しかし、だからこそ、ではないのだろうか。産めない身体になったからこそ、引き取った娘が可愛いのではないか。

「とにかく、一分でも一秒でも早く美貴を取り戻してください」

時江は悲痛な表情で訴えた。

「わかっています。産みの親の方も調べてみましょう。他にも隠し事があるのなら今のうちに……」

不意に電話が鳴りひびいた。瑛一を含む全員が、どきりとして執務机を見る。戻って来た三浦が、静かに隣へ来た。

「熊谷さん。犯人だった場合は、打ち合わせどおりに頼みます。まだ逆探知はできませんが、できるだけ話を引き延ばしてください」

松本に言われて、熊谷は頷き、立ちあがった。時江は祈るように両手を合わせている。電話と録音機のそばに張りついていた二人の刑事が、ヘッドホンを耳に掛けた。

どうぞ、というように松本が合図する。

「もしもし」

熊谷が受話器を取った。

「熊谷先生ですか」

録音機から男の声が流れた。聞き憶えがないかどうか、瑛一は自問しながら耳に全神経を集めている。執務室の空気は、ぴんと張り詰めていた。

「そうだ」

応えた熊谷に、松本は質疑応答を書いた紙を見せた。事前に何度も打ち合わせをしている。それでいいというように松本は頷いていた。

「午前中、電話した者です。娘さんは元気ですよ。ご飯はよく食べるし、お風呂にも入れてあげました。今は眠っています」

声にまったく動揺は感じられない。落ち着きはらっているように思えた。場慣れしすぎているような気がしなくもないが、誘拐の常習犯はいないだろう。

(捕まらない自信があるのか?)

そんなことを思いつつ、いっそう集中する。

「身代金は用意した。受け渡しの日時と場所を教えてくれないか」

熊谷は、質疑応答の紙を見やりながら、硬い表情と声で告げた。

「その前に」

と犯人は言った。

「警察に知らせましたね？　町中にパトカーや白バイがあふれているじゃありませんか。言ったでしょう、警察には知らせるなと」

「知らせていない」

熊谷は慌て気味に継いだ。目は、松本が指した箇所に向いている。当然、予測される問いへの答えが記されていた。

「護送中の放火犯が、逃げたらしいんだ。まだ報道はされていないがね。混乱を避けるため、極秘裡《ごくひり》に探しているとか。それでパトカーや白バイ、警邏《けいら》係が総出になっていると聞いた」

瑛一の助言に従った答えだが、

「………」

真偽を探るかのように、一瞬、微妙な間が空いた。

「もしもし?」

熊谷が不安げに呼びかける。

「いつなんだ、いつ、美貴を返してくれるんだ。頼む、傷つけないでくれ。なにもしないでくれ。やっと授かった娘なんだ」

必死に声を抑えていたが、祈りにも似た気持ちが迸《ほとばし》っていた。同じことを熊谷が乱暴した娘の親たちも、思ったのではないだろうか。

傷つけないでくれ、なにもしないでくれ。やっと授かった娘なんだ。

そう思ったのでは……ともすれば湧きあがりかける冷ややかな気持ちを、瑛一もまた懸命に抑えこんでいた。

「金は用意してある。足りなければ、もっと出してもいい。君が望む金額を用意するよ。だから……」

「日にちは、九月十五日です」

犯人が答えた。

「…………」

瑛一は、思わず隣席の三浦と顔を見合わせている。九月十五日は、牛嶋神社大祭の日。前日の十四日から、各町会の神輿《みこし》や山車《だし》が、牛嶋神社に向かって繰り出すのが恒例《こうれい》だ。おそらく犯人はその混雑にまぎれて、身代金を手に入れるつもりなのではないか。

（予想どおりの展開か）

息を詰めて見守っている。

松本は質問の箇所を手で指した。

「場所は？」

読み取って、熊谷が訊いた。

「それは追って知らせます」

切る気配を感じたのだろう、

「待て！」

熊谷が叫ぶように言った。

「娘の声を聞かせてくれ。美貴は本当に無事なんだろうな。アイスクリームやプリンが大好きなんだ。果物もよく食べる。ぐずったら、昆虫図鑑を見せてやってはくれないか。泣きやむんだよ」

受話器を握りしめた横顔は、恐いほど真剣だった。瑛一はふたたび複雑な気持ちをいだいている。何人もの女性を毒牙にかけた男。自分の娘が同じ目に遭《あ》ったら、どうするだろう。どんな気持ちになるだろう。

今、熊谷は、涙を呑んで沈黙した親たちと、同じ苦しみを味わっている。親たちがいだいたであろう同じ憤《いきどお》りを味わわされている。

最高の復讐だった。

(なんだろう？)

瑛一は会話の後ろにひびく音に気づいた。いや、なにかの鳴き声だろうか。会話を引き延ばす熊谷の声を意識の外に追いやったとき、

「あっ」

と同時に、熊谷が振り返る。

閃いた。

「切れた」

会話が終わっていた。

「日にちだけか」

舌打ちまじりに、松本が立ちあがる。呼吸するのも憚《はばか》られるような緊張感がゆるむ中、瑛一は録音機に駆け寄った。

「再生してもらえますか」

刑事のひとりが、テープを巻き戻して、再生ボタンを押した。落ち着いた犯人の声、応じる熊谷の声は硬い。そして、やりとりの合間にひびく儚《はかな》げな鳴き声は……。

「鈴虫だ」

やはり、間違いなかった。リー、リリリリという鳴き声が、かすかに聞こえている。緊迫した状況には、およそ不似合いな鈴虫の鳴き声。

助けて!!

瑛一には、そう叫んでいるように聞こえた。

第七章　虫の知らせ

1

鈴虫の鳴き声らしきものは確かに聞こえたが……犯人に繋がる手がかりにはならなかった。連絡がないまま数日が過ぎた。

九月十四日の夜。

中里千春は、川崎の工業地帯にいた。江東区に住んでいた守谷洋子の家族は、この地に引っ越していたのである。千春が乗ったパトカーは、町工場が密集する一角に停められていた。後部座席に座して、守谷家の見張り役の刑事が呼びに来るのを待っていた。

（守谷さんの家族は、父親と母親、兄がひとりいる。父親は町工場の工員をしており、兄の守谷勇馬《ゆうま》は二十七歳。この兄も父親と同じ工場で工員として働いているが、引っ越すと同時に親子は、住む場所だけでなく、勤め先も川崎に変えた）

千春は、記憶の箱から守谷家の家族構成を引き出した。四月に洋子が自殺した折、母親には会って話を聞いていたが、寝込んでしまった父親と、勤めに行っていた兄には会っていない。

この守谷勇馬が誘拐犯ではないのかと、警視庁の捜査本部は考えているようだった。しかし、熊谷に電話があった時間帯、勇馬はまだ工場で働いていた。揺るぎないアリバイがある。

(共犯者がいるのではないか)

次に浮かんだのは、瑛一の推理だった。守谷洋子に恋人がいたという話は出ていないが、交際相手がいたのではないか。勇馬はその男に頼み、脅迫電話をかけさせた。当然、捜査本部も同じことを考えている。今は懸命に守谷家の身辺を調べているところだった。

(瑛ちゃんは、鈴虫のことをやけに気にしていたっけ)

手帳を出して、その頁を開いた。パトカーは道の端に停められている。街灯のかすかな明かりが、我ながら汚いと思う字を浮かびあがらせた。

〝娘さんは、虫籠と一緒に連れ去られたのですか〟

脅迫電話があった後、瑛一は時江に訊いたらしい。忙しかったがその合間を縫って、千春は瑛一に逢っている。手帳を写し合っていた。

〝いいえ。渋沢さんにいただいた鈴虫は、虫籠ごと家にあります。確かに鈴虫の鳴き声らしきものが聞こえますが、そのことになにか意味があるのでしょうか〟

〝いえ、ちょっと気になったものですから〟

なにが気になっているのかはわからない。が、話を聞いた千春も、なんとなく引っかかって書き写していた。

〝なんだか『もやもや』するんだよ〟

二人きりになったとき、瑛一は言った。

〝脇坂先生の様子も引っかかっているんだ。前は熊谷先生に会う度、緊張して白衣の右ポケットに入れた鋏を握りしめていただろ。ところが、誘拐事件以後は、鋏を握りしめないんだ〟

これも気になって、千春は脇坂聖子の様子にそれとなく目を向けた。瑛一の言うとおり、右手を白衣から出していた姿を何度も確かめている。さらに……作戦支部のような熊谷の執務室に入って来たときも、聖子は右ポケットの鋏を握りしめていなかった。

(前は、おどおどしているようにさえ見えたのに)

自分の母に似た空気を感じたため、よく憶えていた。ここ数日の聖子は、やけに堂々としているように思えた。瑛一の推理どおり、聖子も初物喰いの忌《い》まわしい洗礼を受けていたのだとすれば、意気消沈した熊谷の姿を見るのはいい気分なのではないだろうか。

(でも、瑛ちゃんはなにか、そう、もっと別のことで、脇坂先生を気にかけているように思

えたわ)

はっきり口にはしないが、瑛一の『もやもや』は伝わって来た。それが鈴虫を気にかけていることに関係あるのかどうか。千春には知る術《すべ》がない。

「少し肩の力を抜きなさい」

隣の松本治が言った。

「一昨日、昨日と、守谷勇馬は任意同行に応じたが、誘拐事件については、いっさい関係ないと言い切った」

ここに来る間に知らされた事柄を、ふたたび口にした。

「繰り返しになるが、捜査本部は共犯者がいるのではないかと考えている。とにかく娘さんを無事に取り戻すのが最優先事項だ。なんとかして、守谷勇馬の硬い殻《から》を破れないかと思ってね」

ちらりと千春に目を向ける。

「君に来てもらったというわけさ」

穏やかな笑みを浮かべていた。年は四十六、他の刑事の話では東大出ということだった。

瑛一は高卒の叩きあげだとばかり思っていたらしく、話したときにかなり驚いていたのを思い出していた。

瑛一の顔が浮かんだとたん、笑みがこぼれた。

「お、なにか楽しい話でも思い出したかい」

すかさず松本が告げる。努めて明るく振る舞っているようだった。千春の緊張を解こうと、心をくだいているのがわかる。

「瑛ちゃんが、あ、いえ、渋沢さんが驚いていました」

言い直した部分で、松本は片手を挙げた。

「いつもどおりに瑛ちゃんで、どうぞ」

「すみません。松本刑事は東大出だとわたしが教えてあげたら、瑛ちゃんは『ええっ』と目を丸くしていました」

「わたしはたまたま東大に入れて、たまたま卒業できたが、運を使い果たしたらしくてね。そこからは努力だけが武器だよ」

自嘲気味に「ふん」と鼻を鳴らした。皮肉めいた事柄を口にするときの癖なのかもしれない。時々鼻を鳴らすことがあった。

「でも、東大でしょう。そこを卒業して、わたしたちと同じような交番勤務を終えた後、警視庁勤務になったのは、すごいことだと思います」

「いやいや、凡人だよ。しかし、渋沢君は天才肌だ」

ポケットから飴の袋を出して口に放りこむ。差し出された袋に、千春は頭を振った。

「ちょっと調べさせてもらったんだが、信金マンとしては実に優秀なようだな。窮地《きゅうち》に陥った顧客を、奇抜なアイデアで救うとか。そうそう、先月は二億のノルマを達成したとも聞いた。もちろん上司と同僚の力もあるだろうが、凄腕《すごうで》の信金マンだね」

そうだろう？

というように、千春を見やった。

「そうですね。ちょっと他の人とは違うところがあると思います。面白い見方をするんですよ。でも、彼自身はそう思っていないのではないかと」

「自覚したら鼻につく。そして、非凡だと思っていた人間は、凡人であることを思い知らされるのさ」

と松本は肩をすくめた。もしかしたら、自分自身の話なのかもしれない。苦笑いを浮かべていた。

「今のままで行きなさい」

小声で言われた。

「はい」

「守谷勇馬が今回の事件に関わっているのは、おそらく間違いないだろう。先程も言ったように、人質を取り戻すことが最優先事項だ。守谷が犯人なのか、熊谷美貴ちゃんはどこにいるのか、といった事柄は、この際、無視してかまわないよ」

大胆な提案をした。

「とにかく美貴ちゃんが無事に戻って来てくれれば、それでいい。本部は違う意見かもしらんが、犯人逮捕は二の次だ。守谷が亡くなった妹さんの敵討《かたきう》ちを実行しないよう、君に押し留《とど》めてほしいんだよ」

「…………」

千春は無言で頷き返した。最初にこの話を告げられたとき、そんな大役は務まらないと、涙ながらに訴えた。そのとき同席していた瑛一が、こう言った。

〝おまえならできる、いや、おまえじゃなければできない役目だ。警察官としてだけではなく、被害者と同じ女性として、今ほど求められているときはないぞ。美貴ちゃんを助けたくないのか〟

もちろん助けたい。

だから、今、千春はここにいる。

「あ」

少し開けていたパトカーの窓から鈴虫の音《ね》が聞こえた。脅迫電話の後ろにも、かすかに聞こえていた虫の音。パトカーを停めているのは道端だが、草ぼうぼうの空き地の脇であるため、かなりの数の虫がいるのだろう。

「瑛ちゃんは、録音されていた鈴虫の鳴き声を、かなり気にかけていました」

千春の言葉を、松本は受けた。

「ああ、わたしにも言っていたよ。公衆電話から掛けて来たんだろうというのが、本部の意見だがね。腑《ふ》に落ちないような顔をしていたな。確かに公衆電話にしては、雑音が少ないかもしらんが」

「瑛ちゃんは熊谷先生に、鈴虫を差し上げたんです。自宅で飼っていた鈴虫なんですが、増えすぎて扱いに困っていました。小学校のときの連絡網を使い、虫籠を集めたんですよ。お祭りの屋台で鈴虫を売るんです」

思いつくまま口にした。関係ないだろうが、どんな些細《ささい》な事柄でもいい。女児を取り戻す手がかりになればと思っている。

「ほう、熊谷先生に鈴虫を、ね」

意味ありげな松本の呟きが耳に残った。

「なにか気になることでも？」

「いや、熊谷時江が昨日だったかな。一昨日だったかもしらんが、虫籠は家になかったと訂正したのを思い出してね。わたしもちょっと引っかかっていたんだ」

「あ、それ、瑛ちゃんも言っていました。その後は考えこんでしまって、話が続きませんでしたが」

いやというほど、千春も録音した脅迫電話を聞いていた。まずは被害者の女児の顔を憶え、犯人の声を憶える。犯人逮捕の必須条件だと思うのだが、電話の声は穏やかと言えるほどに落ち着いており、訛《なま》りなどはいっさいなかった。

〝捕まらない自信が、あるように感じたよ〟

瑛一の言葉が甦っていた。

〝あの自信は、いったい、どこからくるのか？〟

自問のような呟きが、これまた耳に残っていた。

「犯人は綺麗な標準語でしたね」

千春は瑛一の閃きを導きたいと思っている。それこそが、人質を取り返すことに繋がると信じていた。少しでも閃きに繋がる手がかりを得られないか。

「そう、綺麗な東京弁だった。しかし、意識すれば、田舎《いなか》出の者でも標準語を話せるだろう。訛りについては今回の場合は、あまり問題にしなくてもいいかもしらん」

不意に鈴虫の音がやんだ。守谷家の見張り役の刑事が、そろそろと近づいて来るのが見えた。松本がパトカーの窓をさげる。

「守谷が帰って来ました」

見張り役の知らせを受け、「よし」と松本が言った。

「行こうか、中里巡査」

「はい」

激しく脈打ち出した心臓を、制服の上から手で押さえた。用意して来た花束と菓子折を持ち、千春は自分でパトカーの扉を開けて外へ出る。

2

いったんやんだ鈴虫の音が、また聞こえ出した。少し行くと道の左右に町工場が連なっているのだが、パトカーは工場と住宅街の狭間《はざま》のような場所に停車している。頬を撫でる風に、千春は心安らぐものをとらえた。

(瑛ちゃんの家の匂いだ)

町工場の方から、機械油と男たちの汗まじりの匂いが流れて来た。普通の人は気づかない程度の匂いかもしれない。が、いつも渋沢家で感じる空気が、千春の背中を後押ししてくれた。

〝いつものようにすればいい。人間として真心で接するんだ。おれはそうやっている。自然と相手に伝わるんだよ〟

心にひびいた瑛一の声に頷き返している。

(行くね)

細い路地をゆっくり歩いて行った。半歩遅れて、松本が付いている。角を曲がった路地の行き止まりに建っているのが、守谷家の引っ越し先の小さな借家だった。

「わたしはここにいる」

松本が小声で告げた。そう、ここから先は千春ひとりの勝負だ。犯人かもしれない男と、たったひとりで対峙しなければならない。周囲には似たような家が立ち並んでいる。時間は九時頃ではないだろうか。明かりが点いている家もあれば、消えている家もあった。

守谷家は一階に明かりが点いていた。

千春は深呼吸してから、思いきって呼び鈴を押した。夜遅いことに不審をいだいたのか、躊躇《ためら》うような間が空いた後、

「はい?」

薄い扉の向こうで男の声がひびいた。若いことから、勇馬ではないかと思った。

「夜分遅くにおそれいります。墨田区の亀沢町で交番勤務に就いている中里と申します」

千春は臍《へそ》の下あたり、丹田《たんでん》にぐっと力をこめている。小さい頃から習っている空手が役に立っていた。丹田に気を集めただけで身体の震えが止まる。

「中里さん?」

軋《きし》むような音をたてて扉が開いた。男が顔を覗かせたが、背後に台所の明かりがあるため、表情が暗く翳《かげ》ってしまい、よくわからない。しかし、若い男は勇馬しかいないはずだった。

「夜分に申し訳ありません」

千春はもう一度詫びて、頭をさげた。

「実は、妹さんの事件について、再調査をしております。わたしが担当しております。失礼だとは思ったのですが、ご焼香《しょうこう》させていただけないかと思い、参りました」

深々と辞儀をする。帰れと怒鳴られるのではないか、今更なにを調べるんだと叱責されるのではないか。恐くてなかなか顔をあげられない。頭をさげたままだった。

「そうですか。どうぞ」

勇馬と思《おぼ》しき男は、中に入るよう身体をずらした。千春は頭をさげたまま、玄関先の土間に映る影を見て、動きを読んだ。

「失礼します」

玄関先で靴を脱ぎ、それを揃えて、また会釈する。台所の奥にあるのが茶の間、二階に二部屋の造りだろう。父親はもう寝ているのか、茶の間にいたのは母親だけだった。卓袱台《ちゃぶだい》に質素な夕飯の支度が整えられていた。

「お食事時にすみません」

茶の間に入る手前で、千春は傍らに花束と菓子折を置き、正座して一礼する。顔をあげたとき、

「あ」

母親が小さな声をあげた。

「あのときのお巡りさん」

四月に話を聞いたのが、千春だったのを思い出したに違いない。数か月の間に母親は面《おも》やつれしていた。裸電球の下だから、よけい顔色が悪く見えるのだろうか。痛々しさを覚えつつ、あらためて挨拶する。

「中里千春と申します。あのとき、もっと強く調べるように言うべきでした。申し訳ないと思っています」

千春は、小さな仏壇を見あげた。古い位牌《いはい》は祖父母のものだろうか。それに挟まれるようにして、真新しい位牌が置かれていた。仏壇の傍らには祭壇のような場所が設けられている。飾られた若々しい成人式の写真や好物の品を見て、いっそう胸が詰まった。

花束と菓子折を差し出して、申し出る。

「ご焼香させていただきたいのですが、宜しいでしょうか」

「いいですよ」

母親が立ちあがって、蠟燭《ろうそく》に火を点けた。四月に会っていたのが奏功していた。やはり婦人警官は記憶に残るのだろう。数少ないプラス面かもしれない。千春は線香をあげて、少しの間、黙禱《もくとう》を捧げた。

正座したまま向きを変える。

「昨日、北村瞳さんという東都大学病院の看護婦さんが、弁護士をたてて東都大学病院の教授、熊谷恭司を訴えました」

千春は顔をあげて、勇馬と母親を交互に見た。数日かけて説得した成果を、遅ればせながら報告した。瞳はようやく自分の身に起きた悲惨な出来事を、公の場で話す決断をしたのである。

まだまだ道のりは長いが、救えなかった洋子の代わりに、千春は瞳を支えていこうと思っていた。

「またやったんですか、あの男は」

母親は怒りをあらわにする。

「週刊誌の記者が来て、鬼のような医者の悪行を話してくれましたよ。あいつは新人の看護婦ばかりを狙って特別講義をしたってね。洋子は……その直後に死んだんですよ、屋上から飛び降りて」

声を荒《あら》らげて言った。己を抑えきれないのだろう。熊谷に対する激しい怒りが、千春に向いていた。

「おふくろ」

勇馬が静かに制した。陽に焼けた肌を持つ若者からは、瑛一と同じ日向《ひなた》の匂いがする。むろん千春が感じる匂いだが、誠実そうな目で真っ直ぐに見つめ返した。

「熊谷の娘さんが、誘拐されたそうですね。知ってのとおり、おれが犯人じゃないかと疑われています。昨日、一昨日《おととい》と、取り調べを受けました。犯人が電話した時間帯は、まだ工場で仕事をしていたにもかかわらず、ですよ」

「警察はあたしらを馬鹿にしてるんだ」

母親はいっそう語気を強めた。

「勇馬にはアリバイがあるじゃないですか。共犯者がどうのこうのと言っていたようだけど、あたしらは犯人に御礼が言いたいぐらいですよ。よくぞやってくれましたってね。心の中で喝采《かっさい》しています。それが罪になるってんなら、いいですとも。どうぞ、捕まえてくださいな」

着物姿だったら袖をまくっていたかもしれない。向こうっ気の強い下町気質をのぞかせていた。

「それで」

と勇馬がふたたび口を開いた。

「熊谷は、その看護婦さんの強姦事件を認めたんですか」

淡々としているだけに迫るものがあった。地獄を垣間見た者の諦念《ていねん》とでも言えばいいだろうか。

あいつだけは許せない。

声なき声が聴こえたように感じた。

「いえ、まだそれは」

反論の気配をとらえて、千春は素早く継いだ。

「ですが、必ず立証できると思います。当夜、わたしは北村瞳さんに屋上で会いました。白衣のボタンは引きちぎられたように取れており、ナースキャップもなくて、髪が乱れていました。強姦されたのだと直感的に悟《さと》りました」

一語一語区切るように、はっきりと告げた。

「わたしは、被害者側の証人として、証言台に立つつもりです」

「え」

勇馬が目をあげる。彼が犯人なのか、共犯者がいるのか。なにもわからない。千春の願いはただひとつ、熊谷美貴を取り戻すことだ。

「北村瞳さんは、わたしに話してくれました。特別講義の内容が、どんなものであったのかを」

土曜日の夜、瞳は最上階の通称、天上界の執務室に呼ばれた。他の看護婦もいると思ったのに、訪れたのは瞳だけ。熊谷はいきなり襲いかかって来た。必死に抵抗したが、しょせんは男と女。力の差がある。

ソファに押し倒されて、犯された。

「同じ女性として許せません」

千春は続けた。

「だから北村さんを助けようと思いました。警察官としてはもちろんですが、同じ女性として、人間として、精一杯頑張ろうと思っています。せめてもの罪滅ぼしです。それが……洋子さんのご供養にもなるのではないかと」

ありったけの想いをこめた。本当に申し訳ない。見廻りの途中で気づけなかっただろうか。もっと早く熊谷の悪行を暴《あば》けていたら……あとからあとから、後悔ばかりが湧いてくる。自分にできることを示したうえで、勇馬がどう出るか。

息を止めるようにして答えを待っていた。

永遠にも思える沈黙の後、

「洋子には」

勇馬はようやく口を開いた。

「恋人がいたようです。でも、どこの、だれなのかはわかりません。逢わせたい人がいると言っていた矢先に、事件が起きてしまったので」

「…………」

千春は返す言葉を失っていた。おそらく洋子は処女だったのではないだろうか。結婚するまではと守って来た操《みさお》を、ケダモノのような男に奪われてしまった。結婚を誓い合っていた男性に合わせる顔がない。もうこうなったら、と、屋上から身を投げた。

「守谷さん」

呼びかけたが、片手で遮《さえぎ》られた。

「お帰りください。わざわざお越しいただきまして、ありがとうございました。中里さんが、人間としてここに来てくださったことに感謝します」

有無を言わさぬ語調だった。それ以上、なにも言えなかった。

「そう、ですか」

座ったまま頭をさげ、千春は玄関で靴を履いた。これで熊谷美貴は帰って来るだろうか。犯人に真心は伝わっただろうか。

自信がない。

とぼとぼと歩き出した。

「ご苦労さん」

路地の途中で待っていた松本が軽く肩を叩いた。どっと疲れが出る。座りこみそうになったが、どうにかパトカーまで歩いた。

「警部。たった今、無線連絡が入りました」

パトカーの助手席から松本の部下が出て来た。

「犯人から連絡が来たようです」

「なに？」

にわかに緊張が走る。

鈴虫の鳴き声が、大きくなっていた。

3

——身代金は、二百五十万ずつに分けろ。それを指定した四か所に置け。四か所の場所を記した紙は、病院の寮の郵便受け、北村瞳の郵便受けに入れておいた。

たったそれだけの短い電話だった。急ぎ整えられた逆探知の準備は、すべて空振りに終わった。

翌九月十五日の早朝。

「おまえは人間として守谷さんに接したじゃないか。よくやったよ。たぶん犯人に気持ちは伝わったと思うな」

瑛一は家の自室で千春と話していた。二人とも出勤前の慌ただしい一時《いっとき》を縫って、情報交換の場を持っていた。

「そうであればいいけど」

答えながら千春は、部屋の隅に積みあげられた玩具に目を留める。〈早見スプリング〉に作ってもらったロングタイプのバネの先端に蝶々《ちょうちょう》や蜻蛉《とんぼ》を取りつけていた。段ボールを蝶々や蜻蛉の型に刳《く》り抜《ぬ》き、プラモデル用の青い塗料で色を塗った後、マジックで絵を描いている。

「瑛ちゃんは、本当に器用だねえ。まるで玩具屋さんで売っている玩具みたい。絵も綺麗に描けてるわ。これも屋台で売るの？」

ひとつを取りあげて、ゆらゆらと揺らした。持ち手も段ボールで作り、バネの先が手に刺さらないようにしてある。瑛一の手は、プラモデル用の塗料が落ちなくて、青く染まったままだった。

「うん。ロングタイプのバネを、玩具にも使えないかと思ってさ。試作品を作ってみたんだ。毎日、徹夜だよ。眠くてたまらないや」

作戦支部と化した東都大学病院の執務室には、三浦と交代で詰めていた。しかし、昨夜、犯人からの電話があったため、解放されている。少しずつ作りためておいた玩具を、寝ずに仕上げていた。

「あたしは病院の寮に、北村さんの様子を見に行くから、と、そういえば、おじさんは？下にいなかったけど亀四《かめよん》会館に行ったの？」

「ああ。病院の騒ぎを理由にして、まだ抜糸には行っていないんだよ。縫ったままの方が傷が開きにくくていい、なんて言ってたっけ」

「通り道だから会館を覗いてみるわ」

千春は玩具を置いて、部屋を出て行きかけた。

「おい、松茸の件はどうなった？」

呼び止めると足を止めた。昨夜、千春は守谷勇馬のもとを訪ねている。忙しくて調べられなかったのではないだろうか。

期待していなかったが、

「そうだったね。忘れてたわ」

千春は鞄を開けて、手帳を出した。

「調べてくれたのか」

「あたりまえでしょ。今日が犯人の指定した日じゃない。昨日行かなきゃ間に合わないと思って、必死に時間を作ったの。昨日の昼間、巡査長の隙《すき》を見て、日本橋《にほんばし》に行ったのよ」

ぱらぱらと頁を繰り、その場所を開いて、瑛一に見せる。

「領収書の控えに残っていたのは、この名字だったわ。いい松茸は高いでしょう。売り場の人もよく憶えていてね。念のために買い求めた人の特徴を確かめたけど、間違いなかったわ」

「そうか、やっぱりな」

瑛一は控えの名字を見て、ひとりごちた。ついにやにやしていた。

「なに、その笑いは」

千春が睨みつける。

「いや、大丈夫だよ。熊谷美貴は無事に帰って来る。犯人たちは最初から殺すつもりなんかないんだ」

「犯人たち？」

一部分を繰り返した。

「たちってことは、やっぱり共犯者がいるってことね。もう犯人がわかってるんでしょ。教えてよ」

「それはあとにしよう。まだやらなきゃならないことがある。おれは曙の催《うち》し物の会場、わかりやすく言えば駐車場だが、そこにいるからな。なにかあったら連絡してくれ」

「わかった」

階段を降りて行く千春を見送って、玩具を大きめの紙袋に入れた。左手に紙袋、右手に上着と鞄を持ったとき、

「瑛一。課長さんが見えたわよ」

芙美が大声で叫んだ。

「あたしは、お父さんが心配だから、亀四会館に行きますからね。鍵を閉めて行きなさいよ」

「わかったよ」

答えている間に、三浦が姿を見せた。事件の経緯や犯人の推理などを、瑛一は上司に事細

かく話していた。が、千春のあらたな話はまだ伝えていない。それが聞きたくて来たのではないだろうか。千春の都合がつけば、毎朝、情報交換する旨、告げてある。

「美貴ちゃんは帰って来ます、大丈夫です」

瑛一は請け合った。書き記したばかりの手帳を開いている。松茸を買い求めた者の名字を見て、三浦は微笑《びしょう》を浮かべた。

「君の読みどおりですか。それで」

と問いかけの眼差しを投げる。

「どうするつもりなのですか」

「子供が戻されれば、なにも言いません。証拠を提示するのは至難の業だと思いますから。万が一、これはありえないと思いますが、最悪の結果になったときには警察に話します」

「そう、今、警察に話せば、逆に最悪の結果を招いてしまうかもしれませんからね。様子を見た方がいいかもしれませんが」

が、の部分に逡巡が読み取れた。瑛一とて同じ不安がある。返してくれると信じているが、犯人たちの中には熊谷への怒りと憎悪を抑えきれない者もいるのではないだろうか。千春に言ったとおり、瑛一は複数犯による犯行と考えていた。

「犯人たちが人間として行動してくれるのを、祈るしかありません」

「そうそう、犯人たちが身代金の受け渡し場所として知らせたのは、曙信金の通用口に設けられた目安箱を含むこの四か所です」

三浦も手帳を出して、あらたな話を伝えてくれた。曙信金については、昨夜、連絡を受けていたが、それ以外の三か所がどこなのかまでは知らされていなかった。

「竪川町の〈紺野モーターズ〉、太平町の杉浦《すぎうら》家、深川扇町《ふかがわおうぎちょう》の吉川《よしかわ》家」

瑛一は自分の手帳に書き写しながら呟いた。

「千春から聞いた話では、紺野モーターズは、熊谷がヤクザから贈られた外車の整備をさせていた工場です。そして、曙は身代金の用意をした信金。指定された四か所は、熊谷に関わりのある場所だろうと思ったんですが……残りの二軒は個人の家ですか」

少し違和感を覚えていた。

「君の推測どおりですよ」

三浦が苦笑を滲ませる。

「太平町の杉浦家と、深川扇町の吉川家は、熊谷が愛人を囲っている借家であるとか。松本刑事もそれを聞いた瞬間、開いた口が塞《ふさ》がらないという様子でした」

「え」

瑛一もまたぽかんと口を開けた。時江が言っていたように、もはや精力絶倫を通り越して、病気と言うしかない。二人の愛人がいてなお新人看護婦を毒牙にかけるとは……。

「つまり、身代金の受け渡し場所は、熊谷の悪行を世に知らしめるための場所でもあるわけですね」

「まあ、曙《うち》も犯罪者のために身代金を用立てたわけですから、悪行のひとつに入るかもしれませんが」

窘めるような口調を感じて、瑛一は遅ればせながら気づいた。

「すみません。曙は悪行に力を貸したわけではありませんね。貸さざるをえない立場になっただけのことです。ただ」

「わかっています。いずれにしても、熊谷に関わりのある四か所ですよ。この四か所を記した紙が入れられていたのは、北村瞳さんの郵便受け。これまた重要人物です。週刊誌の記者は大喜びでしょう」

「流石に誘拐事件の報道に関しては、出版社も警察の自粛要請を受けましたが、カリスマ教授の醜聞は止められていません。派手に紙面を賑わせていますね」

継いだ言葉に、事務所の扉が開く音が重なる。

「瑛一君。まだいる？」

呼びかけた声は、〈中村研磨工業〉の跡取り娘、麻美だった。とたんに瑛一はある胸騒ぎを覚えた。

「なにかあったのかもしれないな」

鞄と上着を持ち、大きな紙袋も持って、階段を駆けおりる。三浦も後ろに続いた。事務所の入り口にいた麻美が、不安げな目を向けた。

「よかった。まだいたんだ」

「ちょうど出かけるところだよ」

瑛一が事務所で靴を履くと、「来て」と麻美が自分の家の方に向かった。瑛一は紙袋や鞄を置いて、三浦と一緒に追いかける。町工場は牛嶋大祭とあって、みな事務所の戸とシャッターを閉めていた。しかし、中村家だけは工場のシャッターが半分ほど開いている。

「どうしたんですか、中村さん。この間までは、あんなに乗り気だったじゃないですか。〈Z連合会〉の融資を受けると仰っていたじゃないですか」

オールバックの男が腰を屈めるようにして、シャッターを覗きこんでいた。自己紹介し合ったことはないが、おそらくZ連合会の黒木雄作ではないだろうか。黒木の後ろには〈明和商会〉の三下、木下三郎が張りついている。

「いや、だから、その」

中村はもごもご言うばかりで話にならない。強い者には弱く、弱い者には強くの典型的なタイプかもしれなかった。麻美が助けを求めるように瑛一を振り返る。

「木下。きさま、性懲《しょうこ》りもなく、また現れたか」

殴りかかろうとしたが、三浦に腕を摑まれた。

「ここはわたしが」

静かではあるものの、断固とした口調だった。

「わかりました」

麻美の手を引き、少しさがる。黒木と思しき男はにやりと笑い、木下は面倒なやつが来たとでもいうように唇をゆがめていた。

「ひさしぶりですね、黒木さん」

三浦が言うと、黒木は頷き返した。

「ええ。まさか三浦さんが、曙信金に勤めるとは思いませんでしたよ。我々の誘いを蹴って、下町の小さな信用金庫に行くとはね。やはり、あれですか。東京大空襲の折に失った婚約者への想いが……」

「やめてくれませんか」

鋭く遮った。

「君の口から、彼女の話を聞きたくありません。仕事の話をしましょう。明和商会の後ろにはZ連合会、さらにZ連合会の後ろには、住田《すみだ》重工。住田重工は通産省に働きかけて、中小企業を傘下に組み入れることを承知させたとか」

「人聞きの悪いことを言わないでください。資金繰りが厳しい中小企業を、助けようとしているだけですよ」

黒木は、木下に消えろと手で示していた。そろそろと木下が離れ始める。瑛一は追いかけたかったが、睨みつけるに留めた。

「助けるのに、なぜ、ヤクザが営む明和商会が必要なんですか」

三浦は冷静に問いかける。

「法外な利息を取って追い詰め、工場や会社ごと手に入れているじゃありませんか。すでに大田区では、多くの町工場が廃業に追いこまれました。助けているのではなくて、潰しているようにしか見えません」

「信用金庫や信用組合では足りないところを補うのが、Z連合会の役目と心得ています。志《こころざし》は同じですよ。我々は中小企業を助けるために……」

「中小企業をなめるな！」

瑛一は思わず大声をあげていた。

「日本はアメリカに、戦争では敗けたかもしれないが、技では負けない。中小企業には、大企業の手助けなんか必要ないんだよ。信金や信用組合が支えれば、立派に自分の足で立てる。大きなお世話なんだ」

「わたしも同じ考えです」

上司が穏やかに継いだ。

「中小企業を潰すためではなく、支えるためにお力添えする。それが信用金庫の考え方です。ああ、そうそう。ある病院の教授に、外車を贈ったのは明和商会だと聞きました。組長、あ、失礼。社長が胃癌の手術をしたときの執刀医だそうですね」

初めて聞く話だった。ある病院の教授が、熊谷恭司であるのは間違いない。誘拐事件については、まだ公にはされていないが、黒木は当然知っているはずだ。

「…………」

反論できずに口をつぐむ。明和商会に警察の調べが入るのを、懸念しているのではないだろうか。警察は常にヤクザの事務所に踏みこむ口実を探している。ガサ入れと称されるそれが行われれば、他の悪行も暴かれるのは必至。

黒木にとっては、あまり喜ばしくない流れだったのだろう、

「今日のところは引きあげましょう」

敗北を認めた。

「ですが、諦めたわけじゃありませんよ。アメリカに負けないためには、対抗できるだけの大企業を作らなければならない。強い複合企業《コングロマリット》が必要なんです。三浦さんだって、わかっているはずだ」

「詭弁《きべん》を弄《ろう》して、優れた技を手に入れるのは賛成できませんね。我々は徹底的に戦いますよ」

「そうですか。ま、どこまで続くやら、お手並み拝見といきましょう」

黒木は踵を返して、大通りの方に歩いて行った。風に乗って祭り囃子《ばやし》が流れて来る。

誘拐事件はまだ終わっていなかった。

4

向島の牛嶋神社の大祭は、五年に一度、催されている。

九月十三日から十六日までの間に、さまざまな催しが開かれるが、最大のイベントは十五日の町神輿連合渡御《とぎょ》だろう。牛が曳《ひ》く鳳輦《ほうれん》を中心に、古式ゆかしい祭行列が、氏子《うじこ》の安泰繁栄祈願のため、渡御する。

両国や向島の本所一帯の町神輿五十数基が三か所に分かれて集合し、連合渡御の後、順次宮入りするのは見物《みもの》だった。

「えー、鈴虫はいかがですか。可愛らしい鳴き声が、秋の夜長に彩《いろど》りを添えてくれるでしょう。虫籠はサービスです。またお買い求めいただいた料金は、交通遺児の支援団体に寄付いたします」

光平が声を張りあげている。

「あと、こちらの玩具は曙オリジナルの飛蝶《ひちょう》です。飛蜻蛉《とびとんぼ》もありますよ。お子さんが喜ぶのは間違いありません。先着五十名様の特別販売です」

勝手に飛蝶や飛蜻蛉と名付けたバネの玩具は、まさに飛ぶような売れ行きを見せていた。

軽くするために細いロングタイプのバネを作ってもらったのだが、揺れ具合がいい按配なのかもしれない。子供にねだられて、次から次へと親が買い求めていた。

「虫籠もこれで吊るせますよ」

瑛一は、隣で虫籠の上に、色を塗ったロングタイプのバネを取り付けて見せる。要は蝶々や蜻蛉を付けないバネを虫籠に取り付けるだけの話だ。熊谷にあげた虫籠にも似たようなバネを付け、ゆらゆら揺れるようにしたが、あれが玩具を作るきっかけになっていた。

(目安箱に二百五十万か)

つい信金の通用口に据えた目安箱を見やっていた。臨時に設けた舞台をU字型に囲むような形で、屋台が立ち並んでいる。おでんや焼きそば、飴《あめ》売り、ラムネ、駄菓子、小物や洋服などなど、信金の職員総出で売り子をしていた。

相当数の私服刑事が、配されているのは確かだろう。曙信金の職員、催し物を見に来た客、祭り見物の客と、さまざまな扮装《ふんそう》をしているに違いなかった。刑事らしい男を見たときには、瑛一はさりげなく目を逸らすようにしている。

「来たぞ」

光平に腕を突かれた。加藤支店長と藤山副支店長が、人波を掻き分けるようにして、こちらに来た。

「念のために言っておきますが」

加藤がこほんと咳払いする。

「身代金として用意した一千万円が、犯人にうまうまと持ち去られたときには、お困り課に支払っていただきますよ」

「期限は今月中です」

副支店長がチョビ髭を撫でながら継いだ。

「曙の宣伝になると喜んでいたのはだれでしたっけ。しっかり保険も掛けていましたよねえ。知らないとでも思っているんですか」

ぼそっと光平が反論する。瑛一はもちろんだが、支店長と副支店長も吃驚したように友を見つめた。

「え？」

光平は、とぼけた顔で三人を見やる。

「ぼく、なにか言いましたか。いや、近頃、どうもこの口が言うことを聞かなくなりましてね。惚れた女を守れなかった気持ちが、怒りとなって迸《ほとばし》るというか。いや、もう、だれかれかまわず喧嘩を仕掛けたく……」

「失礼いたしました」

瑛一は光平を肱《ひじ》で突き、嫌味コンビに一礼した。

「ご命令どおりにいたしますので、ご安心ください。たとえ曙の宣伝になると、どこかの支店長と副支店長が喜んでいたのが事実だったとしてもです。しっかり保険を掛けていたのが事実だったとしてもです。一千万円は特別支援課が支払いますので」

友の言葉を意地悪く繰り返した。

「わかっているなら、それでいい」

背中を向けた加藤に、藤山が従った。嫌味の不完全燃焼という感じだったが、それ以上言っても分が悪くなるだけだと判断したのだろう。肩越しに投げた藤山の一瞥が、精一杯の抵抗という感じだった。

「今のおれに恐いものはない」

ふんっと鼻の穴を広げた友を仕草で宥める。

「そろそろ課長と交代するか」

気のない呟きを感じ取ったのかもしれない。

「交代するもなにも、ここから目安箱は丸見えじゃないか。課長が通用口の陰にひそんでいるのは、流石に見えないけどさ。まったく犯人もなにを考えているのやらだね。どうせなら、もっとうまく金を持って行ける場所を指定すりゃいいのに」

「うん。おまえでさえ、そう思うぐらいだもんな。あまりにも不自然すぎる誘拐劇ではある。問題は、いつ、熊谷美貴ちゃんが返されるかだ」

「おれは、いつ、ファッションショーが始まるか、そっちの方が気になるね」

光平にしては冷ややかな意見が出た。熊谷憎けりゃ娘まで憎い、という感じなのかもしれない。舞台の袖から店舗の一階の窓まで目隠しのためにカーテンを吊っており、中で着替えたモデル役の女子職員がそこを通って舞台に出る仕掛けになっていた。

「ワーストテンの洋服問屋も、自社製品の売れ行きは上々の様子。戸川さんの派手な演出が、功を奏しているな」

敢えて見ないようにしていたが、提案者としては無視できない。ついちらちらと目を向けている。

「お集まりのみなさま、本日は洋服の着こなしについて、お話ししたいと思います。進駐《しんちゅう》軍《ぐん》のご妻女たちは、このような大きな鏡に全身を映して洋服の仮縫いをしているとか」

舞台の横で『あけぼのの局』こと、戸川佳恵が、部下の女子職員を使い、Aラインのワンピースの宣伝をしていた。中年女性向けに、アッパッパやムームーといった簡易ワンピースも売られている。大勢の女性たちが集まっていた。

(おふくろ。親父のそばにいなくていいのかよ。亀四会館の手伝いはどうしたんだよ)

芙美の姿を発見したため、慌てて目を逸らした。

「洋服は全体のバランスを見るのが大切なのです。かれこれ五年ほど前になりますでしょうか。新聞の連載記事にこう載りました」

佳恵のデモンストレーションは続いている。

「顔より全身の美しさ、体型に合った装い、おしゃれは下着から、スラックス姿の魅力などなど、着物に慣れ親しんできた私達には、目から鱗《うろこ》の情報ばかりです」

印刷したファッション情報を女性職員が配っていた。すべて瑛一の提言だったが、名乗りをあげるつもりはない。売り子を務めながら、目安箱に気を配っていた。

「神輿が近づいて来たな」

光平は下町っ子らしく目を輝かせている。セイヤッ、セイヤッの掛け声も勇ましく、神輿が曙信金の前の蔵前橋通りに現れた。休憩を取るためだが、支店長と副支店長がおもてなし役を務める。交通規制が敷かれた大通りもまた人波であふれていた。

曙の催し物会場にいた客も、大通りの方に移動し始める。

「こういうときが危ないんじゃないか」

光平が亀のように首を伸ばして、目安箱を見やった。同じようなことを感じたのか、私服の刑事たちが、なにげない足取りで目安箱の近くに行っていた。神輿が立ち去るまで客は戻って来ない。ファッションショーは神輿のもてなしが終わった後になる。

「他の受け渡し場所は、どうなっているのか」

瑛一の言葉を、光平が受けた。

「なにかあったのかな。課長が来たぜ」

「え」

見ると、三浦が通用口から現れたところだった。目安箱の中に入れていた身代金がなくなっていたのだろうか。瑛一は駆け寄って確かめる。

「どうしたんですか」

「太平町の身代金が奪われたそうです」

「まさか」

と思ったが、すぐさま道路に停めた自転車に走っていた。

「確かめて来ます」

肩越しに三浦に告げ、自転車を漕ぎ始める。祭りで車が通れない現状では、自転車がもっとも速い移動手段になる。瑛一は信金に来た時点で、太平町の杉浦家と深川扇町の吉川家の場所は地図で確認していた。

5

「そんな馬鹿なことが」

瑛一は大きな衝撃を受けていた。誘拐を装った熊谷恭司への告発事件だとばかり思っていたものを、もしや、本物の誘拐事件なのか。犯人は身代金を受け取った後、女児をどうするつもりなのか。返すつもりはあるのか。

大通りから路地に入るとき、牛が曳く牛車《ぎっしゃ》が見えた。賽銭箱《さいせんばこ》を曳く神主たちも後ろに付いている。牛嶋神社の境内には『撫《な》で牛《うし》』があり、自分の身体の悪い部分と同じ場所を撫でると、病気が治るとされていた。またこの『撫で牛』に涎《よだれ》かけを奉納し、その涎かけを生まれた子供にかけると、健康に育つとも言われている。

「涎かけ、後で奉納します。どうか無事に美貴ちゃんをお返しください」

瑛一は祈りつつ、何度か角を曲がる。目的の家の前に自転車を停めた松本刑事の姿を見た。瑛一の助言に従い、自転車を使うことにしたのだろう。

「松本刑事」

呼びかけながら自転車を停めた。

「君か」

松本は、錦糸町の方を顎で指した。

「近くにパトカーを停めてあるんだが、無線連絡が入ったんでね。様子を見に来たのさ。自転車が役に立っているよ」

「そうですか。よかったです」

のんびり話している暇はない。松本は現場の指揮官を務める刑事から報告を受けた。

家の表玄関と裏の勝手口を見張っていたが、出入りした人間はいないのに、身代金がなくなったと女は訴えている。中に入って探したものの、二百五十万円が入った紙袋は、どこにあるのかわからなかった。

「言ったでしょ。いきなり勝手口から男が入って来たのよ。庖丁を突きつけられて脅されたから、袋ごと渡したわ」

若い女が玄関先に出て来た。年は二十歳前後だろうか。煙草をくわえた姿や、爪の赤いマニキュア、同じような色合いの派手な口紅が、水商売あがりであるのを示しているように見えた。

ゆったりしたアッパッパタイプの長袖のワンピースを着ている。吊るしではなく、仕立てさせたのではないだろうか。芙美が着るものとは、生地がまったく違っていた。

(怪しいな)

瑛一は、はなから信じていない。松本が刑事を連れて家の中に入りかけたが、瑛一の目顔を受けて、玄関の三和土《たたき》に残った。女は玄関先で悠然と煙草を吸っている。

「曙信用金庫の渋沢と申します。うちが身代金の用意をしました」

瑛一は女に挨拶した。

「あら、そう」

「つかぬことを伺いますが、身代金には、さわっていませんよね」

思いきったカマをかける。

「あたりまえでしょ。袋を開けてもいないわよ」

「それならば大丈夫でしょう。いや、犯人を特定するために、一万円札に特殊な塗料を塗っておいたんです。もちろん一万円札の通し番号も控えてありますけどね。ほら、見てください。ぼくが塗料を塗る役目を仰せつかったんで、これですよ」

虚実ないまぜで、青く染まった両手を広げて見せた。玩具を作ったときにプラモデルの塗料を使った名残だが、むろん女は知る由《よし》もない。

「…………」

白い頬と煙草を持つ手が強張る。様子を見ていた松本が、玄関先に出て来た。

「時間が経つと、こうなるんです。洗っても落ちないばかりか、医者が処方する薬をつけないと、手の皮膚がただれてしまうとか。ぼくはすぐに薬をつけましたが、恐いですよねえ。そんな塗料があるなんて知りませんでした」

口から出まかせだったが、

「ど、どこに薬があるの？」

女の指から煙草がぽろりと落ちた。

「ねえ、どこ？　どこにその薬はあるのっ、どこよ⁉」

膝が激しく震えている。立っていられなくなったらしく、膝から崩れるように座りこんだ。

「君が盗《と》ったんだね」

松本が屈みこんで訊いた。

「え、ええ」

「薬をやるから身代金を返しなさい」

うまく話を合わせながら手を差し出した。女はワンピースの裾をたくしあげ、下着に挟んでいた紙袋を渡した。膨らんだ腹を隠すため、ゆったりした洋服を着たのはあきらか。

「よし。本所署までご同行願おうか」

立ちあがった松本を、女は上目づかいに見あげる。

「その前に塗り薬をちょうだい。手がただれちゃったら、かなわないわよ」

「わかった、わかった。署に行ったらやるよ」

松本はにやりと笑い、瑛一の肩を軽く叩いた。手切れ金代わりのつもりだったのではないだろうか。あるいは二百五十万の札束を見て、魔が差したか。

(流石は熊谷先生の愛人だな。したたかだよ)

瑛一は呆れつつ、妙に納得してもいた。二人の愛人を囲い、新人看護婦を毒牙にかけた熊谷。愛人もまたそんな熊谷にさっさと見切りをつけ、身代金を着服して、逃げようとした。似合いの男女と言えるかもしれない。

二人は警察官に連行されて行く愛人を、見るともなしに見やっている。

「特殊な塗料というのは本当の話かね」

松本は真顔になっていた。

「いやだなあ。そんな塗料があるわけないじゃないですか。これからできるかもしれませんが、今はありませんよ。屋台で売るための玩具作りをしていたんですが、手に付いたこれはプラモデル用の塗料です」

「そうか。いや、君は本当に機転《きてん》が利くな。誘拐犯への対応でも感じたが、とっさによく考えつくものだ」

「相手次第ですよ。単純な人だったんで、うまくいきました。それはそうと、ひとつ気になっていることがあるんですが」

瑛一は松本に切り出した。ある仮説を確かめたかった。

「なんだね」

「熊谷の家の電話にも、録音と逆探知の装置を付けたと聞きました。電話機は一台だけですか。それとも他の部屋にも電話機があるんですか」

「電話機は二台ある。親子電話ではなくて、わざわざ二台の電話を引いているんだ。言うなれば熊谷専用の電話だな。君も知ってのとおり、電話の権利は決して安くない。気になって奥さんに訊いてみたよ」

松本はまた飴の袋を出して、口にひとつ放りこんだ。差し出された袋に瑛一は要《い》らないと頭を振る。非常に重要な話であるため、「それで」と先を促した。

「どうやらもう一台の電話は、愛人への専用電話だったらしくてね。書斎に置かれているようだ。奥さんによると、愛人のもとへ行けない夜などは、聞こえよがしに電話をしていたとか。あの男はサディストの気があるのかもしらん」

「そのもう一台の電話にも、録音や逆探知の装置を付けたんですか」

手に冷や汗が滲んでくる。犯人を捕まえたいけれど、捕まえたくない。できることなら逃がしたい。見て見ぬふりをしたい。相反《あいはん》する気持ちがあった。

しかし、女児を助けるためだ。

万が一にそなえなければならなかった。

「いや、そこまではやっていないよ。機械が足りなくてね。他の署にも頼んだんだが、間に合わなかった」

「では、犯人は熊谷専用の電話を使い、身代金要求の電話を掛けることもできたわけか」

大胆な仮説をとうとう口にした。

電話を掛けて来た犯人の後ろに聞こえていた鈴虫の鳴き声。瑛一が熊谷にあげた鈴虫を、娘の美貴はとても気に入っていた。だから瑛一は熊谷時江に訊いた。

〝娘さんは、虫籠と一緒に連れ去られたのですか〟

〝いいえ。渋沢さんにいただいた鈴虫は、虫籠ごと家にあります。確かに鈴虫の鳴き声らしきものが聞こえますが、そのことになにか意味があるのでしょうか〟

時江は最初、否定した。が、すぐに虫籠は家になかったと訂正している。あれが引っかかっていた。

仮説の重大さに気づいたのか、

「…………」

松本は、しばし無言で瑛一の横顔に見入っていた。

「熊谷家には、若い家政婦さんがいますよね」

確認の問いを投げる。

「あ、ああ、いるよ。許嫁の若い男も運転手として勤め……」

はっとしたように松本は言葉を止めた。二台引かれた電話のうちの一台は、熊谷の書斎に置かれている。その電話機には、録音や逆探知の装置は付けられていない。犯人は捜査の状況を眺めつつ、書斎の電話から身代金要求の電話を掛けたのではないか……？

犯人が連絡場所を熊谷の自宅ではなく、病院の執務室を指定したのは、警察の動きが知りたかったからではないか？

熊谷の自宅が作戦支部になったら、いろいろやりにくくなる。適度な距離を置きながら捜査の状況を知るには一番いい形だったのではないか？

犯人の電話の後ろに鈴虫の鳴き声が聞こえたのは、虫籠に入れた鈴虫が近くにあったからではないのか？

「では」

松本が口を開きかけたとき、

「松本警部」

自転車で制服警官が駆けつけて来た。

敬礼をした後、

「先程、本所署に連絡が入ったとか。それが各交番にまわって参りました。熊谷美貴ちゃんが無事、自宅に戻って来たそうです」

朗報を告げた。

「本当か？」

一瞬疑いの目を返したが、すぐに口もとがほころんだ。瑛一も笑顔になる。その場に居合わせた全員が、女児の帰還に安堵《あんど》の吐息をついた。

「確かめに行ってもいいですか」

瑛一は早くも自転車に跨っている。熊谷美貴の無事を確認するとともに、もうひとつ確かめなければならないことがあった。

「もちろんだ。わたしも行く」

「ぼくは一度、曙に行ってからにします」

「わかった」

負けじと松本は、自転車に跨った。神輿や山車、牛が曳く牛車が巡行する中、自転車は走った。

6

「子守りの方が、連れて来てくれました。以前、美貴を預けたことがあるんです。彼女の家の外に乳母車ごと置かれていたとか」

知らせを受けて自宅に戻った熊谷時江は、満面の笑みを浮かべていた。松茸を運んで来たときの、般若面のような笑みではない。膝に抱いている美貴もにこにこと機嫌よく、瑛一があげた飛蝶で遊んでいた。

曙に立ち寄った折、喜ぶかもしれないと思い、ひとつ持って来たのである。

広々とした居間にいるのは、松本とこの家に詰めていた四人の刑事、時江と子守りの女性、家政婦と許嫁の男、そして、特別に同席を許された瑛一という顔ぶれだった。

「熊谷先生は大丈夫ですか」

松本が訊いた。熊谷の自宅は和風造りだが、広々とした床張りの居間や応接室などは、洋風の造りになっていた。娘の無事を聞いて気持ちがゆるんだのか、熊谷は寝室で医者の手当てを受けている。

東都大学病院から男性の内科医が来ていた。

「栄養剤の点滴を打ってもらいましたから落ち着くと思います。ご存じのように熊谷は、ほとんど食べていませんから」

「もう一度伺いますが、美貴ちゃんは連れ去られたときと同じ乳母車に乗った状態で、貴女の家の玄関先にいたんですね」

松本の問いかけに、子守りの女は頷いた。

「はい。ふだんは家政婦さんや別の子守りの方が、美貴ちゃんの世話をしているのですが、彼女たちの都合が悪いときなどは、わたしが預かるんです」

若くて美人だった。瑛一は元看護婦ではないのかという疑いをいだいている。熊谷の毒牙にかかった女性を、時江が手助けしているのではないか。仕事の世話をしたり、子守りとして臨時的に雇ったりしているのではないだろうか。

「子守りは何人かいるんです」

時江が早口で言い添えた。

「前にもお話ししたと思いますが、二人とも働いていますので、色々な方にお願いしているんです。いざというときに頼めないと困りますから」

「なるほど」

メモを取る松本の横で、瑛一もメモを取っている。美貴は「チョウチョ」と繰り返しながら、飽きずに飛蝶を眺めていた。揺れ動くのが面白いらしく、蝶々を揺らしては、小さな笑い声をあげる。

その姿はまさに天使だった。

松本も目を細めていたが、

「しかし」

と急に顔を引き締める。

「こちらの方のお名前は、我々が作成した名簿の中にありませんでしたね。家政婦や子守りの女性、出入りの業者については、すべて奥さんに名前を教えていただき、名簿を作成いたしました。なぜ、抜けていたんでしょうな」

鋭いところを衝《つ》いた。瑛一も気になっていたので、時江の様子に目を向ける。時江は膝に抱いていた女児を、件《くだん》の子守りに手渡した。

「だいぶ前にお願いした方なんです。美貴が三か月か、四か月頃だったかしら」

子守りに答えをゆだねる。

「はい」

「最近は頼んだことがありませんでした。そんな古い話は必要ないと思ったんです。まさか犯人が、知っているとは思いませんでした」

「そこですよ、我々が引っかかっているのは」

松本が言った。

「奥さんでさえ忘れていた子守りのことを、なぜ、犯人は知っていたんでしょうな。当時の状況に相当詳しい人物でなければ知りえない話です。いかがですか。犯人に心当たりはありませんか」

娘が三か月か、四か月頃というのはすなわち、一昨年の十二月から去年の一月頃にかけての話だ。瑛一の調べによると、熊谷はその頃にこの家へ引っ越している。愛娘のために建てたと言っても過言ではないだろう。

引っ越ししたばかりのうえ、仕事を持っていたとなれば、夫婦ともに忙殺されていたに違いない。

「わかりません。とにかく忙しかったので」

時江は小さく頭を振った。

「そうですか」

松本は、居間の片隅に立っている若い家政婦と許嫁の若者に視線を移した。瑛一は自殺した守谷洋子の兄――勇馬の話を思い出している。直接聞いた話ではない。千春から聞いた話を、手帳に記したものだ。

〝洋子には、恋人がいたようです。でも、どこの、だれなのかはわかりません。逢わせたい人がいると言っていた矢先に、事件が起きてしまったので〟

勇馬なりの精一杯の答えだったのではないだろうか。人間として弔問してくれた千春に対して、婉曲《えんきょく》に身代金要求をした男を伝えたのではないか。そして、洋子の恋人だった男とは……。

「坂本遼介《さかもとりょうすけ》さん、でしたね」

松本は首を伸ばすようにして、家政婦の隣に立つ若者を見た。年は二十二、三。自殺した洋子と同い年ぐらいではないだろうか。どこといって取り柄のない顔立ちだが、時折投げる目に、隠しきれない叡智《えいち》が浮かびあがるように思えた。

「少しお話を伺えますかな」

こちらへと示した仕草に、時江や家政婦が当惑の表情を返した。

「あの……坂本さんは、話せないんです」

時江が言った。

「え？」

訝しげに松本は眉を寄せる。

「何年か前にお父様を亡くされたとき、声が出なくなってしまったらしいんです。もとから話せないわけではないのですが、今はまったく声を出せません」

「………」

そう来たか。

瑛一は、犯人たちの練られ尽くした策を前にして、白旗をあげざるをえなかった。時江の後ろには、東都大学病院の医師がいる。かれらが坂本の無実を、脅迫電話を掛けられないことを証明してくれるに違いない。

心因性のものであろうとも、声が出ないと本人や医者が言う以上は、それが嘘だという証は立てられなかった。

「なるほど。声が出ないんですか」

追及を諦めた松本に代わって、瑛一は美貴に目を当てる。

「その蝶々、気に入ったかな」

「うん」

美貴は、くりくりした目を瑛一に向けた。非常に元気で健康状態も悪くないように見える。元気すぎると言えなくもなかった。

「お父さんやお母さんと離れてて、寂しかっただろう。美貴ちゃんは、だれのお家《うち》にいたのかな」

すぐに美貴は振り返って指さした。指さしていたのは、自分を膝に乗せている子守りの女性。すかさず時江が苦笑いを押しあげた。

「まあ、いやだ。美貴ったら、質問の意味がよくわかっていないんですよ。でも、助けられたことはわかっているんでしょう。より強く印象に残ったために、指さしただけだと思います」

とっさにしては上出来の答えではないだろうか。瑛一の疑惑は消えていない。美貴は誘拐されたにもかかわらず、泣いたり、ぐずったりしていなかった。見知らぬ人間と数日間過ごしたにしては、あまりにも普通すぎた。

「子供は正直ですから」

瑛一は上着の右ポケットに手を入れている。ここに来たとき、時江の許しを得て、熊谷専用の電話が置かれている書斎を調べていた。拾った『あるもの』が気になってはいたが、それとて犯人たちの正体を暴く決定的な証拠にはならないだろう。

（証を立てるのは不可能だ）

会釈して、立ちあがる。

下町探偵なりの証を立てようと思っていた。

7

一週間後。

瑛一は、東都大学病院の相談室を訪ねた。

誘拐された熊谷美貴は無事、戻されたうえ、身代金も奪われなかったとあって、いちおう一件落着となっている。北村瞳に訴えられた熊谷恭司は、病院からは退き、系列大学の教授として教鞭《きょうべん》を執《と》るという立場を確保していた。

(おそらく熊谷は、病院の院長や理事の弱みを握っているんだろうな)

設けられたばかりの相談室で、瑛一は事件の経緯《いきさつ》を考えている。誘拐事件が公にされたとたん、週刊誌はそれまでよりも派手に、熊谷の醜聞を記事にした。

新人看護婦に対する強姦事件、それを苦に自殺したのではないかと思われる看護婦、自宅や病院の近くに囲っていた若い愛人、ヤクザから贈られた高価な外車。どれも辞めさせるのに充分すぎる理由に思えたが……。

それでも経営陣は、熊谷を放り出さなかった。

(つまり、なにか弱みを握られているから、となるわけだ)

強姦容疑の裁判はこれからだ。瑛一は千春を支え、千春は被害者の北村瞳を支える。そんな形になればいいと思っていた。

「失礼します」

声がした後、脇坂聖子が入って来る。ゆるくウェーブをかけた髪を肩に流して、薄化粧を施していた。

「……」

髪形を見た瞬間、瑛一はなぜか熊谷を思い出していた。優秀な外科医である聖子は、女帝になっていくのでは……まさかと思い、すぐ打ち消した。

上品な色の口紅が、美貌を引き立てている。父の敏之に付き添い、何度か聖子を見ていた瑛一は、大口を開けて立ちつくす愚《ぐ》を免《まぬか》れた。

「この度は父がお世話になりました」

立ちあがって頭をさげる。テーブルを挟んで座りかけた聖子も、慌て気味に立ちあがった。

「いいえ。医者として、当然のことをしただけです。経過は順調ですね。抜糸の痕も綺麗ですし、特に問題はないと思います」

座るよう仕草で示してから、聖子は自分も腰をおろした。

「それで今日わざわざいらしたのは、どのようなご用件でしょうか」

美しい眸《め》を向ける。両手をテーブルの上に軽く組み、肩の力も抜いていた。緊張していない様子が伝わって来る。

「美貴ちゃんの誘拐事件の犯人たちは、東都大学病院内にいると思っています」

思いきって告げた。犯人たち、の部分にことさら力をこめた。聖子は眉ひとつ動かさない。

千春は「犯人たち？」と問い返したが、眼前の女医はそれさえ口にしなかった。

「はじめ犯人たちは、幽霊の噂話を流しました。だれでもいいから興味を持ってほしかったんでしょう。週刊誌にでも取りあげてもらえたら、そんな感じだったのかもしれません。だれかが調べてくれたら、と思った」

瑛一は冷めきった茶を飲み、喉を潤した。

「次は曙信金の目安箱です」

目安箱の話は光平が、北村瞳に告げている。面白い話だと思い、瞳が同僚に話したのは容易に想像できた。これは利用できると考えた犯人たちは、すぐさま行動に移る。

〝東都大学病院で死んだ看護婦は、自殺したのではない。ある男に殺された〟

目安箱に投函された短い告発文。それによって千春が動き始めた。だが、まだまだ足りないと思ったのではないだろうか。

「最上階の執務室、通称、貢ぎ物部屋にぼくがいたとき、婦長の熊谷時江さんが、立派な松茸の入った箱を持って現れました。患者さんからの御礼が届きました、と婦長さんは言ったんですが」

瑛一は続ける。

〝よかったですね。大好物じゃありませんか。それに初物ですよ、初物。熊谷先生は殊《こと》の外《ほか》、初物がお好きですものね〟

三度も繰り返された初物が、いやでも頭に焼きついた。

「婦長さんの言うとおりです。熊谷先生は初物が、とてもお好きでしたから」

聖子が同意した。初物の部分には、自分に対する強姦事件も入っているのだろうか。ちらりと浮かんだ考えを遠くへ追いやる。

「そう、婦長さんの言うとおりだったかもしれません。でも、おかしなことがあるんですよ。患者さんからの御礼と言っていた松茸ですが、実は日本橋の百貨店で、婦長さん自身が買い求めていたんです」

松本刑事には告げなかった切り札を出した。美貴の身になにかあったときには、これを示して時江を追及するつもりだったが……その必要はなくなっていた。

「驚かないんですね」

瑛一は、相変わらず冷静な聖子に訊いた。

「ええ。婦長さんの買い求めた松茸が、渋沢さんがいるときに持って来た松茸とは限りませんから。患者さんからの御礼として頂戴した松茸が、あまりにも美味しかったので、また百貨店で買い求めたのかもしれません。違いますか」

切り返されて、瑛一は万歳《ばんざい》するように両手を挙げた。

「仰せのとおりです。松茸を御礼に持って来た患者さんがいるかいないか、証を立てることはできません。では、なんのために婦長さんが三度も『初物』を繰り返したのか。ぼくに知らせるためだったような気がするんですよ」

病院内で何度も起きた忌《い》まわしい事件。初物喰いと密かに囁かれる熊谷を、苦々しく思っていたのは聖子だけではないはずだ。悪行を止めなければ、あいつを懲らしめたい、この病院から追い出したい。

そう思っていたのは、ひとりや二人ではないだろう。

聖子はなにも応えなかった。

「握りしめなくなりましたね」

瑛一は別の話を振る。目は聖子の白い手に向いていた。

「え？」

「鋏ですよ。右手をポケットに入れて、よく握りしめていたじゃないですか。熊谷先生に会うとき、決まって先生の右肩に力が入りました。白衣の右ポケットから鋏の指輪《しりん》が覗いているのが見えたので、ぼくは鋏を握りしめているんだなと思いました」

刺してやりたいと思ったのではないだろうか。あるいは護身用の意味もあるかもしれない。二度とケダモノの毒牙にかからないために、夫の真吾は結婚を申しこんだとき、美しい鋏を贈ったのではないか。

「今も持っています」

と聖子は白衣の右ポケットから鋏を出して、テーブルに置いた。真吾はすべてを知ったうえで、聖子に結婚を申しこんだのだろうか。訊きたかったが、流石にそこまでは踏みこめなかった。

「犯人からの二度目の電話ですが、このとき、鈴虫の鳴き声も録音されました」

瑛一はまた違う話を振る。

「虫の知らせとでも言いますか。まあ、正しい意味は、不吉な出来事を霊感のようなものでとらえることですが、ぼくは鈴虫の鳴き声が耳に残りました」

上着のポケットから、ロングタイプの細いバネを出した。

「これは？」

聖子が訊いた。

「熊谷さんのお嬢さんにあげた虫籠に取り付けたバネです。これを付けて吊すと、ゆらゆら虫籠が揺れるんですよ。鈴虫には迷惑な話かもしれませんが、遊び半分で虫籠に付けてみたんです」

「意味がわかりません。なにを仰りたいのですか」

「美貴ちゃんが無事に戻って来たとき、ぼくは刑事さんと一緒に、熊谷先生の自宅に行きました。そのとき、婦長さんの許可を取って、熊谷先生の書斎を見せてもらったんです。熊谷先生は書斎にある電話で、愛人たちに連絡していたとか」

愛娘を膝に抱きながら電話したこともあるかもしれない。虫が大好きな美貴は、もらった鈴虫の入った虫籠を持って、書斎に移動したのではないか。それを熊谷は書斎のハンガー掛けに吊した。

「虫籠はそのまま書斎に置き忘れられた。犯人が美貴ちゃんを乳母車ごと誘拐したときに、ぼくは虫籠も持って行ったのかと思いまして」

時江に確かめたのである。最初、時江は虫籠は家にあると答えたが、その後、家にはなかったと訂正した。

「下手に訂正しなければいいものを」

瑛一は苦笑いする。下町探偵の推理を続けた。

時江はなにげなく答えてしまったものの、急に不安を覚えた。犯人役の男が身代金要求の電話を、熊谷の書斎から掛ける段取りだったと気づいたとき、

「焦ったんでしょう。だから慌てて訂正した。鈴虫も急いで庭に放し、虫籠は処分したんだと思います。そのときにバネが書斎に落ちた」

「あくまでも推測ですね」

静かな問いかけに頷き返した。

「そうです。ただ婦長さんは、熊谷家の家事や育児を取り仕切っていました。若い家政婦さんや彼女の許嫁の男性、坂本遼介さんでしたか。ぼくは坂本さんこそが、自殺した守谷洋子さんの恋人だったと思っているのですが……婦長さんが家政婦さんの許嫁だと言えば、警察は信じるしかない」

いったん言葉を切って様子を見たが、聖子に変化はない。さらに話を進めた。

「美貴ちゃんを連れて来た子守りの女性も然《しか》りです。かねてより子守りとして、熊谷家に勤めていたのかもしれない。そこに美貴ちゃんを預けておいた。刑事さんに訊いたんですが、熊谷家はご近所付き合いをしない家だったようでしてね。内情を知る人は、ほとんどいないんですよ」

だから警察は時江の話を信じるしかなかった。若い家政婦、家政婦の許嫁の男、子守りの女性などなど、本当に時江が言うとおりなのか、証を立てられる人間はいない。

8

「先程も申しましたが、仰る意味がわかりません。なにが言いたいのですか」

聖子は淡々と問いを返した。多くを語らないように、かなり意識しているのではないだろうか。

「美貴ちゃんは普通でした」

瑛一は言った。聖子の唇が、かすかにゆがむ。

「あたりまえじゃないですか。美貴ちゃんは怪我ひとつなく無事に戻ってきました」

反論を片手で止める。

「身体ではなくて、精神状態のことです。ぼくはあまりにも普通だった美貴ちゃんの様子が引っかかりましてね。だって誘拐されたんですよ。怯えたり、落ち着きがなくなったりするでしょう」

「まだ二歳ですから。幸いにもわからなかったんだと思います」

「失礼ですが、脇坂先生には子供がいない。ぼくもまだ結婚していないので子供がいません。だから育児のベテランであるおふくろに訊いてみたんです」

二歳ぐらいの子供の心に、傷は残るのかどうか。

〝残るわよ。あんたが雷をきらいなのが、その証拠ね。あんたが二歳のとき、雷の音に驚いて階段から落ちたのよ。それ以来、雷を異様に恐がるようになったわ。あとしばらくの間、階段にも近づかなかったわね〟

芙美の言葉を告げると、

「…………」

聖子の頬が朱に染まった。子供を産んだことがないゆえ、反論のしようがなかったのではないだろうか。痛いところを衝いた、いや、衝きすぎたかもしれない。

「それで」

掠《かす》れた声を聖子は発した。

「渋沢さんは、だれが誘拐犯だと思っているのですか」

テーブルに載せられていた右手が、いつの間にか鋏とともに白衣の右ポケットに入れられている。強いストレスを受ける度、握りしめて心を落ち着かせるのだろう。

刀圭《とうけい》と彫られた鋏。刀圭は薬を盛る匙《さじ》のことだが、転じて医術を指す言葉になったとされる。夫の真吾はどんな気持ちをこめて、あの文字を彫ったのか。

聖子はあの二文字のお陰で、最後の一線を越えずに済んだのではないだろうか。父親が民を生かす民生具しか作っていないという矜持《きょうじ》もまた、凶行を止める手助けになったかもしれない。

美しい鋏に支えられてきた心。

それを踏まえたうえで瑛一は告げた。

「脇坂先生、婦長さん、熊谷家の若い家政婦、家政婦の許嫁・坂本遼介、子守りの女性、自殺した守谷洋子の兄・守谷勇馬、さらに病院の医者や看護婦、事務方の女性たち、そんなところでしょうか」

「病院関係者のほとんどが、誘拐犯だと言うのですか」

「はい」

「馬鹿なことを……婦長さんは、美貴ちゃんの母親ですよ」

否定する声は、心なしか弱々しく聞こえた。

「だから警察も『まさか』と思うでしょう。婦長さんは、エスカレートする熊谷教授の悪行に、頭を痛めていたのではないでしょうか。女癖も悪すぎる。ここで止めなければ、どうなるかわからない。それで脇坂先生が持ちかけた話に乗った。あるいは、婦長さんの方から脇坂先生に持ちかけたのか」

瑛一は、両手の親指と人差し指で長方形を作る。それを覗きこみながら言った。

「誘拐犯はひとりではありません。信じられないほど多くの人間が関わっている。そう、タイトルは『殺意の黄金比』とでもしましょうか。黄金比は安定した美感というような意味ですが、安定した殺意、美しき殺意とも呼べますね」

安定した美感。

安定した殺意。

長方形の中の聖子は、顔をそむけていた。

「そんなに大勢が関わっているというのなら、だれかに訊いてみればいいじゃありませんか。女性は口が軽いですからね。証言が得られるかも……」

「婦人警官の中里千春は、ぼくの彼女なんですが、こう言っていました」

瑛一は兄嫁の妊娠を千春に教えたとき、だれにも言うなよと釘を刺した。それに対して千春は、

〝井戸端会議や立ち話のイメージが強いから、女はお喋りだと思っているのかもしれないけどね。いざとなれば、女は男よりも口が堅いわよ。約束したら絶対に喋りません〟

胸を張って答えた。

「北村瞳さんの事件が、一歩を踏み出すきっかけになったんじゃないでしょうか」

推理はまだ止まらない。協力する者、見て見ぬふりをする者。二の足を踏んでいた者も、北村瞳が強姦されたのを知って、決心した。

明日は我が身。

ケダモノと化した熊谷は、初物喰いだけではなく、また味見しようとするかもしれない。他人事《ひとごと》ではなかった。

「…………」

聖子は無言で瑛一を見つめている。瑛一もまた見つめ返していた。警察に話したのかどうか、話していないとすれば、話すつもりがあるのかどうか。懸命に見極めようとしているように感じた。

「答えが知りたいんです」

瑛一は言った。

「警察には話しません。話したところで証を立てられませんからね。それに美貴ちゃんは無事に帰って来ました。犯人の目的、熊谷教授を病院から追い出すという目的は果たされたと思います。なにか、そう、納得できるような答えを得られればと」

「一般的な答えしか返せませんが」

前置きして、聖子は続けた。

「加害者が一転、被害者に。被害者が一転、加害者になる。そういうことは、あるかもしれませんね」

美しい眸《め》をじっと当てている。右手はもう鋏を握りしめていない。両手はテーブルの上に置かれて、ゆるく組まれていた。

「わかりました。貴重なお時間をいただきまして、ありがとうございます」

立ちあがった瑛一と一緒に、聖子も立ちあがる。

「いいえ。下町探偵さんの推理は、とても勉強になりました。渋沢さんは面白い物の見方をなさるんですね」

扉を開けようとしたが、それを制して、瑛一が開けた。お先にどうぞと、仕草で示して、二人は廊下に出る。

「瑛ちゃん」

ナース室の前にいた千春が片手を挙げた。

「あら、デートなんですか」

「ええ。今日は久しぶりの非番なんで、映画でも観《み》に行こうかと思いまして」

「いいわね。それじゃ、失礼します」

聖子は会釈して、ナース室の方に足を向けた。千春に擦《す》れ違《ちが》いざま、ふたたび会釈する。

一瞬気づかなかったのかもしれない。

千春はきょとんとしていたが、

「あっ、あああっ」

突然、素《す》っ頓狂《とんきょう》な声をあげた。瑛一に駆け寄って来る。

「今の脇坂先生？」

「そうだよ」

「ああ、吃驚した。まさか脇坂先生だとは思わなかったわ。変われば変わるもんね。封印を解いて、女全開って感じだね」

「女全開か。おまえは、時々面白い言葉を生み出すよな」

瑛一はもう一度、両手の親指と人差し指で長方形を作る。覗きこんだ向こうに、脇坂聖子がいた。彼女の右手はもう美しい鋏を握りしめていない。

女医は患者の肩に、そっと白い手を置いた。

あとがき

技術は人のために。

文中にも登場しましたが、これはホンダの創業者、本田宗一郎《ほんだそういちろう》氏の言葉です。支援団体を作った話などは本文を読んでいただくとして、お目出度い話をひとつ。爆発的に売れた原動機付き二輪車スーパーカブは、商品の形に商標権を認める『立体商標』に登録されることが決まったとか。

一九五八年の発売から半世紀以上、基本デザインを変えておらず、特許庁が『形を見れば特定できる』という基準を満たしたと判断したそうです。日本では輸入車のフェラーリが登録されているぐらいだという話ですから、スーパーカブがいかに優れた二輪車であるかわかるというもの。作られたとき、すでに完成品だったわけですね。素晴らしいことだと思いました。

今、中小企業は、苦境に立たされています。

資金繰《ぐ》りがうまくいかなくて、潰れる会社がどれほどあることか。こんな信金マンがいてくれたら、という私自身の夢を主人公の渋沢瑛一《しぶさわえいいち》に託しました。

私の実家も町工場です。下町の片隅で今も細々と商いを続けています。まわりは似たような町工場でしたが、相次ぐ不況やリーマンショック以降、近隣の町工場は次々と店仕舞《みせじま》いしてしまいました。夜逃げ同然だった家もあったそうです。

しばらくぶりに訪ねたとき、近所の変わりように、もうただただ吃驚《びっくり》。憶えのない町並みに、変な話かもしれませんが、私は何度も道に迷ってしまいました。あまりにも衝撃が強すぎて……。

町工場の存続と発展に、この国の未来がかかっている。

私はそう思っています。政府はなにをしているのでしょう。なぜ、手を差し伸べてくれないのか。なにかできるのではないか。では、なにをすればいいのか。

それを小説に書く。

そして、この話が生まれました。

某テレビドラマの「倍返しだ！」にはまった方は必見です。必ずやご満足いただけると思います。

ご堪能《たんのう》ください。

〈参考文献〉

『医学探偵の歴史事件簿』小長谷正明　岩波新書
『日本経済の底力（物づくりの知恵が未来を拓く）』唐津一　日本経済新聞社
『大正に学ぶ企業倫理（激動する時代と新たな価値観の芽生え）』
弦間明・荒蒔康一郎・小林俊治監修　日本取締役協会　生産性出版
『破綻（バイオ企業・林原の真実）』林原靖　WAC
『現代の匠　滅びゆく伝統工芸と職人の世界を探る（江戸の技、東京の職人列伝）』
中村雄昂　角川選書（169）
『成長から成熟へ　さよなら経済大国』天野祐吉　集英社新書
『ずばり東京』開高健　光文社文庫
『日本人の遊び場』開高健　光文社文庫
『鋏《はさみ》　ものと人間の文化史33』岡本誠之　法政大学出版局
『町工場巡礼の旅』小関智弘　現代書館
『嫌な取引先は切ってよい（楽しさを追求する社長の非常識な働き方）』中里良一　角川書店
『美の方程式』布施英利　講談社

『黄金比（自然と芸術にひそむもっとも不思議な数の話）』
　スコット・オルセン著　藤田優里子訳　創元社
『病院の不思議　別冊宝島２０６』宝島社
『お医者さま　別冊宝島１８４』宝島社

光文社文庫

文庫書下ろし／長編ミステリー

殺意《さつい》の黄金比《おうごんひ》　渋沢瑛一《しぶさわえいいち》の東京事件簿《とうけいじけんぼ》

著　者　六《りく》　道《どう》　慧《けい》

2014年9月20日　初版1刷発行

発行者　鈴　木　広　和
印　刷　堀　内　印　刷
製　本　榎　本　製　本

発行所　株式会社　光　文　社
〒112-8011　東京都文京区音羽1-16-6
電話（03）5395-8149　編　集　部
8116　書籍販売部
8125　業　務　部

ISBN978-4-334-76799-0　Printed in Japan

組版　萩原印刷

お願い　光文社文庫をお読みになって、いかがでございましたか。「読後の感想」を編集部あてに、ぜひお送りください。

このほか光文社文庫では、どんな本をお読みになりましたか。これから、どういう本をご希望ですか。

どの本も、誤植がないようつとめていますが、もしお気づきの点がございましたら、お教えください。ご職業、ご年齢などもお書きそえいただければ幸いです。当社の規定により本来の目的以外に使用せず、大切に扱わせていただきます。

光文社文庫編集部

都筑道夫コレクション

女を逃すな〈初期作品集〉
悪意銀行〈ユーモア篇〉
三重露出〈パロディ篇〉
暗殺教程〈アクション篇〉

翔び去りしものの伝説〈SF篇〉
血のスープ〈怪談篇〉
探偵は眠らない〈ハードボイルド篇〉
魔海風雲録〈時代篇〉

21世紀に甦る推理文学の源流!

江戸川乱歩全集

全30巻

新保博久　山前　譲　監修

光文社文庫

不滅の名探偵、完全新訳で甦る！

新訳 アーサー・コナン・ドイル

シャーロック・ホームズ全集〈全9巻〉

THE COMPLETE SHERLOCK HOLMES
Sir Arthur Conan Doyle

シャーロック・ホームズの冒険

シャーロック・ホームズの回想

緋色の研究

シャーロック・ホームズの生還

四つの署名

シャーロック・ホームズ最後の挨拶

バスカヴィル家の犬

シャーロック・ホームズの事件簿

恐怖の谷

*

日暮雅通＝訳

光文社文庫

六道 慧

全作品
文庫書下ろし
傑作時代小説

御算用日記

お助け侍・数之進の「千両智恵」が冴え渡る！

青嵐《あおあらし》吹く　春風《はるかぜ》を斬る　星星《せいせい》の火　石に匪《あら》ず
天地に愧《は》じず　月を流さず　護国の剣
まことの花　一鳳《いちほう》を得《う》る　駑馬十駕《どばじゅうが》
流星のごとく　径《こみち》に由《よ》らず　甚《じん》を去る

御算用始末日記

幕末から明治へ。数之進、一角、二人の老翁が激動の時代を切り拓く。

天下を善《よ》くす　一琴一鶴《いっきんいっかく》
則《すなわ》ち人を捨てず

奥方様は仕事人

鴛鴦《おしどり》同心の妻が見せる「二つの顔」！

奥方様は仕事人　寒鴉《かんがらす》
そげもの芸者　ちりぬる命

開高 健

◆ルポルタージュ選集

日本人の遊び場

ずばり東京

過去と未来の国々
〜中国と東欧〜

声の狩人

サイゴンの十字架

◆〈食〉の名著

最後の晩餐

新しい天体

◆エッセイ選集

白いページ

眼《まなこ》ある花々／開口一番

ああ。二十五年

松本清張短編全集 全11巻

「清張文学」の精髄がここにある!

01 西郷札
西郷札　くるま宿　或る「小倉日記」伝　火の記憶
啾々吟　戦国権謀　白梅の香　情死傍観

02 青のある断層
青のある断層　赤いくじ　権妻　梟示抄　酒井の刃傷
面貌　山師　特技

03 張込み
張込み　腹中の敵　菊枕　断碑　石の骨　父系の指
五十四万石の嘘　佐渡流人行

04 殺意
殺意　白い闇　蓆　箱根心中　疵　通訳　柳生一族　笛壺

05 声
声　顔　恋情　栄落不測　尊厳　陰謀将軍

06 青春の彷徨
喪失　市長死す　青春の彷徨　弱味　ひとりの武将
捜査圏外の条件　地方紙を買う女　廃物　運慶

07 鬼畜
なぜ「星図」が開いていたか　反射　破談変異　点
甲府在番　怖妻の棺　鬼畜

08 遠くからの声
遠くからの声　カルネアデスの舟板　左の腕　いびき
一年半待て　写楽　秀頼走路　恐喝者

09 誤差
装飾評伝　氷雨　誤差　紙の牙　発作
真贋の森　千利休

10 空白の意匠
空白の意匠　潜在光景　剥製　駅路　厭戦
支払い過ぎた縁談　愛と空白の共謀　老春

11 共犯者
共犯者　部分　小さな旅館　鴉　万葉翡翠　偶数
距離の女囚　典雅な姉弟